Rachel Joyce
蕾秋・喬伊斯
劉曉樺——譯

曾經，那兒有家唱片行

THE MUSIC SHOP

媒體書評與名家推薦

喬伊斯的書寫就像歌曲一般簡單易懂，而且牢牢掌握了希望這個元素。

——《觀察家報》

她的文字鼓動人心、風趣而細緻。

——《每日電訊報》

一部美麗的小說，一帖滋養靈魂的補藥，一場愉悅滿溢的閱讀。

——《鄰居家的上帝》作者　喬安娜・坎儂

蕾秋・喬伊斯是個說故事能手，筆下的平凡人物被賦予尊嚴與希望。她擅寫人性，在這本新作《曾經，那兒有家唱片行》也不例外，猶如播放一首充滿仁慈與歡笑的動人情歌。

——《當時，上帝是一隻兔子》作者　莎拉・溫曼

《曾經，那兒有家唱片行》太精采了，一部溫柔而動人的故事，它展現了音樂治癒與救贖的力量，以及它撫慰人心、讓人自主、使心靈安定的能力。我愛這本書。

——《不同版本的我們》作者　蘿拉・巴奈特

《曾經，那兒有家唱片行》裡的法蘭克將我對黑膠唱片的愛提升到更高的層次，他引介了我從未聽過的音樂，並且提供一個聆聽各式音樂的全新方法。蕾秋・喬伊斯以精緻靈巧的筆觸，描繪出一群舉止古怪的人物，你會忍不住愛上他們。

——英國著名DJ，獲大英帝國員佐勳章MBE　Johnnie Walker

書裡的角色說：「所有音樂都該附上健康警語。」

除此之外，不要相信任何宣稱自己熱愛音樂，家中卻沒有半張藏樂與書，把串流當自來水用的傢伙。能聊點音樂的，就算品味南轅北轍，可以是朋友了。若對方還對音樂有點追尋，別在意性格多古怪，請務必把他放在人生更重要的位置。歲月為證，也許某日你們將會成為彼此的救贖。

——StreetVoice音樂頻道總監　小樹

音樂讓人免於孤獨。從《月光奏鳴曲》到《四季》，從邁爾士・戴維斯到尼克・德瑞克；作者蕾秋・喬伊斯寫的不只是樂曲的故事，而是每一個黯淡無光的平凡人都注定要有的「某一首歌」。這首歌可以挽救你的墮落沉淪，治癒你的心碎寂寞。強烈推薦：讀小說的同時，一起服用音樂。

這位「全世界最溫暖的男子」能夠憑直覺閱讀人們內心無可言說的痛苦或寂寞，然後推薦足以療癒人心的音樂。當然，愛情也可以。愛情使她找回了自己，卻使他放棄（和被放棄）了原本的人生。《曾經，那兒有家唱片行》是個拯救行動，也是一個如何修補人生的故事。

——浮光書店店長　陳正菁

——作家　陳雨航

從一九八〇年代開始聽音樂的我們這一代，真是麻煩的一群人：長輩們都是買黑膠，巨大尺寸和播放儀式很嚇人；青春期蒐購了一大堆後來完全派不上用場的卡帶；一九九〇年之後每個人都買了一大堆的CD。我們之所以遇到一首歌或一張專輯，跟購買的場所、認識的朋友、實體的設計、誰誰誰介紹都有關。那些音樂是存在過的青春，是真實的人生。

——資深編輯人　黃威融

作為一名音樂（黑膠）愛好者，我曾拜訪過國內外許多饒富個性的唱片行，但從未遇過像主角法蘭克這樣有著極具穿透性的推薦能力，看完書都想成為他唱片行的忠實顧客，期待每次到訪時他會幫我挑選哪一張唱片來為我此刻的心情發聲。

——誠品前敦南音樂館店長　葉嘉寶

很久以後，我仍會想起坐在鋼琴前，重複哈農指法練習曲的舊時光，母親在廚房燒菜，淡白色煙霧飄散，眼前的音符於是朦朧昏黃。更多年以後，才明白那黃昏色調，不是來自老舊琴譜紙張的質地，而是一個女人失意的情緒變奏。《曾經，那兒有家唱片行》正是如此，一曲又一曲，相連成音樂島。遙遠彼岸的氣味、記憶中過時的美學始終千呼萬喚，「即便在樂曲結束之後，它仍繼續棲息體內，永不湮逝。」

——作家　楊隸亞

身為一位喜歡聽各種曲風的音樂愛好者，讀這部小說真的像是遇到了一個知音。故事中的唱片行老闆所提供的不同類型音樂的推薦，以及它們背後的故事，讓我一邊在閱讀，一邊忍不住上網找歌！它有感人的劇情、有音樂、有歷史、有靈魂……花點時間，走進街角的這家唱片行吧！你會很高興你這麼做的。

——資深ＤＪ暨廣播節目主持人　劉軒

《曾經，那兒有家唱片行》是一本小說，有音樂、有愛情、有一股懷舊的氣息。往深處探尋，會看到絲線般纏繞的情感，隱藏其中的是熱情、愛戀、創傷、奉獻，連接起故事中或主要或次要的角色，串接起過去與現在甚至未來，透過語言轉譯以及紙張或螢幕接上正在閱讀的你。這是故事的動人魅力，書寫者與閱讀者都能愉快享受的美好經驗。

——作家　蔡智恆

看到章節也是音樂曲目時覺得好有趣，一一對應著溫柔而動人的故事，音樂在我的生活中和書一樣重要，失意失戀孤獨的時候，透過它療癒總能找到心裡的缺。而身為書店裡的老闆也時常會遇到三失之人在理想與現實之間遊移，本書裡的唱片行老闆法蘭克意外的教了我許多聆聽的全新方法真是如獲至寶，重拾希望後位於台東的晃晃書店也自許能有這樣安定的力量。

——晃晃書店店主　羅素萍

寫給台灣讀者的話

就像許多事一樣，這部小說的起點也是源自好幾個地方，其中之一是間店，另一個原因則是失眠。

我和丈夫帶著我們年輕的小家庭搬離倫敦，起初一切都十分美好，直到他發現自己夜裡睡不著覺。（可能是因為太安靜了，我也不知道。）我們試了些常見的偏方，像是喝洋甘菊茶或吃天然藥草成分的安眠錠，但沒有一樣奏效。然後，有一天，我們經過附近城市的一間唱片行，決定進去看看。我先生隨口說了他晚上睡不著，老闆不久後便帶著張CD重新現身，信誓旦旦地說它能幫助他入睡。（這時候，其他幾名原本都安安靜靜不曾開口的顧客跟著舉起了手，說他們也有失眠的困擾。）結果成功了，真的管用，我先生放了CD來聽，那晚，他睡著了。這間唱片行的老闆似乎天賦異稟，知道他人需要什麼樣的音樂。我不知道這法子對其他客人是否同樣管用，但我生性樂觀，願意這麼認為。

之後，我們又去了那間唱片行好幾次。我先生——對現代音樂如數家珍，但對古典樂一無所知——開始聽起巴哈、舒伯特，然後閱讀起叔本華。後來有段時間我們變得相當忙碌——試著要在家庭生活和工作間尋求平衡，在此同時，串流音樂也方興未艾，因此我們有好一段時間沒再去過那間唱片行。

等到我們再次前往時，那間唱片行已不復存在，門窗緊閉，窗邊還躺著些死蒼蠅。我們覺得糟透了——好像有什麼東西悄悄被奪走了一樣。就是那一天，我明白自己必須寫下這故事，將那間店重新召喚回人世。

我不是音樂家，所以這對我來說其實是個野心龐大的計畫。一開始，我覺得自己必須閱讀、聆聽所有我找得到的樂曲，結果我錯了——因為我最後得到的比較像是一疊文獻，而非小說。想要尋得我心裡那本有關音樂的小說，唯一的方法就是戴上耳機，躺在地上——就像法蘭克要他客人做的那樣——然後用心去聽。而且不能一邊洗碗或一面開車一面聽，必須放下手邊所有事，心無旁騖地聆聽。現在的生活步調如此快速，我們似乎都已忘了專注聆聽的藝術。

於是，我戴著耳機，躺在地上，聽著邁爾士．戴維斯的音樂，看見變成了腳掌的魚；聆聽巴哈時，眼前浮現了最精細複雜的機械與齒輪；聽布萊恩．威爾森演唱〈不，卡洛琳〉時，我看見了心碎（還有一頭剪壞的頭髮）。我無法肯定地說，其他人聽這些音樂時，眼前是否也會浮現同樣的畫面，但這並非重點。重要的是，我要以「我」的身分寫下一篇有關音樂的故事，而非其他人；重要的是去打破那些疆界。

因為音樂就是如此。它與文學不同，音符不像是「狗」或「房子」這樣的字彙，並不意味某種具體的存在。音樂超脫於時間，超脫於意識，就如同它也超脫於語言的限制和文化的藩籬。它會滲透至肌膚之下，如同夢境一般，打從體內深處向外傳達訊息。只要我們聆聽，就能聽見它們想要訴說的話。音樂還能療癒我們。你能聽，我也能聽，無論你我來自何方，無論我們今早做了何事，我們都同樣能夠理解，並攜手走過一段共同的旅程。

此外，我也想將這本書獻給獨立商店——那些可以讓你找到意外之喜的地方。一間好的店不只關乎買，還有逛、看、觸摸、聆聽、與其他人共處在一個空間下的經驗；同樣道理，一個好的店主也就像是收藏了許多珍奇與必需品的館長一樣。過去這幾年來，我去了許多書店與唱片行，有件事想提醒大家：下載很容易，但那並不代表你找到了自己需要的東西。在現在這個社會，沒有一樣東西不是消耗品；即便不與人往來，也還是能做許多事，而這令我憂心不已。

所以，這是一本有關音樂、有關愛、有關療癒——以及最重要的，一本有關跨越藩籬，並且不要畏懼未知的小說。

對了——假如你有興趣——那個幫助我先生入眠的音樂是佩羅坦的《聖禱》，它只有單一人聲，宛如鳥兒般越飛越高、越飛越高。我想，它能成功幫助我先生入眠，並非因為它所帶來的祥和平靜，而是因為它如此勇敢。它提醒了我們人類有多麼美麗。我想這是很重要的一件事，需要時時提醒，不要遺忘。

誠心建議，試著去聽吧。

獻給荷普

時間告訴我，
你是世間罕見的珍寶，
是紛擾心靈的
苦口良藥。

——尼克．德瑞克，〈時之諭〉

能夠躲藏是福，不被發現是苦。

——唐諾．溫尼考特

曾經，那兒有家唱片行。

從外頭看上去，它就和任何一條荒街僻巷上的店鋪沒兩樣，門上沒有店名，櫥窗內也沒有展示唱片，只有玻璃上貼了張手繪海報，寫著：**任何音樂應有盡有!!!歡迎入內!!僅售黑膠唱片!!若無營業，請電**——但號碼多少就憑個人想像了，因為除了更多歡樂的驚嘆號外，唯一能辨識的數字可能是「3」，也可能是「8」，還有兩個像是三角形的玩意兒。

店裡擠得水泄不通，到處都是裝著各種轉速、尺寸、顏色唱片的紙箱，而且沒有一張唱片貼有標籤。老舊的櫃檯矗立店門右側，唱機擺在後方，兩側各占據著一間試聽間，只是它們看起來比較像會出現在臥室裡的衣櫃，而非一般的包廂。唱片行老闆坐在唱盤後，名叫法蘭克，身材魁梧，像熊一般溫柔高大，一面抽著菸，一面播放唱片。這家店時常開到深夜——可以想見，很多時候早晨沒有開張——樂聲繚繞、繽紛的燈光流轉盤旋，形形色色的人們在此尋找唱片。

無論是古典、搖滾、爵士、藍調、龐克、重金屬，只要有出黑膠唱片，這間唱片行通通來者不拒。只要告訴法蘭克你想找什麼類型的音樂，或直接告訴他你那天的心情，他就能當場替你找出最合適的唱片。這是他的專長，他的天賦。他知道別人需要什麼，即便對方自己毫無所覺。

「要不要試試這個？」他將凌亂的棕髮往後一撥，說，「我有**預感**，你會喜歡的——」

那兒有家唱片行。

A面

一九八八年一月

1 只喜歡蕭邦的男人

法蘭克一如往常坐在唱盤後，一面抽菸，一面凝視窗外。午後，天色卻已近全黑。白晝幾乎稱不上白晝，氣溫驟降，屋外結起了冰霜，在街燈的照耀下，聯合街顯得晶瑩燦亮，空氣中有種憂鬱的藍調氛圍。

街上的另外四間店都已打烊，但他打開了熔岩燈和電子壁爐。刺青師茉德站在櫃檯邊翻閱同人雜誌，安東尼神父摺了朵紙花。工讀生基特先前將店裡所有愛美蘿・哈里斯的唱片通通收集了起來，現在趁著法蘭克不注意，悄悄按照字母順序排好。

「我那都沒客人上門了。」茉德提高音量大喊。雖然法蘭克坐在後方，她人在前頭，但其實沒必要大呼小叫，聯合街上的商店都不過只有前廳大小。「你有在聽嗎？」

「有啊。」

「看起來不像。」

法蘭克摘下耳機，揚起嘴角，笑紋爬滿了他的面頰，眼角也起了褶皺。「看，我都有在聽啊。」

茉德像是「哼」了聲後又說：「有個男人打電話進來，但不是要刺青，只是要問怎麼去新城區。」

安東尼神父表示，他的禮品店賣出了一個紙鎮以及一枚印有主禱文的皮製書籤，臉上神情看起來相當心滿意足。

「再這樣下去，我到夏天就要關門大吉了。」

「不會的，茉德，妳的店不會有事的。」同樣的對話兩人已不知重複多少次——她會抱怨生意多差多冷清，而法蘭克總會回答，別擔心，茉德，情況沒這麼糟。你們倆像跳針一樣，基特說；若不是每晚都得聽上一遍，這話還挺幽默的。此外，他們兩人也不是情侶，法蘭克是個徹徹底底的單身漢。

「你知道葬儀社那經手了多少場喪禮嗎？」

「不知道，茉德。」

「**兩場**；聖誕節之後就兩場。現代人是怎樣啊？」

「可能是因為大家都還活得好好的。」基特插話。

「少來，快死的人還是很多，只是大家都不來這了，他們只愛主街上那些垃圾。」

花店上個月才收掉，空蕩蕩的店鋪如今像顆爛牙般矗立在街道一頭。幾晚前，另一頭的麵包店櫥窗還被人亂噴標語。法蘭克打了桶肥皂水，花了整整一上午才刷乾淨。

「聯合街上一直有這些店。」安東尼神父說，「我們是一個社區共同體。我們屬於這裡。」

工讀生基特抱著一箱十二吋的新單曲經過，差點撞翻一只熔岩燈，看來他是打算撇下愛美蘿．哈里斯不管了。「今天又有人偷東西。」他忽然天外飛來一筆說，「他一開始還很不知所措，因為我們沒賣CD，然後說想看張唱片，結果抓了就跑。」

「他偷了哪張？」

「創世紀合唱團的《無形的接觸》。」

「所以你怎麼做，法蘭克？」

「老樣子啊。」基特回答。

沒錯，法蘭克碰上這種事永遠只有一種反應，就是抓起他的麂皮舊夾克追出去，最後在公車站逮到那年輕人。（世上有哪種賊會乖乖等十一號公車？）他一面深呼吸平緩氣息，一面對那小夥子說，除非他肯回店裡聽些新東西，要不然他就要報警。若他真那麼想要創世紀那張唱片就留著吧，法蘭克只是傷心他挑錯唱片偷——他們早期的作品好太多了。他想要那張唱片的話大可免費帶走，連封套都可以奉送。「只要聽聽《芬加爾岩洞》就好。相信我，如果你喜歡創世紀，就一定會愛孟德爾頌。」

「我真的希望你能考慮一下賣那些新式的CD。」安東尼神父說。

「你在開玩笑嗎，神父？」基特哈哈大笑，「要他賣CD還不如要他死了算了。」

「叮咚」一聲，店門打開。是位新客。法蘭克心頭一陣雀躍。

一名外表乾淨整齊的中年男子循著一路鋪至唱盤前的長形波斯地毯前進。無論從哪方面看上去，這名男子都再平凡不過——外套、髮型，甚至是耳朵——就像他是刻意把自己裝扮成這模樣，以免引人注目。他垂著頭，默默經過安東尼神父與基特所在的右方櫃檯，兩人身後堆著一片又一片存放在紙板套內的唱片。接著，他又經過左方的老木架、通往法蘭克二樓公寓的房門、中央的大桌，以及塞滿多餘存貨的塑膠箱。基特用圖釘在牆上釘滿了唱片封套和手繪海報，但他瞄也沒瞄上一眼。最後，他停在唱盤前，掏出手帕。

法蘭克盤起魁梧的雙臂，俯身向前，用他那低沉響亮的聲音問：「你還好嗎？有什麼可以為你效勞的？」

「其實呢，我只喜歡蕭邦。」

法蘭克想起來了。這名男子幾個月前也來過，說是想找張能平穩婚禮前緊張心情的唱片。

「你之前買了《夜曲》。」他說。

男人抿動雙唇，似乎不習慣有人記得他。「我又遇上麻煩了，不知道你能不能——推薦我些唱片？」他下巴有塊鬍子沒刮乾淨，看上去怪寂寞的，彷彿那些扎人的鬍碴就這麼被孤伶伶地遺忘在那。

法蘭克微微一笑。每當有客人請他推薦音樂時，他總是會露出同樣的笑容，也總會提出相同的問題。你知道自己想找哪方面的音樂嗎？（知道，蕭邦。）有聽過其他喜歡的曲子嗎？（有，蕭邦。）可以哼出旋律來嗎？（不，他不知道要怎麼哼。）

男人回頭瞥了一眼，想確定沒人在聽他們談話。實際上也沒有。這麼多年來，他們在唱片行裡什麼事沒見過。來找新唱片的常客就不用說了，但有時候，人們要的不只是這樣。法蘭克會挑選音樂，幫助客人捱過病痛、悲傷、失業、低潮，或是其他一般日常生活的瑣事，像是天氣或美式足球的比賽結果。這些東西他也不全都真的了解，但重點在於傾聽，而他有的就是耐心。小時候，他可以手裡捏著麵包，一站就是好幾小時，只為能招隻鳥兒前來。

但男人只是看著法蘭克，默默等待。

「只要推薦合適的唱片就好嗎？你也不知道自己要找什麼，但只要是蕭邦的就好，是嗎？」

「對、對，沒錯。」男人回答。正是如此。

好吧，所以他需要什麼？法蘭克撥開瀏海——但髮絲又像有自己意志般，立刻落回原位——托著腮，側耳聆聽，彷彿在空氣中尋找什麼無線電信號。是該挑個優美的呢？還是慢節奏的？他坐在位子上，不動如山。

是了！法蘭克猶如醍醐灌頂，不由屏息。當然了，這位先生需要的不是蕭邦，甚至不是夜曲。他需要的是——

「等等！」法蘭克站了起來。

他拖著高大的身子穿過店面，在唱片間東翻西找，繞過基特，又低頭閃過一盞燈飾。他只需要找到一張符合從這位只喜歡蕭邦的男人身上聽到的音樂就好。鋼琴，沒錯，他是聽到了鋼琴，但不僅如此，他還需要些別的：某種既溫柔又包容的旋律。要去哪裡找呢？貝多芬？不，那太強烈了。男子這樣的人可能承受不了貝多芬，他需要的是個好朋友。

「需要幫忙嗎，法蘭克？」基特問——實際上，他說的是「要幫昂嗎？」，因為他那張十八歲的嘴裡此刻正塞滿了巧克力餅乾。雖然人們有時會那麼暗示，但其實基特的智商很正常，甚至沒有任何遲緩的問題，只是不擅交際，偏偏又常熱情過頭。他從小在郊區的一間獨棟小屋長大，母親有失智症，父親又只會看電視。過去幾年來，法蘭克對基特培養出濃厚的感情，就像對他過去那輛破箱型車和他母親的唱片機一樣。他發現，只要把基特當成一條幼齡獵犬，固定讓他出去散散步、交辦些簡單的工作給他，就不太會造成什麼嚴重的破壞。

但他要找的是哪種音樂呢？究竟是什麼呢？

法蘭克想找的是一首能如小木筏般平安將這名男子送回家的樂曲。

鋼琴，對。銅管樂器？也可以。歌唱？或許。他需要某種熱情、震撼，聽起來既複雜卻又單純到——

有了，他想到了，他知道這位先生需要什麼了。他大步走至櫃檯後方，拿出合適的唱片。等他趕回唱盤前、嘴裡嘟噥著「第二面第五首。就是它了。沒錯，就是它！」時，男人卻嘆了口氣，聽起來幾乎像哽咽，充滿了絕望。

「不不不，這是誰？艾瑞莎·富蘭克林？」

「〈喔不，那人不會是我寶貝〉；就是它了，就是這首歌。」

「我說過了，我只想要蕭邦。流行音樂沒有用。」

「艾瑞莎是靈魂歌手。你無法對艾瑞莎說不的。」

「《黑暗心靈》？不，我不想聽這個，這不是我要的。」

高大的法蘭克低下頭，看著男人不停擰絞他的手帕。「我知道這不是你想要的，但相信我，這正是你今天需要的。聽聽又有什麼關係，能有什麼損失呢？」

男人又朝店門方向望了最後一眼。安東尼神父同情地聳聳肩，彷彿在說：**有何不可？我們都**

這樣過。「好吧，那就放吧。」只喜歡蕭邦的男人說。

基特飛快跑上前，帶他前往試聽間。他沒真拉住男人的手，只是張開雙臂領在前頭，彷彿男人隨時有倒地的危險。熔岩燈綻放繽紛的光芒，粉色、青蘋果色與金色的光華流轉變幻，這裡的試聽間和沃爾沃斯超市的截然不同——在沃爾沃斯試聽音樂，簡直就像站在美容院的直立式烘罩下，而且茱德說耳機還油到聽完後得沖個澡才行。不，這裡的試聽間是法蘭克親手用一對維多利亞式衣櫥改造而成。他無意間發現了這對大到出奇的衣櫥，買回來後把櫃腳給鋸了，也拆了櫃裡的吊桿和抽屜，並鑽了幾個小孔連接唱盤的電線。之後又找到兩把剛好能放進去、坐起來又舒服的安樂椅。他甚至還將木頭表面打磨到像黑色亮光漆般閃閃發亮，露出門上用珍珠母貝鑲嵌而成的精巧花鳥紋飾。只要細看，你就會發現這兩間試聽間有多麼美麗。

男人走進試聽間，側身挪動腳步——裡頭的空間很小，畢竟它本該是放在臥房的家具。他坐了下來，法蘭克幫他戴好耳機，關上門。

「你在裡頭還好嗎？」

「沒用的，」男人回答，「我只喜歡蕭邦。」

法蘭克回到唱盤前，從封套裡輕輕取出唱片，抬起唱針。**喀**、**滋**，唱針沿著溝槽遊走。他打開揚聲器，讓整間店都能聽到樂曲。**喀**、**滋**——

黑膠唱片是有生命的。你只能等待。

2 〈喔不，那人不會是我寶貝〉

喀、滋。試聽間裡很黑，就像躲在櫥櫃般，有種必須噤聲的氛圍。靜默滋滋蔓延。

所有人都警告過他。小心點，他們說，但他就是不聽。所以他求婚了。聽到她答應時，他簡直不敢相信自己的好運——她是如此美麗，他卻是如此平凡。婚宴結束後，他拿了瓶香檳要給她。而她就在那，頭下腳上地躺在蜜月套房裡。他起初並不明白，還得定睛多看幾眼。只見一件禮服如黏答答的蛋白霜攤在那，底下露出了四條腿，兩隻腳上穿著黑襪，一條腿上套著吊襪帶。他明白了，是他的新婚妻子和男儐相。他將香檳和兩只玻璃酒杯留在地上，關上房門。

他無法將那畫面驅離腦海。他聽蕭邦、吞醫師開的藥方，但統統沒用。他開始足不出戶，動不動就哭，情緒低落到必須向公司請病假。

喀、滋——

歌曲開始了。吉他弦動，小號聲響。輕快的「親愛的——親愛的——寶貝」歌聲響起，接著是咚、咚、咚的打擊樂。

法蘭克在想什麼？這不是他要的音樂。他正要把耳機摘掉時——

「朋友告訴我你身旁出現其他人，」那名叫做艾瑞莎的歌手開始演唱，歌聲清澈沉穩，「但我一個字也不信。」

那感覺就像在黑暗中遇見一名陌生人。你說：「嘿，你知道嗎？」而那名陌生人回答：「嗨，我也正想這麼說。」

他不再去想他的妻子、他的悲傷，只是聽著艾瑞莎，彷彿她是他腦海中的一個聲音。她對他敘說自己的故事——感覺就像那樣。所有人都說她的男人是騙子，就連她母親也這麼想。但艾瑞莎不相信，他才不像其他男孩，滿口花言巧語、滿口謊話。歌曲開始時她的口氣還相當鎮定，但到了副歌就幾乎可說是嘶吼吶喊著。她的歌聲宛如一葉扁舟，而歌曲旋律就是浮世繪中的驚濤駭浪。艾瑞莎只是堅定地乘著船，隨著浪潮沉浮起落。她對他那麼死心塌地，簡直就是冥頑不靈。琴弦聲、吉他的錚鏦聲、小號的重複短樂句、打擊樂器，在在告訴她她錯了——（**喔喔喔！**合音尖聲吟唱，有如希臘戲劇中的女歌隊）——但是不，她堅守自己的信念。歌聲跌宕起伏，一下拔入雲霄，一下又筆直墜跌。艾瑞莎明白，她明白愛上一個騙子是多麼地孤獨，多麼地絕望。

他坐著，動也不動，只是聆聽。

3〈神奇的力量〉

法蘭克從包裝中抖出根菸，一面抽，一面注視試聽間的門。他希望自己沒有選錯歌。有時候，人們需要的只是知道自己並不孤獨；其他時候則需要讓他們正視自己的心情，直到那感覺耗盡——人們總是習慣緊抓著熟悉，即便那只會帶來痛苦與心傷。

「黑膠唱片的特點在於你必須悉心照顧它。」他母親曾說。佩格的身影浮現腦海，她在他們海邊的那棟白色屋子裡，頭上纏著頭巾，身上披著日式罩衫，播放巴哈、貝多芬或任何她有的音樂給他聽。佩格會告訴他各種唱片的軼聞、所有能夠幫助他理解樂曲的小故事。說起作曲家時，她的神態與口吻就像是在談論愛人。即便是下雨天，她也會戴著大大的太陽眼鏡；實際上，就連黑到伸手不見五指時她也照戴不誤。她手上總是戴著許許多多的鐲子，笑起來就會叮噹作響。她對所有一般尋常母親會做的事通通毫無興趣，像是做個切成三角形的果醬三明治、煮頓美味的燉菜給他當晚餐，或是咳嗽時餵他喝櫻桃止咳糖漿。如果他撿個貝殼或海草給她看，她的反應通常是直接扔回海裡。每當她開著那輛老荒原路華休旅車進城時，總是要法蘭克提醒她拉起手煞車。

（很不幸地，她常會因為忘了拉手煞車造成車子滑行。）沒錯，佩格打從心底厭惡世俗的母職，但只要有關黑膠，她就會表現出一種幾近神聖的關心。只要是音樂，她可以一連說上好幾小時。

樂聲漸弱。喀嗒一聲，試聽間的門打開了。珍珠母貝雕成的鳥兒振翅遠去，在視野中消失。只喜歡蕭邦的男人沒有離開試聽間。他站在門邊，臉色慘白，看起來有點像是快吐了。

「怎麼樣？」法蘭克問，「你覺得如何？」

「怎麼樣？」茉德、安東尼神父和工讀生基特也都在櫃檯邊等著。基特輪流踮著兩腳跳來跳去，安東尼神父把眼鏡當皇冠般架在頭頂上。茉德只是皺眉。

只喜歡蕭邦的男人笑了起來。「哇，太厲害了。你怎麼知道我現在需要的是艾瑞莎？你是怎麼辦到的，法蘭克？」

「我做了什麼嗎？不過是幫你放了條好歌而已。」

「艾瑞莎．富蘭克林還有其他唱片嗎？」

現在，換法蘭克笑了。「有。算你幸運，她錄了很多唱片。她是真心喜歡唱歌。」

他放完整張唱片，兩面都放了。法蘭克一面聽，一面抽菸，還一面在唱盤後的狹小空間內扭臀搖肩地跳起舞來——見他這模樣，連茉德都開始跟隨音樂搖擺——只是基特看起來像隻發神經的雞，也像是穿了新鞋腳在痛。這張唱片是艾瑞莎的巔峰之作，所有人都該擁有一張《黑暗心靈》。

之後，基特泡了幾杯茶，法蘭克一面在唱盤後聽音樂，一面聽男人訴說更多有關他妻子的事：婚禮後，她一根指頭都不讓他碰一下，一個月前還搬去了伴郎那兒。他說能把這事說出來令他如釋重負。法蘭克一面聽，一面頷首，並再三向他保證只要他想，隨時都可以到店裡來。「沒開的話就敲個門。幾點都無所謂，我一定在。你不必自己承受這一切。」

小事一樁，沒什麼，真的。但男人臉上綻放的笑容就像法蘭克給了他全新的心臟。

「**你**也有過這種慘痛的經驗嗎？」他問，「你愛過人嗎？」

法蘭克笑了起來。「那對我來說都不重要了。我現在有這間店就夠。」

「他現在幾乎是大門不出、二門不邁。」安東尼神父插話。

「我可以再聽一次那首歌嗎？」

「當然，沒問題。」

男人回到試聽間，關上門。法蘭克將唱針放回唱片上。「朋友告訴我你身旁出現其他人……」他的目光飄向櫥窗。

外頭好安靜、好空蕩，沒有一點往來的行跡，只有那微弱的藍光和凜冽的寒意。法蘭克不會彈奏任何樂器、不會讀樂譜、沒有任何實際的樂理知識，但只要他坐在客人面前，用心聆聽，就能聽見一種像是樂曲的聲音。不是完整的交響樂，只是幾個音符，最多最多就是一小段旋律，而且不是每次都能聽到。只有當他放下法蘭克這個身分、讓自己存在於一個飄渺的空間時才行。打從他有記憶以來就是如此。「那叫做直覺。」安東尼神父說；茉德則稱之為「變態的能力」。

所以，就算他生命中沒有重要的另一半又怎樣？他一個人也樂得逍遙。他又點了支菸。

就在這時候，他看見她了，那雙直勾勾的眼神。

4 聯合街上的商店

第一次見到這間店，法蘭克就不由放聲大笑，而且是「哈、哈、哈」那種發自肺腑、喜難自禁的宏亮笑聲。那是十四年前的事了。一九七四年，英國正值戰後的第一次經濟衰退，礦工開始罷工，政府強制一週僅能開工三日。

那時，他已在街上遊蕩了好幾個小時，不曉得自己該何去何從。他經過大教堂、經過周邊錯綜複雜的古老巷弄和石子路、經過雜貨鋪和小餐館。他沿著城門區前行，這裡是城裡的主要購物區。他注視巨大的櫥窗，也拜訪了鐘塔。再往前走，他看見通往公園的入口以及就業服務處前的人龍。他去了間電動遊樂場看了看，之後又逛了下市集攤販，接著踏上自住宅區通往老碼頭的道路。他會停在聯合街只有一個原因：那是條死胡同，裡頭有間酒館，街道一側有六間商店，另一側則是一排維多利亞時期的褐磚屋。沒有任何屋頂能供他翻牆而過，前頭真的再也無路可走。

所以他就在這逗留了會兒，好好端詳這條荒涼僻靜的小路。一間屋子窗前掛著面義大利國旗，香料的氣味從鄰家傾瀉而出。一名纏頭巾的女人在門前臺階上剝豆莢，一群孩子推著輛手推車嬉鬧。另一面牆上漆了大大的文字，上頭寫著「吉屋出租」。他看著那排店面：一間葬儀社、一間波蘭麵包店、一間宗教禮品店、一間窗前貼「待售」告示的空屋，然後是一間刺青工作室，最後則是家花店。他看見葬儀社的窗內有兩名老翁正向一名哭泣中的女人遞出面紙、有個男孩指著麵包店裡的蛋糕；一名五十多歲的男性長者在信念禮品店內替女孩挑選塑膠製耶穌雕像；滿身刺青的年輕女刺青師在店裡掃地，她的窗上垂掛一對窗簾，玻璃上寫著「TATTOUISTA」。還有一名穿著印度紗麗的老嫗捧著一大束鮮花走出花店，一面關門一面大聲道謝。就是這平凡的日常生活景象打動了他。平凡，還有那腳踏實地感，就像這群形形色色的人們一直都在這兒、就像家裡的爸爸媽媽，幫助他人尋找所需。在他心中，他能看見未來在眼前開展，就像往昔在那棟白屋能看見遠方的地平線自海霧浮現，朦朧、遙遠，卻又美麗，並且充滿了希望。法蘭克就是在這時候笑了起來，而且他已經好幾年沒有這樣笑過了。他直接走進仲介的辦公室。

「先生，不用我說，那間店顯然需要些小小的關愛。」仲介放下三明治，一面尋找鑰匙一面告訴他，「進去後你恐怕得發揮一下想像力。」

小小的關愛？店裡根本是一塌糊塗，到處塞滿各種垃圾，那股惡臭更是令人難以招架——顯然有人把這當成了公廁。甚至還有人撬開地板，生了把火。

「我喜歡。」法蘭克說，伸手摸了摸牆壁，只為讓它們安心。「對，他們開價多少我就直接付多少。」

「真的嗎？你不出個價？」

「不了，這正是我要的，我不想討價還價。」

若要法蘭克愛上一間有花園、各種家具設備一應俱全的好房子，他會轉身就走；若要他愛上另一個人類，他會逃之夭夭。但**這裡**，這個破敗骯髒、被人拋棄濫用的店面——沒錯，這才適合他。他向地產仲介坦承自己沒有任何動手翻修的經驗，但如果能從圖書館借本書，應該不會難到哪去。他也坦承自己對店面的運作所知不多，佩格的東西向來都是由快遞送來。他提到了哈洛德百貨、Fortnum & Mason，還有德意志留聲機公司。

房仲不敢相信自己的好運——他太太每星期六都會開車去超市。那間店已經空了一年，那排商店街也只是苟延殘喘，只要有人用力關門，就常會有石塊掉落地上。街後是一大片廢墟瓦礫，是在一九四一年被炸彈轟炸的結果。房仲上回查看時，只見一群邋遢的小孩在那玩耍，還有一頭山羊綁在繩上。這條街根本就亂七八糟，總有一天會有開發商想把這裡完全剷平，改建成一座停車場。

但法蘭克似乎對這一切毫無所覺。相反地，他提議兩人一起到街角的酒吧「英格蘭之光」喝杯啤酒。這名身材高大的年輕人有種說不上來的特質，加上他凌亂的頭髮、邋遢的衣著、走起路來搖搖晃晃的詼諧姿態，就像他還沒習慣自己雙腳的大小一樣，都讓房仲有種摸不著頭緒的感覺。那是一種你不常有機會見到的純真。他的手就像粉撲般柔軟，顯然這輩子從沒做過任何辛苦的勞動。而且一開口就是唱片，談個沒完。

當仲介問他是什麼原因把他帶來這僻靜的小角落時，法蘭克回答說是因為他的箱型車罷工了。（**小角落**是房仲說的，但英國這角落一點也不**僻靜**，醜得要死，主要的產業就是食品加工。說明確點，是加工零食。所以若是風颳錯了方向，整座城市聞起來都是起司味和洋蔥味。）

但說得委婉的不只是房仲，法蘭克自己也語焉不詳。他可以直言他的箱型車大概在最後二十哩路時就走不動了，也可以提一下自從佩格死後他的生活就毀了，連海邊的白屋都沒了。這段日子他到處流浪，睡得極不安穩，等著解答從天而降。現在，它果然出現了。如果他能在一條死胡同裡開間小店，不受任何感情羈絆糾纏——如果他能將所有心力投注於服務大眾，並避免接受任何回饋——或許他能應付這樣的生活。他用極低的價錢賣掉了那輛箱型車，下午就把合約簽了，連屋況調查都不用。

「所以你要在這開間唱片行？」第一次見面茉德便這麼問。她是個身材結實矮小的年輕女性，頂著莫西干頭，並會依照心情把頭髮染成各種不同顏色——通常是你在大自然中找不到的暗黑色調，身上刺滿黑色的愛心與花朵。

法蘭克抬起頭來。他正坐在路邊晒太陽，手上拿著鉛筆，在記事本上畫笑臉。

「是啊。」他回答，「我想幫大家找到合適的音樂。」

「沃爾沃斯超市呢？」

「沃爾沃斯怎樣？」

「城門區就有一家，離這裡走路只要十分鐘。」

「喔。」法蘭克說，「我還在想要去哪裡買單曲排行榜上的唱片呢。」他又將視線轉回記事本上。

「你該不會是在告訴我你沒存貨吧？」

「存貨？」

她翻了個白眼。「就卡帶或其他商品啊。」

「我以前的唱片都在箱型車裡。但我不賣錄音帶，卡帶毫無美感可言。我只賣黑膠。」

「那想買卡帶的人怎麼辦？」

他微微一笑，她的臉忽然像被火焰槍噴過一樣瞬間燒紅，法蘭克不明白是為什麼。「他們可以去沃爾沃斯啊。」

「你知道，你那裡原本是間裁縫用品店，店主是個老婦人。她半個客人也沒有，最後瘋了，住進療養院。」

法蘭克默默記住：如果哪天心情不好需要找人聊聊，千萬不要找茉德。

他立刻著手翻修。光是一天早上，他就清出了一臺洗衣機、一個汽車電瓶、一臺除草機和一張鐵製床架；並將常春藤拔個乾淨，也掃了地、撬開了窗框。東西清空之後，這地方忽然顯得潛力無窮。從外頭經過時，你不會想到店裡空間有那麼大。櫃檯可以擺在門邊，唱盤放在後頭，甚至還能容納兩間試聽間。他買了袋工具，準備開工。

法蘭克或許看上去孑然一身，但這樣的人在聯合街上並不突出，這裡有許多人都曾孤單過。幾乎每天都會有人從門口探頭進來——是**真的**從門口探頭進來，因為門上還沒安裝玻璃——幫忙接手他的工作，而法蘭克會替他們找尋合適的唱片當作回報。他曾悉心觀察的那些店主，如今都將他納入了羽翼之下，扶持照顧。他現在知道了，那名由於私人因素提早退休的前任牧師，每天大約會在他吃玉米片時給自己倒杯飲料；也知道那對孿生老兄弟是那間家族葬儀社的第四代傳人，而且兩人有時會像小孩子一樣手牽手。他也聽說了那名波蘭麵包師傅的故事，並開始了解那名刺青師一臉不爽時其實有可能是在微笑。

他換掉店裡損壞的地板、補好牆面，水管修好了，屋頂的磚瓦和窗戶也煥然一新。通往公寓的樓梯終於恢復安全，房子的管線也重新整理好。現金用完後，法蘭克就去銀行申請貸款。

「你申請不到的。」茉德說。

殊不知銀行經理的小孩剛出生，可憐的媽媽已經好幾個星期沒睡好覺。經理向法蘭克坦承他已束手無策，不知道能怎麼幫忙妻子，他什麼都試過了。法克蘭傾身向前——他的椅子很小，幾乎就像個迷你模型——手抵著下巴，默默聆聽，貸款的事早就被他拋到腦後，只是專心聽著。一直等到面談快要結束，經理才開始審核法蘭克的文件，並表示由於他過往沒有任何經營零售業的經驗，銀行不可能通過他的貸款。「你感覺是個好人，」他說，「但現在通貨膨脹的情況實在太嚴重，我們無法冒這個險。」除了經濟蕭條外，冷戰也令所有人憂心忡忡，大家都毫不懷疑，某天早上醒來會發現蘇聯的坦克車停在 Co-op 超商外頭。

隔天，法蘭克帶著兩張唱片回到銀行——分別是比爾．艾文斯的《黛比的華爾滋》和希德嘉．馮．賓根的頌歌——並附上一張字條，註明經理妻子該聽的曲目。他另外還帶了一片搖籃曲。（「尊夫人不用聽這片。」他用潦草的字跡寫道，「這是給寶寶的。」）那張搖籃曲既非經典，會推薦它也令人滿腹疑惑：因為是穴居人合唱團的《野東西》。

但真的奏效了。銀行經理致信法蘭克（是封精美的打字信），說他妻子終於能好好睡上一覺。寶寶聽到搖籃曲也立刻陷入一種祥和的沉醉，像是終於有人認出他體內的野獸，並為牠打造了個安全的避風港。經理還註明他非常樂意提供法蘭克全額的貸款，並隨信附上所需文件——他已先擅作主張，替法蘭克填好了表格。最後在信末為他的未來獻上最誠摯的祝福，並署上自己的名字「亨利」。兩人從那天開始變成了好友。

店裡架起簡單的木架。法蘭克買了臺好用的唱機及一對ＪＢＬ揚聲器。開店之初，店裡賣的全是他自己收藏的唱片和單曲。由於他是如此深愛它們、了解它們的一切，所以小心翼翼地將它們分門別類、排放在箱子裡，但並非依照類別或字母順序，而是出於直覺。比方說，他會將巴哈的《布蘭登堡協奏曲》放在海灘男孩合唱團的《寵物之聲》和邁爾士・戴維斯的《即興精釀》旁邊。（「都是同樣的東西，只是不同的時代。」他說。）在法蘭克心中，音樂就像一座花園——處處都撒有種子，如果人們只專注於自己所知的東西，就會錯過許多美好的事物。

整整兩年來，他店裡沒來過任何一名唱片公司業務。其中一人說這裡看起來比較像是間簡陋的小屋，而非商店。主街上有間大型的沃爾沃斯超市，不到十哩遠外還新開了家普羅唱片行。但當七七年《別管鳥事》發行時，法蘭克是方圓二十哩內唯一有賣這張專輯的唱片行。唱片在兩天內銷售一空，他還得向茉德借她的福特Cortina驅車前往倫敦採購新存貨。他在店裡塞滿各種他過去從來沒聽過的小型獨立音樂公司所出的唱片：Cherry Red Records、Good Vibrations、Object Music、Factory Postcard、Rough Trade、BeggarsBanquet、４ＡＤ。到了八〇年代早期，天天都會有業務代表造訪，拿出促銷的Ｔ恤、海報、票券，甚至是免費贈品；只要一張唱片的價格就能購入十張。儘管如此，他還是拒絕購入卡帶。唱片行開始奠定它的名聲，聯合街也是。法蘭克週六忙到還必須刊登廣告招人幫忙，不過基特是唯一交了份自製履歷的求職者。履歷上一一列出了他參加過的所有社團——幼童軍、童子軍（陸地童軍團與海上童軍團都有）、聖約翰救傷車隊見習生、國家集郵社和戴安娜・蘿絲粉絲俱樂部。他顯然非常急於逃離現有的一切。

如今，CD興起，唱片行越來越少接到客人和業務代表來電。他們都說法蘭克過時了，說他是老頑固。不過其他人都同意這還挺酷的。當一個人願意這麼堅守瘋狂的事物，相較之下，人生中其他問題似乎簡單明白許多。總之——就像法蘭克常說的——想買卡帶甚至是新CD的人大可去沃爾沃斯超市或普羅唱片行，那裡多的是。

一片閃亮亮的塑膠盤是有什麼好讓人興奮的？CD持續不了太久，它們不過是一時的花招，卡帶也是。「我才不管別人怎麼說，未來會是黑膠的天下。」他這麼表示。

5 暈倒的女子

她就站在店外。一名身穿綠色大衣的女子。事後，他可以發誓她想告訴他些什麼，甚至在那時候她眼裡就閃耀著一種奇特的光芒，不過這也有可能是後見之明。總之，可以確定的是上一秒她還在那，蒼白的面孔貼在窗上，雙手捧在臉旁，有如小巧的魚鰓，然後——「砰」，人行道似乎吞沒了她。她就這麼不見影蹤。

「你有看到嗎？」安東尼神父喊道。他只擠得出這一句，然後就不再說話。

法蘭克奔至門邊，猛力拉開店門，基特、茉德和老牧師尾隨在後。女人仰躺在人行道上，唱片行內的流轉燈光如粼粼河水映照著她。她動也不動，身體打得筆直，兩手平貼腰側——而且手上戴著手套——鞋尖朝天。法蘭克從來沒見過她。

「怎麼回事？」安東尼神父問。

「老天，她死了嗎？」基特問。

法蘭克不知不覺間已在她身旁跪下；但一回神，就希望自己沒那麼做。女人雙眼緊閉，臉上毫無血色。面孔小巧精緻，線條分明——幾乎顯得嘴巴和鼻子太大——眉毛窄細，頜骨過寬，將她纖細的下巴襯得更為削瘦，頸子有如花莖般纖長，鼻子兩側雀斑密布，就像有人因為好玩而用刷子沾了顏料輕灑在她臉上，同時給人一種既脆弱但又無比堅強的感覺。

安東尼神父脫下羊毛衫，披在她身上。基特在聖約翰救傷車隊受過的訓練此時派上用場，也趕緊衝上前幫忙。他說，發生緊急事故時，最重要的就是保持冷靜，盡快評估情況，然後安撫傷患。如果需要醫療照顧，他會盡力幫忙，但說實話，他的程度只停留在包紮桌腳上。

「脈搏，法蘭克。」安東尼神父說，「量量她的脈搏。」

法蘭克用指尖按在女子的鎖骨下方。她的肌膚好柔軟，感覺就像碰了什麼不該碰的東西。

「她還有呼吸嗎？」基特問，聽起來很是驚慌。

「我不曉得。」

活到四十歲，法蘭克只見過一具屍體；他母親的屍體。但這種靜止的感覺不像死亡，比較像是女人暫時停止了運作。她可能二十多歲，最多三十。

此刻，已有不少對街的居民衝出家門，有人說趕緊拿毯子來，有人說把帶她進溫暖的室內，還有人說不該動她，以免她頸骨斷了，之後有個男聲開始高喊打電話叫救護車。這場混亂與如細絲般蜿蜒纏繞法蘭克與女子身旁的靜謐格格不入。那細絲將兩人緊緊拉近，並將其他一切排拒於外。世界彷彿變得模糊、朦朧、遙遠、無關。

「妳還好嗎？」法蘭克說，「聽得見嗎？喂？」

一縷生氣在她臉上蔓延。女子緩緩睜開了眼。與她四目相對，法蘭克只覺自己如遭電擊。那雙眼大得驚人，如黑膠般漆黑。

「她沒死！」有人大喊。還有另一人說：「她醒了！」他們聽起來依舊像在千里之外。她就用那雙銅鈴般的大眼怔怔看著法蘭克，沒有笑，只是凝視他，彷彿直看穿他內心深處。然後又闔上。

安東尼神父又把身子湊近了些。「繼續和她說話。」繼續說？他還能說什麼？他習慣的是人們站在他的唱盤前，有那麼些緊張，也有那麼些平凡，而不是倒在人行道上時醒時暈。「保持清醒，聽我說話，好嗎？」

他忽然察覺到外頭有多冷。即便穿著夾克，他依舊簌簌顫抖。

「保持清醒。」他說，「我就在這。」他覺得這話聽起來還滿有模有樣的，好像他知道自己在說什麼，所以又重複了一遍，只不過這次是微微加長版。「妳一定得保持清醒，我就在這，哪兒也不去。」她沒有回答。

「我們最好把她搬進屋內。」安東尼神父說。

法蘭克又將身子彎得更低，想盡可能在不要有太多接觸的狀況下扶她起來。他將她扶成坐姿，她的頭頹然垂在他肩邊，他能聞到她的髮香，所以他就成了現在這模樣：跪在地上，懷裡抱著個昏睡或甚至可能失去意識的女人——不過他現在相當肯定，她應該沒有生命危險——周遭人群七嘴八舌，有人催促他起身，有人要他留在原地，有人要他等救護車出現，有人要他扶她進屋。

「要我幫忙嗎？」基特問。他此刻正對著女人呵氣，想替她保持溫暖。「呼、呼、呼」。

「拜託不要。」法蘭克說。

看見安東尼神父在他對面跪下，法蘭克不由鬆了口氣。顯然神父已不是第一次碰上這種事。他低聲問：「準備好了嗎？」兩人起身，女子的重量似乎全落在他身上。

「你抱她進去吧。」安東尼神父說。

「我？」

「別這麼驚訝。我就在你身旁。」

法蘭克抱著女子朝店裡走去，用他的膠底帆布鞋摸索前進。那路途彷彿長到不可思議。把她抱起來後，他才發現她比自己想像中的還要有分量，他的兩條腿好像變成了一灘爛泥。多年前，如果母親喝了太多杜松子雞尾酒，他總得幫忙攙扶她上樓，但任何神智清楚的人都不會想嘗試抱起佩格，她只會把你壓垮。

基特趕緊衝上前，幫忙打開店門，跑了進去。安東尼神父搬開地上的箱子，在波斯地毯上清出個空位，茉德則帶著毛巾和一瓶特大號的滴露消毒清潔劑回來。（沒人敢問她要拿它來做什麼。）法蘭克將女人輕輕放在地上。

「拿條毯子來。」是誰說的？安東尼神父，大概。

法蘭克回到樓上的公寓，推開一箱又一箱的唱片，只覺得腦袋一片混亂。有種感覺自他體內深處湧現，但他壓根說不出是從哪冒出來的，彷彿是某個異時間的幽影暗處，或已被他拋諸腦後的某段人生。是她方才那凝望的目光。原本緊閉的雙眼驀然睜開，那熾烈而明亮的眼神他想他這輩子永遠不可能遺忘。

法蘭克踩著笨重的步伐穿梭廳房，看到什麼就拿什麼：毛毯、開水、膏藥；跑回樓梯口時忽然想起她可能餓了，又匆匆趕回去抓了盒麗滋餅乾。

等他回到一樓時，店裡已人滿為患。大家熱心出借自己的外套──也有人拿了毯子來──但女子已然醒轉。站直的她甚至更加美麗。儘管身旁群情鼓譟，她依舊抬頭挺胸，昂首而立，纖長的雙臂如翅膀般交疊在後，彷彿存在於另一個不同的空間。深色的髮絲一半夾起，一半散落。

她查看了下自己的外套和腰上的綁帶──兩者都沒有半點凌亂或鬆脫的跡象──然後視線再次在人群間逡巡，直到落在法蘭克身上。霎時，店裡的一切彷彿都消失不見。

「*Was mache ich hier?*」她喃喃道，聲音斷續壓抑，彷彿著涼了般。接著又用英文說：「不好意思。」

她朝門口匆匆走去。眾人亂哄哄地問：「妳是誰？」「怎麼回事？」「現在沒事了嗎？」基特大喊：「等等！等等！」還有人說別走，他們叫了救護車，但她通通置若罔聞，只是擠過人群，幾乎是粗魯無禮地就這麼走出店外，一個右拐朝市中心方向離去。

法蘭克也來到門外，看著她形色匆匆地走過宗教禮品店、葬儀社、波蘭麵包店，最後是轉角的酒吧。她的鞋子在晶亮的人行道上發出「喀、喀、喀」的聲響，就像要把東西折成兩半。街燈投下漏斗狀的光暈，漸漸消融於黑暗之中，對街房舍的窗子是一方又一方的黃窪。到了聯合街盡頭，她左轉朝城門區離去──一眼也不曾回望。

法蘭克已經好多年不曾感到如此赤裸、如此輕盈。他必須倚著門，深深呼吸。

他好奇自己是不是染了什麼病。

♪

法蘭克二十五歲時，他的母親如隕石般狠狠墜地。此後，他日復一日坐在她床邊，無法動彈，猶如一尊木偶，只是看著貼在她脣邊的管子、夾在床尾的寫字板，更不用說那些裝著咖啡或牛肉湯的塑膠杯——兩個看起來都一樣——都是他從販賣機買來，卻碰也沒碰過一下。她把她所有的音樂收藏都留給了他：那臺丹薩特老唱機，以及一箱又一箱的黑膠唱片。之後，更多噩耗接踵而至，他感覺自己就像被活活開膛剖腹。在她的葬禮上，他甚至連「哈利路亞」都唱不出。

♪

「那女人是**誰**？」之後安東尼神父在英格蘭之光這麼問。他捧著杯鳳梨汁，因為他現在已滴酒不沾了。只喜歡蕭邦的男人請所有人喝了輪酒，和基特同坐在吧檯前一張高腳凳上。諾維克先生，也就是那名麵包師傅也來了，一頭灰髮剛梳得光滑油亮，長褲也熨出筆挺的直線。沒看見他一身麵粉總是令人意外。吧檯上方掛著條兩年前皇室婚禮留下的塑膠三角彩旗。

大家爭先恐後地猜測那名昏倒的異國女子究竟是何來歷，就連酒館常客都忍不住湊熱鬧。吧檯前的一排老頭認為她一定是來度假的；一名頭上頂著髮捲的婦女猜想她是不是為了什麼事在逃亡，還有一名只剩三顆牙的男人說她可能是醫師，因為醫師都穿綠大衣。

「綠衣小矮靈也是。」茉德說。

「我覺得她像電影明星。」基特說。

「別傻了，如果她是電影明星，幹嘛無緣無故跑來這裡？」

「我怎麼知道，說不定她是個迷路的電影明星。」

只喜歡蕭邦的男人懊悔自己沒看清楚女子樣貌。他太沉醉在艾瑞莎的歌聲裡，打開試聽間的門後才知道有人昏倒了，只來得及瞥見她匆匆離去。他問有沒有人要吃炸豬皮。（「我要。」基特說。）

安東尼神父同意，無論她是遊客也好、醫師也罷，或甚至真是個電影明星，總歸都不像是會來聯合街的人。首先，她一身裝扮精巧合宜——連服裝的色彩都經過搭配，而且一個破洞也沒有——只是為何會暈倒在唱片行外令人摸不著頭緒。一場美好的意外，或許。

「她為什麼會昏倒？」基特又問了一遍。

沒錯，為什麼呢？大家又你一言我一語地猜了起來，就連當時不在場的人也忍不住發表意見。實際上，興致最高昂的就是他們。因為太冷了嗎？她生病了嗎？血壓太低？她吃了什麼藥嗎？還是只是餓了一整天肚子？越是揣測，她就顯得越是神祕、越是迷人。

茉德抓起她的杯子，用一股不必要的狠勁大力吸吮吸管。「看看你們這樣子，大家會以為你們這輩子沒見過女人。」（中肯。）「還會以為你們從來沒離開過聯合街。」（依舊中肯。）

「那女的大概是被掉落的石塊砸到了。八成會告你，要你賠償，法蘭克。」

法蘭克縮在他的啤酒前，但沒真的在喝，也沒開口說過一句話。

她給人一種截然不同的感覺，一種他從未見過的特質。不是她的裝扮，甚至也不是她的樣貌或說話方式。到底是什麼呢？他說不上來。他的腦袋彷彿是用木頭鑿出來的。

威廉斯兄弟也從葬儀社來到酒館，全身裹在厚厚的衣物中，抵禦冰寒的氣溫。他們是同卵雙胞胎，也都從來沒結過婚。威廉斯一號在吧檯前點了波特酒和檸檬，威廉斯二號搬來椅子，他們也都聽說了女人的事。

「聽說你差點把她摔在地上。」其中一名威廉斯說。（至於是一號還是二號，你永遠不會知道。過去有段時間，他們會繫上不同的領帶以便旁人辨識，但有傳聞說他們會交換領帶，純粹因為好玩。）

「真可惜不是你們倆先到，」茉德說，「要不然她已經進棺材了。」

沒人知道該怎麼答腔，所以決定最好還是動也不動坐在原位，靜待這句話默默消散。

酒保彼特放下擦拭杯盤的抹布，咧嘴一笑。「可惜她不需要復活之吻啊，是不是，法蘭克？知道我的意思嗎？」好吧，大家都覺得很好笑，基特甚至笑到差點把蕭邦男撞出椅外。

「你好安靜。」安東尼神父對法蘭克說，「沒事吧？」

對，沒錯，法蘭克知道了。他知道她為何如此與眾不同了。

6 靜默的魔力

「音樂的重點在於靜默。」她在海邊白屋裡這麼說。

「是的，佩格。」他從不喊她「母親」。

一箱新的密紋唱片擱在桌上，是從他母親每月固定訂購的地方送來的。她抽出第一張，打開紙套。是貝多芬的《第五號交響曲》。

「音樂始於靜默，到了最後又回歸靜默。就像旅程一樣，懂嗎？」

「懂，佩格。」但他其實不懂。還不懂。他只有六歲。

佩格將新唱片輕輕從封套中抽出來，舉至窗邊，一下看看這，一下又看看那。唱片的表面黑如甘草，但加倍閃亮。他深深吸進那美好的氣息。

「而且不用說，樂曲最初的靜默和最後的靜默永遠不會相同。」

「為什麼，佩格？」

「因為當你聆聽時，世界會開始變化，就像陷入愛河一樣，只是沒有人會受傷。」她發出嘶啞的笑聲，伸手拿菸，「好了，可以去幫我打開唱機嗎？」

法蘭克緩緩朝唱機走去。那是臺高檔的型號——丹薩特的豪華機種——灰色人造皮面配上深紅色鑲邊。一轉開上方的旋鈕，唱機就發出低沉的嗡嗡轟鳴。他掀起箱蓋，開到最底。

「準備好了嗎？」

「好了，佩格。」

她將唱片放到轉軸上。他屏住呼吸，等待唱臂啟動。

「聽好了，」她說，「史上最知名的四個音符要出現了。」

「噹噹噹噹」。樂聲自靜默中流瀉，宛如巨獸浮現海面。「噹噹噹噹」。

「聽到了嗎？」她抬起唱針。

「聽到什麼，佩格？」

「有沒有聽到中間短短的停頓？」

「有。」

「發現了嗎？知道貝多芬想做什麼了嗎？音樂之中也存在著靜默，就像把手伸進洞裡，你不會知道接下來將發生什麼事。」

之後，兩人肩並肩躺在地板上，她抽著一根又一根的莎邦尼菸，法蘭克穿著他的睡衣。如果想要說話，他們會壓低音量悄悄開口，就像躲在樹後偷看旋律。「有聽到嗎？」「這個呢？」「有，佩格，我有聽到。」他曾有一次問她何不當個老師，但佩格只是哈哈大笑，搞得他一頭霧水。她了解音樂是因為她熱愛音樂。若她父親不是娶了個有錢的老婆，說不定會成為鋼琴家。但是他沒有，只是猛灌酒、搞外遇、到處參加派對。「但有時候他會和我聊聊音樂。」她有一回這麼說，說完就動也不動，陷入無盡的沉默。

漸漸地，佩格讓他聽了所有她鍾愛的靜默。法蘭克聽得越多，就越能夠了解。靜默可能是振奮的，也可能是可怕的；可能像在飛，或甚至像個幽默的笑話。多年後，他會在披頭四的〈生活中的一天〉中聽到那最後的停頓——讓你有恰好的時間喘息片刻，接著最後的樂聲乍然響起，猶如一件家具從天而降——如此大膽的安排令他不由開心地手舞足蹈起來。

但佩格最愛的還是〈哈利路亞大合唱〉，在定音鼓帶來的高潮前有那麼段短短的停頓，撩撥得人心癢難耐。每一回她都激盪不已，沒有一次例外。

魔力就存在於靜默中。

7 《四季》

「法蘭克，你得幫幫我。那旋律聽起來像這樣。」

三天後，盧索斯老太太坐在試聽間裡哼起曲子來，她的白色吉娃娃就抱在大腿上。法蘭克坐在唱機後，試著想要幫忙。那臺木質唱機體積龐大，大到還可充作他的辦公桌，上頭擱著零散的發票、香菸、馬克杯、面紙、目錄、替換的唱針、香蕉——他似乎就靠它維生果腹——還有一大堆壞掉的小玩意兒。最新壞掉的是法蘭克的黃色小削鉛筆機，它可以拿來削筆，也可以拿來當橡皮擦用，但被基特借走後就壞了。基特有種奇特的天分，常會被甚至根本不存在的東西絆倒——法蘭克提供了他份永久的工作，以免他得一輩子待在食品加工廠——所以他會弄壞削鉛筆機其實一點也不意外，但依舊令法蘭克心煩意亂。

雖然只是個小東西，他就是無法修好。

而且他很喜歡那個削鉛筆機。

「你有在聽嗎？」

「有的，盧索斯女士。」

有段旋律卡在老婦人腦中揮之不去，如果法蘭克沒能找出它出自哪張唱片，她也別想睡覺了。盧索斯老太太一星期起碼會出現一次這種情況，總得花上好幾個小時才能找到是哪首曲子。這次是條有關山丘的歌；至少她這麼認為。

「妳是在哪聽到的，盧索斯女士？」法蘭克問，放下斷成兩截的削鉛筆機，點了支菸。「電臺嗎？」

「不是電臺，我沒有收音機，法蘭克。」

「妳有啊。」

「之前有，現在沒有了。它壞了。」

盧索斯老太太的收音機是早期用電木板製成的老機器，體積足足有微波爐那麼大，法蘭克去她家幫忙修了好幾次。他不會修削鉛筆機，也不知道要怎麼修老收音機，但通常只要把插頭插回去，或把音量調大就能解決問題，而這兩點都是他做得到的。況且，盧索斯老太太就一個人和她的吉娃娃住在對街，也是法蘭克最早的顧客之一。「怎麼會就壞了呢？」他問。

盧索斯老太太說她不知道，總之那玩意兒現在就四腳朝天側倒在地上。如果不相信，他可以自己去親眼瞧瞧。說完她又哼了起來，嗓音優美尖細，以一名八十多歲的希臘老婦人來說，意外給人一種少女感。近來她不只雙手開始會簌簌顫抖，脖子也是，就像再也無法好好支撐她腦袋的重量。

「是莫札特嗎？」法蘭克問。

「別胡說了。」

「聽起來像佩圖拉．克拉克。」基特插話。

「你們倆都是笨蛋嗎？」盧索斯老太太絲毫不受影響，抬頭挺胸，繼續哼著曲子。

法蘭克閉上眼，指尖深深掐進柔軟的掌心，試圖想要專注。他只覺得坐立難安，不只是因為那個削鉛筆機，那名暈倒的女子也始終在他腦中盤桓不去，就像佩格第一次放〈波西米亞人〉給他聽時一樣；還有看到大衛．鮑伊在音樂節目「勁歌金曲排行榜」演唱〈外星訪客〉，以及聽到約翰．皮爾表演詛咒合唱團的〈新玫瑰〉時也是這樣。那時候，他感覺自己就像被接上了炸藥，而那種經驗實在是太過新穎、前所未有，讓他只覺渾身不對勁，好像有什麼東西大錯特錯——但同時間又清楚那再正確不過。不過，那些都是**音樂**，而非一名身穿青綠色大衣的陌生女子。

然而，當法蘭克跪在人行道上，伸手觸碰她頸間摸索脈搏時——當他抱著她朝自己店裡走去時——一切都不同了。她看著他，好像認識他一樣，但她卻是個全然未知的謎。他從未在一個人身上聽見如此徹底的靜默。從她身上聽不見半點聲音；一個音符也沒有。

「嘖。」

基特溫暖的雙唇在法蘭克耳邊激動地「嘖」了兩聲。

「嘖，她回來了。那跑走的女人又回來了。」

♪

她站在門墊上，所以人雖然已在店內，感覺卻仍像在店外。法蘭克察覺到自己心跳加速，彷彿乘風破浪。她身穿同樣的大衣，一手拎著包，一手捧著盆栽。她換了個髮型——部分髮絲挽在頭頂上有如花朵，其他的則任其披垂散落。額前過短的瀏海只是更加凸顯了她圓圓的眼眉。這樣一張小巧的面孔，怎能容納那麼多異乎尋常的嬌俏魅力？他只覺驚恐。

工讀生基特已經衝上前去。「是妳！妳回來了！哈囉！妳還好嗎？現在沒事了嗎？」

「我是來找人的。」她用她纖細的聲音與斷續的口音說，「找這裡的老闆。」

基特一條腿像鐘擺般甩呀甩，一面說明自己是這裡的助理經理。每當他緊張或激動時，說話就會自帶驚嘆號般，彷彿每件事都是奇妙的驚喜。他還補充說希望自己能有套體面的藍色制服!!就像沃爾沃斯的店員那樣!!上頭有徽章寫著「基特歡迎您」!!他所有的徽章都是自己做的，他指向自己迷彩夾克上琳琅滿目的別針說，有「渾合唱團」、「文化俱樂部」、「剪髮一〇〇合唱團」，以及「我殺了JR」、「法蘭基說放輕鬆」、「要煤不要救濟金」、「選擇人生!!!」!!

這些對女子來說大概都是不必要的資訊。她只是走進唱片行，問：「請問還有其他員工嗎？」她說得很慢，目光游移，就像沒把握自己能找到正確的詞彙，並猜想它們會不會那麼好心，如手卡般出現在自己左右兩方。

法蘭克瞥向通往他樓上公寓的那扇門。它就在幾呎之外，如果跪著爬過去，或許可以神不知鬼不覺地逃離現場——

「有喔，法蘭克就在那。」基特說，熱情地指出方向，「在唱機後面。」

沒辦法了。法蘭克蹣跚繞過中央大桌，才走到一半就氣餒了，停下來假裝整理唱片的封套。

女人戰戰兢兢地穿過店面，好像不信任腳下的地板一般。她站在一側，法蘭克在另一側。檸檬味和昂貴的香皂味從她身上飄散而出。

「我只是剛好經過。」她說，「跟這裡不熟。」

法蘭克兩眼牢牢盯著唱片封套，但完全不知道自己在看什麼。他聽了又聽，聽了又聽——還是和之前一樣，她身上半點旋律也沒有。真要說的話，那感覺就像是在聽聲音的闕如。

「我只是剛好經過，」她又重複一遍，「只是這樣而已。」

基特的臉色變得跟煮熟的蝦子一樣，轉眼衝出門外，嘴裡語無倫次地說著什麼要去沃爾沃斯買藍丁膠。法蘭克還來不及問他想幹嘛，他就飛也似地跑了。

面對一名捧著盆栽、你還沒打過招呼就已經先碰過她纖長頸子、而且從她跑出店裡後就對她念念不忘的女人，你能說些什麼？在這種情況下，法蘭克認為最好的方法就是讓自己看起來像忙著打理店鋪，而且是忙到天昏地暗、不可開交那種程度。所以他開始翻起唱片封套，但顯然基特早已搶先一步——一疊B開頭的唱片已經集中在一起，幾乎是按照字母順序排列。巴哈旁邊是貝多芬和布拉姆斯，還有貝西伯爵、英國節奏、The B-52s、亞特・布萊基、大明星樂團、查克・貝瑞、披頭四以及伯特・巴克瑞克。（不過瘦李奇樂團〔Thin Lizzy〕也在其中。）

她說：「好多唱片啊。」

他回答：「對啊。」

她又問：「總共有多少？」

「不知道。」他回答，隨後又說，「樓上還有更多。」雖然不是什麼有趣的對話，起碼包含了許多基礎事實。

「你好像沒有按類別排放？」

「我是憑直覺放的。我比較在乎感覺，就是當妳——當妳，呃，妳知道的……」

他大起膽子向女子瞥了一眼。她的眼睛好大，大到就像要從眼窩彈出來。「什麼？」她問。

「當妳——**聽**的時候的感覺。這樣一來，如果客人想找《橡皮靈魂》，通常也會跟著找到其他可能喜歡的唱片。不只是披頭四，或許還有，呃，古典音樂。如果沒有放在一起，他們可能永遠不會想到可以聽聽看那些音樂。」這段話法蘭克是對著他的膠底帆布鞋說的。實際上，現在看著雙腳，他才發現自己的鞋大得跟船沒兩樣，而且還用絕緣膠帶貼補。他納悶自己怎麼就沒想到該買雙新鞋。

她的鞋窄窄的——細跟、尖頭。他想他一手就能捧住她小巧的裸足。

「你不賣CD？」她問。

「不好意思，妳說什麼？」

「CD，就圓形那種——」

「CD不是音樂，只是玩具。先說了，我也不賣卡帶。」

希望她沒有讀心術——察覺他想把她的腳捧在手裡那些事，等等之類。

「喔，對了，」她說，「這是要給你的。」

她遞出盆栽。植物有如小孩子的拳頭大小，而且表面布滿銳利的尖刺。他不知道要怎麼在不受傷的情況下收下這樣一份禮物。

「妳前幾天是昏倒了嗎？」他問。

「我只是決定要閉目養神一下。」

她那雙漆黑的大眼直勾勾地看著他，然後那雙如蓓蕾般的豐脣起了稀奇的變化。她笑了。

兩個酒窩浮現面頰。他覺得自己的心融化了。

她說：「其實不是。我開玩笑的。」

「妳什麼？」

「開玩笑？說話逗你笑？」

「喔，對，我知道。」**哈哈哈**，他笑了起來，**哈哈哈**。

「法蘭克，」後方傳來蠻橫的呼喊，打斷兩人說話。「你是打算整天就招呼那個客人嗎？」

盧索斯老太太。法蘭克完全忘了她。

「等我一下！」法蘭克對帶仙人掌來的綠衣女子說，「別走！」

他用這輩子最快的速度衝回唱盤前，打開音樂聖典的目錄，大力翻閱。紙頁上布滿密密麻麻的文字，但他滿腦子想的只有**她**，靜靜地、動也不動地等待著。不要管盧索斯老太太了，這名女子需要什麼樣的音樂？藍調？摩城音樂？莫札特？佩蒂·史密斯？他毫無頭緒。而且他還是不曉得她那時為何會暈倒。當你真正需要基特那小子時，他又跑哪去了？

「有沒有在聽啊你，法蘭克？」

「當然有了，盧索斯女士。」

老婦人和吉娃娃一同坐在試聽間裡，木門大大敞開著——這畫面中有些什麼，隱隱給人一種不安的感受——法蘭克在店裡東奔西走，拿起一張又一張唱片。「〈索氏布瑞山〉？」「〈山丘上的傻瓜〉？」、「〈藍莓山〉？」那名穿綠色大衣的女子只是站在原地，看著他——

「等等，」他忽然停下腳步，「是〈城外青山〉？」

沒錯，就是它。盧索斯老太太顫巍巍地走出試聽間，吉娃娃像枚凸眼胸針般被她摟在胸前。她對法蘭克說他呀真是個好人，這世上好人已經不多，現在她總算能好好安睡了。他站在櫃檯後方，將唱片抽出封套，把詳細的銷售資訊鍵入收銀機，就跟平常一樣，只是這一切再也不同了，因為她，那名腰桿打得筆直、抬頭挺胸，傲然而立的女子，腳跟深深踩在地上，尖尖的鞋頭向上翹，一雙眼牢牢看著他，卻又如此神祕。

「看來你還有其他觀眾嘛。」她輕飄飄地朝唱盤走去，手往身後的櫥窗一指。

五張臉貼在玻璃上：基特、麵包師傅、安東尼神父和那兩名威廉斯兄弟。茉德也在，只是沒看向店內，而是背對唱片行，顯然在打量街道，不過這裡向來風平浪靜，會出事才是奇蹟。

顯然，基特根本沒有去沃爾沃斯，而是直接跑去街上其他店鋪，通知大家那名神祕女子回來了。看到這陣仗，不曉得的人還以為天上是不是出現了什麼新星，眾人齊聚圍觀，等著法蘭克指認它的來歷。

基特推開店門——**叮咚**——一干店主魚貫走進店內，各自找事瞎忙，假裝自己不存在。麵包師傅站在一窪麵粉裡，安東尼神父摺起紙鶴，威廉斯兄弟像轉輪般傳著手中的帽子，基特則用一副沉思冥想的模樣拆開巧克力餅乾的錫箔包裝。茉德只是板著張臉，一身皮衣、條紋褲襪、馬汀大夫鞋，再配上一條蓬蓬短紗裙，看上去活脫脫像個邪惡的妖精。

法蘭克只覺得自己無比顯眼又無比茫然。似乎所有人都等著他開口說些什麼振聾發聵的話。

「有什麼我可以效勞的嗎？妳想要找唱片嗎？」這是他在這情況下能想到的最好說詞了。

女子起初沒有回答，只是依舊動也不動、莊嚴肅穆地站在那兒，好像她真心認為他是在和別人說話。然後，她終於像恍然大悟般回過神來。

「喔，不，」她說，「我不聽音樂的。」

這句話有如雷擊，所有人瞬間停下手邊在做（或沒在做）的事，只是瞠目結舌，愣愣看著她。基特下巴掉了下來，你想塞顆李子進去都沒問題。

「妳不聽音樂？」法蘭克用極其緩慢的速度反問一遍。但說得再慢，這句話聽起來依舊匪夷所思，無法想像。「為什麼不聽？」

她露出困窘的笑容。「我也不知道。」

「妳喜歡爵士樂嗎？還是古典樂？」是基特。顯然他認為法蘭克需要支援，於是開始在店裡橫衝直撞、東掏西找，把唱片一張一張舉起來問：「聖歌呢？我們沒有〈彌賽亞〉，因為法蘭克不聽，但還有很多其他的。」

「我不知道。」女子囁嚅回答，「我也不確定。」

「我們什麼音樂都有，對不對，法蘭克？」

但法蘭克的舌頭像給貓吃了般，沉默有如坑洞湧現。

安東尼神父挺身而出，說能再看到她實在太好了，大家都很擔心，聯合街永遠歡迎她。她鬆了口氣，就像忽然間全身上下又都能呼吸了。他又說一遍希望她身子好多了，並保證只要能力所及，他們一定不吝幫忙。

幸好女子終於想起了些什麼。「你知道一張叫做《四季》的唱片嗎？」

「有！我們有《四季》！」基特興奮高喊。

基特找出唱片給她。女子看了又看，看了又看，看得人一頭霧水，因為封面上明明只有幾棵樹和秋葉的圖片。

「妳想聽聽看嗎？」基特問。沒等女子回答，他就已經蹦蹦跳跳朝試聽間跑去了。

「不用了。」她聽起來嚇壞了，隨即轉身看向法蘭克，高高抬起了頭，說，「可以直接幫我介紹嗎？」

「妳想知道什麼？」他愣愣看著她，同樣六神無主。

「我也不知道，只是希望你幫我介紹，但這實在是個蠢主意，對不起。」她的口音讓話語聽起來零零碎碎、斷斷續續，「ㄔ」像是變成了「ㄘ」；「忖」主意。

「你行的，法蘭克，」安東尼神父輕聲說，「就替她介紹介紹吧。」

於是，他告訴她《四季》是一名叫韋瓦第的作曲家所做的系列協奏曲。韋瓦第是義大利人，出生於巴洛克時期。她只是點了點那顆精巧細緻的頭顱，作為回應。

「我會喜歡嗎？」她問，「你喜歡嗎？」

她會喜歡嗎？法蘭克毫無頭緒。「嗯，大家都喜歡《四季》。」

「我不喜歡。」茱德說。

「我喜歡。」安東尼神父說。

「我們也喜歡。」威廉斯兄弟說。

「喔，我喜歡得不得了。」諾維克先生附和。

「我愛死了。」基特嚷嚷。

「還能再多介紹些嗎？」女子問。

於是，法蘭克試著解釋韋瓦第是想透過《四季》來敘說一個故事，所以他才把它和其他概念專輯擺在一起，像是《來自火星的利奇》、強尼．凱許《弗爾森監獄現場錄音》專輯、ABC合唱團《愛的詩篇》，還有約翰．柯川《崇高的愛》。概念專輯是指透過好幾首曲子來講述一個故事，而韋瓦第要講的正是有關季節的故事。話語不停從法蘭克口中汨汨湧出，他只希望自己的句子裡沒忘了動詞。他又補充因為《四季》實在太為世人所熟悉，熟到就算聽見了也過耳即逝，不曾察覺到小小的顫音是鳥兒的啼囀，而斷續的音符就像在冰上失足。他下意識地想伸手拿菸，卻發現手上已有一支。

「喔，」茉德大步走到法蘭克身旁，盤起雙臂，說，「看看現在幾點，都該打烊了。」那模樣就像一名交通警察好聲好氣勸導你，但要敢不聽，就準備等著好看。「所以妳到底要不要買那張唱片？」

女子這才怯生生地來到櫃檯前拿出支票填寫，慌忙間忘了要摘下手套。*Ilse Brauchmann*。儘管她握筆的姿勢有些滑稽，字跡卻是工整仔細，完全看不出什麼線索。

基特說：「好美的名字喔。」

「喔。」她打開手提包，將支票簿收了回去，「你聽過這名字？」她又瞥了法蘭克一眼。

「妳是德國人？」安東尼神父問。

女子頷首。

「來玩的嗎？」

「剛到而已。」

「會待上一陣子嗎？」

「還不確定。」

「妳的名字要怎麼唸？」基特插話。

「伊爾莎．布勞克曼。」

法蘭克想跟著重複一遍，卻發不出聲音來，他的脣齒還沒準備好，但其他人都已蓄勢待發，迫不及待要試。所有人，除了茉德之外。「伊爾莎；伊爾莎．布勞克曼。」眾人齊聲重複，導致名字現在聽起來不像名字，反而更像晚餐前的祝禱。

伊爾莎抱著唱片，又向法蘭克道了聲謝。因為再待下去也不知道還能做些什麼，她便邁步朝門口走去。

「希望妳會喜歡。」法蘭克高喊。他開始覺得自己膽子比較大、也比較鎮定了，甚至還像慈父般一手摟著基特，「也希望妳再次光臨。我都會在，可以再推薦妳其他——」

她停在門口，忽然又躊躇了起來，神色困窘，躑躅不前，好像無法決定自己該如何答覆。然後，她張開嘴，但吐出的字句卻是如此殘酷，猶如一記重擊。「我不能再來了。我要結婚了，有很多事要忙。」說完，她便用力拉開店門，消失在街道上。

所以，就這樣了。還沒開始便已消逝。法蘭克在波斯地毯上來回踱步，試圖想將她逐出腦海。若是太過惦念著她，他或許就會開始胡思亂想，接下來一切就會像應聲而塌的紙牌屋般，再也沒有人能將他拼湊完整。他拖著笨重的腳步回到唱盤前。好吧，他再也不會見到她了；很好。她要結婚了，有很多事要忙；這也很好。雖然驚險，但他總算是毫髮無傷地逃過一劫。他有唱片行、有顧客。沒錯，這正是他一直想要的人生，不用擔心任何會受傷或失去的風險，他真該慶幸她已心有所屬才對——

然而，它卻在那兒。她那盆多刺的仙人掌。而他黃色的削鉛筆機就躺在仙人掌旁。殘缺的兩半已完美無瑕地合而為一，如此天衣無縫、如此尋常，光看就叫人心痛。

「哎呀，不好了，」安東尼神父在櫃檯前呼喊，「她忘了她的手提包了。法蘭克，現在可怎麼辦才好？」

8 紅髮神父

「大家把韋瓦第叫做紅髮神父，」佩格說，「因為他有一頭耀眼的紅髮。」

她小心翼翼地將新唱片穩穩拿在手中，開始清潔了起來，手鐲叮咚作響。

「但是可憐的韋瓦第啊，他從來就不是做神父的料。他太愛女色了，而且因為哮喘的關係，連場彌撒都主持不完。」

她將黑膠唱片舉至落地窗前，兩人一同檢查上頭有無刮痕。她東看看、西看看，陽光傾灑唱片，有如流水。

「所以韋瓦第找了份工作，在女孤兒院裡擔任小提琴教師。但這些女孩啊，可不是一般女孩，而是超厲害的音樂家。所以每當韋瓦第想要炫耀其中哪個學生有多天才時，就會生出一首新的協奏曲。好了，可以去把唱機打開嗎？」

「好的，佩格。」

她將唱片放到轉軸上。他屏住呼吸，唯恐有一點點的動作就會讓唱盤分心。

「大家現在都把韋瓦第的樂曲當背景音樂在放，但他的作品在那時代是非常嶄新的一大突破。他只用一種樂器，並讓它成為演奏的主角，過去從沒有人這麼嘗試過。此外，他還用音樂勾勒畫面，這也是前所未有的手法。所以你一定要認真聽。你會聽見風、聽見雨、聽見暴雪雷鳴；還會聽見鳥、聽見蒼蠅、聽見熱到你動彈不得的炎夏；甚至是布穀鳥或一頭牧羊犬。你必須躺在地上，閉上眼，專心聆聽。」

「好的，佩格。」

「韋瓦第有名到簡直就和電影明星一樣。曾有一段時間大家都想聽韋瓦第的音樂，但他一過世，就被人們拋諸腦後了。到頭來他什麼也沒有。你知道最悲慘的是什麼嗎？」

「不知道，佩格。」

「沒有人去參加他的葬禮。到頭來，韋瓦第什麼音樂也沒有。」

一般的母親會和自己兒子說床邊故事，但佩格不會。法蘭克八歲生日時，她帶他去看《小鹿斑比》。看完後，她卻得躺在漆黑的房裡平復心情。「千萬不要再他媽的叫我去看任何一部小鹿會說話的電影了。」她說。佩格從小是被保姆和怪裡怪氣的家教帶大的——她就是不知道該怎麼當個母親。小時候，她只有道晚安時才會看到父母。爹地醉醺醺地坐在鋼琴前——聽聽這……這個，佩……佩格——媽咪則是一臉的陰鬱與憂傷。她的真愛在伊珀爾陣亡，爹地只是備胎，她始終無法釋懷。

年復一年，佩格讓法蘭克看見更多音樂裡的畫面。舒伯特五重奏裡的鱒魚、馮漢．威廉士的飛騰雲雀、貝多芬《田園交響曲》裡的布穀鳥。日後，當法蘭克開始發掘自己的音樂，也會讓她看看其中的畫面。「妳聽這個，佩格！」她也真的會聽。只要是音樂，她都會飛奔而至。他讓她聽見喬安・吉巴托是如何喁喁呢喃，讓你像在耳中聽見蜜蜂的小小嗡鳴；又或者是瓊妮・蜜雪兒唱著「藍——」的時候，你可以看見她孑然棲身在黑暗之中。還有范・莫里森的〈進入神祕〉中那低沉的上低音薩克斯風呢？聽起來就宛如真正的霧笛。各種不同的音樂之中都可看見不同的畫面，只要你肯駐足聆聽。

「只要想起紅髮神父到頭來什麼音樂也沒有，」播放韋瓦第那天，佩格曾這麼說，「我就覺得好心痛。」

9 綠色手提包的難題

有時候，若有哪個業務代表資質特別駑鈍，法蘭克就會一一細數為什麼黑膠唱片不是ＣＤ或卡帶能相提並論的。

不只是因為一：唱片封套上的藝術設計和文字優美太多；或者二：黑膠唱片中可能有隱藏曲目，或是最後的溝槽中刻有小小的訊息；也不只因為三：黑膠唱片才有那種飽和的桃花心木音質（但業務反駁：ＣＤ的音質才乾淨啊，不會有炒豆般的聲紋雜音。法蘭克聽了之後回答：「乾淨？音樂要乾淨幹嘛？人性中有什麼乾淨可言？人生就是充滿了雜音！你是想聽音樂還是想聽家具亮光漆？」）

甚至也不是四：你在小心翼翼放下唱針前，必須先進行檢查唱片的儀式。不，最重要的是那段旅程；也就是五，從一首曲子進入下一首曲子之間的旅程，你必須暫時中斷，起身將唱片翻面，才能完整將樂曲聽齊全。聽黑膠唱片時，你不能像顆檸檬般坐在原位動也不動，你得挪動尊臀，實際參與其中。

「懂嗎？」他會這麼說。到了這時，他八成已經是用吼的了，也可能拖著高大的身子，滿頭大汗地在店裡來回踱步。「現在你知道為什麼永遠不可能說服我賣ＣＤ了嗎？我們是人，我們需要的是能真真切切看在眼裡、握在手裡的美好事物。沒錯，黑膠是麻煩，它很不方便，容易刮傷，但這正是**重點**。這代表我們認可音樂的美麗與重要。若你不肯付出，就永遠體會不到這一點。」

業務聽了則會哈哈大笑，說對啦、對啦，知道了，法蘭克，但我們也有工作要做，有業績要衝啊。從龐克興起之初就常前來造訪的ＥＭＩ業務代表菲爾警告他，唱片公司很快就會完全停止販售黑膠，生產成本太高了。「就這樣，老兄。」如果你想在一九八八年經營一家唱片行，就非賣ＣＤ不可。

聽了這話，法蘭克只是回答：「滾。」大概還對他扔了某樣東西，「我永遠不會改變主意的。」

♪

所以，法蘭克該拿伊爾莎．布勞克曼的綠色手提包怎麼辦？他會像每次生活變得混沌迷惘時一樣，袖手旁觀，什麼也不做。如果那樣還不行，他就會採取下一個步驟，就是躲起來，銷聲匿跡。（「你很有這方面的天分。」有個女朋友曾這麼對他說。）

「但伊爾莎．布勞克曼會需要這個包包啊。」基特在英格蘭之光裡這麼說，聯合街上的所有店主齊聚一堂，討論事態最新發展。「伊爾莎・布勞克曼需要這個手提包配她的外套。」自從她離開後，基特就一直練習說她的名字，到現在已是出神入化、爐火純青，只要一有機會，就迫不及待要展現自己這個新技能。

「如果她真有需要，自然會來找。」法蘭克說。

「沒錯，」茉德說，「那女人又不是沒有腳。」只是她說到「腳」這個字時的語氣似乎有點嫌棄，好像那是某種怪病，或是犄角。「我都不知道你們幹嘛那麼想再見到她。」

「她好美啊。」基特說。他總是看到什麼就說什麼，心裡覺得什麼也就說什麼，毫無遮攔。

「不知道她是要和誰結婚？」

這話引來更多的揣測，而且越猜越是瘋狂。安東尼神父猜是金融界的人，威廉斯兄弟認為是律師，基特則堅守伊爾莎・布勞克曼是電影明星的論點，確信她未婚夫一定是知名的美國演員，三齒男覺得有可能是外國皇室。

基特已經檢查過手提包內的物品，除了支票簿和一條護手霜外，什麼也沒有。沒有任何線索能夠顯示她的身分來歷或未婚夫的下榻處。他用氣泡紙將手提包包好，收進櫃檯的下方抽屜，妥善保管。

「我還是搞不懂她怎麼會不聽音樂。」他說，「還有，她在我們店外做什麼？」他想破腦袋也想不出個解釋，困擾到用雙手捧住了頭。

不過他說得有理，沒有人知道答案。一個不聽音樂的女人來唱片行做什麼？又為什麼要法蘭克替她介紹《四季》？這些都別管了，更重要的是她為什麼會昏倒？當初又是來聯合街做什麼？

「在我看來，」安東尼神父說，「她來是有原因的，就像她不會無緣無故留下這手提包。」他透過眼鏡上緣凝視，嘴角揚起歪斜的微笑。自從他有一次嘗試站到尖頭欄杆上後就變成這樣了；顯然他那時正有意見要和上帝陳情抗議。法蘭克一路將他抱上救護車。醫師說沒少隻眼睛已經算他走運。

「你是說，她是**故意**留下包包的？」威廉斯兄弟之一這麼問。

安東尼神父說對，她下意識地留下了包包，這是她靈魂所做的決定。她說自己忙到沒有時間再過來，實際上卻非再回來不可。

「她聽起來像個不折不扣的神經病。」茉德說。她笑了幾聲，試圖想對上法蘭克的視線，但他實在沒心情與外界有任何接觸，只是雙手摟著肩，坐在原位，茫然沉浮於迷惘之間，覺得自己怎樣也暖和不起來。

「我還是不知道法蘭克該拿那個手提包怎麼辦。」諾維克先生說。

基特搔了搔腦袋，好像頭髮裡住著什麼生物一樣。「我可以畫些海報，上頭寫『失包招領』，店裡櫥窗貼一張，公車站牌那再貼一張。她看到就會回來，我們就可以知道她是誰了。」

「我們都可以幫忙貼海報。」威廉斯兄弟之一說。

大家都贊同這主意。基特負責做海報，其他人會在每扇窗上都貼一張，城門區那也會貼幾張。這樣一來，只要她還在城裡，就一定會回來找手提包。

離開酒吧時，安東尼神父碰了碰法蘭克的手臂，問他需不需要談一談。

「不用了。」法蘭克說。

但安東尼神父還是跟著他離去。

♪

唱片行在黑暗之中散發著美麗的深藍色光芒。店內深處，光芒在試聽間上忽明忽滅，彷彿在呼吸一樣。法蘭克領著神父經過中央的大桌，打開通往住處的房門。店裡已經夠擁擠了，兩層樓的公寓更是擠到水泄不通。樓下是廚房和臥室，樓上則有兩間單人房和一間浴室，全都堆滿了一箱又一箱的黑膠唱片。屋裡一面窗簾都沒有，只有茉德某年聖誕節送他的一張印度床單，他直接把床單釘在臥房窗戶上。

安東尼神父來到廚房洗手檯前，卻一腳踩進個桶子。

「啊，對，」法蘭克說，但已晚了一步，「小心桶子。」天花板上又有新的地方在漏水。

他在冰箱深處翻出雞蛋、奶油，還有一條波蘭麵包。

「你怪怪的，」安東尼神父說，「我看得出來。」

法蘭克背對牧師，在爐火上翻攪雞蛋。「要豆子嗎？」

安東尼神父說好，謝謝，豆子很好。接著又說：「你碰上麻煩了嗎？」

一時間，法蘭克只是站在原地，看著鍋裡的雞蛋。蛋汁逐漸凝結，很快就要變成近似蛋包的口感。法蘭克將蛋倒進盤裡，推開桌上的舊雜誌。兩個大男人——一個屬於音樂、一個屬於教堂——就這麼面對面坐在頭頂燈泡投射而出的黃錐光柱下。

「要餐巾紙嗎？我只有擦碗布。」法蘭克說。

安東尼神父在桌子另一頭認真肅穆地看著他，說：「非常豐盛的一餐，謝謝你。」

兩人默默用餐。吃飽後，法蘭克從茶壺裡倒了兩杯茶，與神父一同站在廚房窗前，凝視窗外。這裡位於城市高處，可以看見老舊的瓦斯廠、高樓，以及一排又一排無止無盡的房舍。周遭窗內，人們做著一成不變的例行瑣事，看電視、洗碗、準備上床就寢。月光灑落屋頂，如魚鱗般熠熠延伸，直抵工廠與碼頭。在那兒，煙霧裊裊高升，宛如蒼白的梁柱。繁星微渺，在天空點綴著冷冷寒光。

「記得我們以前會在夜裡散步嗎？」

法蘭克頷首，點了支菸。

「你救了我一命，法蘭克。」

「是你救了你自己。我不過是替你找到了爵士樂。」

兩人只是凝視窗外，倒映在玻璃上的身影宛如幽魂，高大魁梧的法蘭克以及垂垂老矣的前任牧師。遠處，一抹閃爍的藍芒朝著碼頭逼近。

「她喜歡你，法蘭克。」

「誰？」

「伊爾莎．布勞克曼。」

「不知你聽說沒，她有未婚夫，就要結婚了。我實在搞不懂你為什麼老要提起她。」

「這只是個簡單的觀察。」

「那可以麻煩你停止觀察了嗎？我們可以繼續喝茶看風景就好嗎？」不耐煩的語調讓法蘭克自己都覺得羞愧。

「我只是想說，你在那瀏海之下其實有張迷人的面孔。我已來日無多，但你還有大好前程。看你這麼堅持保持獨身，實在讓我很不捨。」

「這樣比較簡單。」

「CD也比較簡單，但你並不想屈服於它。」

兩人帶著馬克杯回到臥室，聽了整晚的爵士樂。都是他們喜愛的老歌——邁爾士．戴維斯、約翰．柯川、桑尼．羅林斯、葛蘭特．格林——兩人都沒多說話，只是坐在床上，聽著唱片，就像過去法蘭克陪安東尼神父度過最難熬的那段日子，嘔吐時替他拿桶子、抖到想要尖叫或是關節痛到像要被扭斷時替他在身上蓋毯子。到了大約清晨七點左右，天邊開始透出隱隱的魚肚白。再過不久，其他色彩隨之迸現，橘色、金黃色、綠色。雲朵懸垂，猶如黑色的骨骸，煙霧自食品工廠盤旋而上。早班上工了。

「可憐的靈魂啊，願上帝保佑他們。」安東尼神父說。他眼簾低垂，倏又睜開，最後還是垂了下來。

法蘭克說：「你說得對，我是心煩。我喜歡她，但也不知道是為了什麼。」他的聲音非常微弱，非常緩慢，聽起來不像是完整的句子，反而更像是在形塑雙唇。他只想知道把這幾個字說出是什麼感覺，無論它是否傷人、是否痛苦。他又掏了根菸，點火柴時發現自己手微微顫抖，但起碼他仍有呼吸，不是嗎，這世界也依舊轉動。點燃的菸頭宛如黑暗中的一朵橘花。「她有別人了，說不定明天就會離開。所以，就這樣，結束，完結，句點。」

老神父睡著了。他躺在床上，雙臂交叉胸前，兩手有如紙片般削瘦乾枯。遠方已開始出現車流，聲音輕柔，像極了一首搖籃曲。

終於，法蘭克也進入夢鄉。他夢到海邊的白屋，夢到它那淩亂的塔樓和山牆上的窗，裝飾用的煙囪和層層疊疊的屋頂就這麼矗立在懸崖邊緣。佩格的家族以菸草致富，但那棟屋子是他們最後僅有的一切。她父親是個賭鬼兼毒蟲，五十歲便撒手人寰，母親幾個月後也跟著離世。

在法蘭克夢中，那些高窗大大敞開著，窗簾像有生命般飛揚起伏。「佩格！」他大喊，「佩格！」他跑過一間又一間的房間。客廳、宴會廳、撞球廳。然後用力打開落地窗，衝進花園，羅望子樹上開著一叢叢羽狀的粉紅小花。他甚至跑下灰石階梯，來到邊緣點綴著無數橘花的海灘，但到處都不見她的蹤影，只有浪花在沙上三兩碎裂，嘩地消散。

法蘭克顫巍巍地下床、洗臉，並替安東尼神父泡了杯茶。他就是無法將海邊那棟白屋自眼前驅逐，也無法揮別那份將他吞噬乾淨的孤子。

10 弦樂慢板

茱德打開店面的門鎖，將「打烊！」的牌子翻成「營業中！」。她先是把幾本雜誌攤成扇形，隨後排成一直線，最後索性疊回成一堆。

店外，人們走出家門，全身上下裹得密密嚴嚴，抵禦冷冽的寒冬。家長送小孩上學去，其他人則準備上班開工。一名男人刮除車窗上的積霜，另一人試著將鬆脫的簷溝用繩子綁回去。兩名橄欖膚色的小女孩穿著粉紅外套站在街上，簌簌顫抖。基特的身影自街角浮現，只見他雙手揮呀揮地在冰上滑行，最後在千鈞一髮間猛然急轉，以免將拎著垃圾袋出門的盧索斯老太太撞倒在地。垃圾撒得滿地都是，基特趕緊蹲下，把東西撿回袋裡，並替老太太扔進垃圾桶。

看見茱德，基特做了個複雜的啞劇動作，但完全看不出他到底想表達什麼。她還來不及躲，他就已經闖進工作室，挾帶冰冷的空氣和牙膏的氣味長驅直入。

「我今天就會開始做海報。」

「什麼海報？」

「伊爾莎・布勞克曼的尋人海報啊，說她的綠色包包在我們這。我打算發起一個運動，在每盞街燈都貼上海報。妳會幫忙嗎？」

「為什麼要？」

基特臉上寫滿困惑。「因為妳是我朋友啊。」

現在換茉德臉上寫滿疑惑。「我是你什麼？」她又問了一遍。

茉德的心上刻著法蘭克的名字——嚴格來說，是紋在她右胸口，藏在內衣肩帶下。有時當她和他說話或是聽他說話時，她會將手按在刺青上，感覺像是要傳達一則祕密暗碼。

別誤會，茉德知道法蘭克不愛她。問題在於他的同理心實在氾濫，似乎能吸收無窮無盡的壞消息和噩耗。他店裡老是充滿些如果沒有出現在唱片行，不是會在街上遊蕩就是躲在床上哭泣的傢伙。女人是最糟的：厭食症少女、未婚媽媽、受虐妻子。法蘭克只顧著關心他人，完全忽略了某天某人也可能會回應這份感情的事實。

也或許他只是不想面對、不想接受。她有時會這麼認為。

那情感——也就是茉德的愛——是在法蘭克第一次推薦她唱片時湧現的。

「試試這個。」他說。

「試什麼？」她問。

「去吧，坐進去，戴上耳機，我有東西想給妳聽。」

「那是個舊衣櫃耶，法蘭克，我才不要坐在那裡頭。」

但顯然她錯了，那是個全新的試聽間。沒錯，這只門上鑲著小小珍珠母貝鳥兒的舊衣櫥裡現在擺著一張絲絨椅，邊緣點綴著小小的流蘇，裡頭的耳機大到簡直就像要人把音樂當帽子戴上。

她聽從法蘭克的話，關上門，坐在椅子上。那感覺好奇怪，就像小時候把自己藏起來一樣，只是這次身旁環繞的不是媽媽的洋裝和爸爸的西裝，還得拚命屏住呼吸，以免被他們發現。那感覺像是躲在唱片裡，連時間都靜止了。

喀、滋。

「我想妳會喜歡這音樂。」法蘭克的聲音從木門另一頭傳來。

喀、滋。

是巴伯的《弦樂慢板》。她從沒聽過這傢伙。茉德愛聽的是威豹合唱團，越大聲越好，或任何能蓋過她腦中聲音的音樂。*那小鬼死哪去了？給我拿皮帶過來。她為什麼就不能當個聽話的乖小孩？*但法蘭克放了那張唱片，感覺就像走進一扇神奇的門扉，如此悲傷，又如此單純。它能讓妳的心碎成千千萬萬片，但卻沒有。起初是輕柔的旋律，然後如爬梯般逐漸積累，直到小提琴發出幾近尖叫的吶喊，倏又戛然而止。什麼也沒有了。她的心彷彿要跳出胸口。樂聲再起時，她已淚流滿面，就像有什麼開關打開了一樣，淚水汩汩湧現。因為音樂告訴她，即便心如死灰，生活也永無止息。沒錯，這世上有恐懼、有殘酷，搞得人終日渾渾噩噩不知所措。這些確實都存在。但聽啊，除此之外，還有這個——這份美麗。來到世上走這一遭終究不全是壞處。

走出試聽間時，那旋律已銘刻在她內心深處。唱片行仍舊是唱片行，過去也仍是過去，但現在多了它——這個她也不知道究竟是什麼的東西；這個真相。這是個偉大的奇蹟，而且是法蘭克給她的。

「還可以嗎？」他之後問。她能回答什麼？妳要怎麼對一名有著巧克力般雙眼的男人說被他關進了衣櫥八分鐘後她的人生就改變了？他跪在她腳邊，隔著垂落的瀏海注視她——好吧，起碼她認為他在看她——揚起溫柔的雙唇，微微一笑，酒窩在下唇邊綻現，猶如甜美的水果。那一刻親密到幾乎就像歡愛過後。

於是，她就這麼走到了今日這地步，在這麼多年之後。多少夜裡，他們一塊坐在英格蘭之光，聽他說起他又幫了哪一位客人、那客人又有什麼樣的故事。有多少次，她買了外帶，推開唱片行的大門，假裝自己被約會對象放鴿子？從他們認識之後，已過去多少次聖誕節？多少次新年？多少次生日？有一天，他們會放下這一切，離開這座城市。真愛並非突如其來，也不像小提琴演奏，而是像所有事情一樣，是一種發自內心的習慣。一天又一天，你會起床穿上它，就像你穿上褲子和鞋子一樣，然後踏上固定走的那條路。

茉德想起倒在人行道上的那個女人。法蘭克垂首俯視她時臉上流露的神情她並沒有錯過。那是一種混雜了赤裸驚恐的驚奇與愛慕。她也看見了女子凝視他的眼神有如找到她長久以來尋尋覓覓的企求。茉德等了法蘭克這麼多年，絕不可能讓個裹著大衣的德國佬就這麼硬生生搶走。

「怎樣？」基特問，他現在緊張了，「妳願意幫忙嗎？」

「幫什麼？」

「海報啊。」

茉德感到有股小小的火焰在胸口下翻騰延燒。

「這樣吧，」她說，露出甜美的笑容，「你不如把海報交給我？」

11〈大雨將至〉

聯合街上的櫥窗貼滿了基特的海報。「拾獲一只綠色手提包！」他在海報上畫了各種綠色的東西：樹葉、看起來像是堅果但其實是愛心的小小圖案、一頂綠帽子、一雙綠靴，以及一把綠傘，此外還有萵苣、菜苗、小黃瓜，你會以為手提包的主人是個運氣不甚好的小小素食主義者。

奇怪的是，主街上的海報全消失了；街燈上的也是。被人問起時，茉德只是盤起雙臂，擺出一副生人勿近的面孔。

接下來的這週下了雨、颳了風，但半點伊爾莎．布勞克曼的消息也沒有。安東尼神父說對了嗎？她留下手提包是有**原因**的嗎？時間過去得越久，法蘭克就發現自己越常想起她。但這實在太瘋狂了，因為除了確定她已名花有主外，他對她根本什麼也不知道。

店裡來了青少年、音樂家或日後可能的音樂家、龐克族、重金屬樂迷、古典樂愛好者，還有新浪漫主義人士。不少人向法蘭克打聽有沒有興趣收購他們的黑膠，因為他們都已經轉投入新CD的懷抱。只喜歡蕭邦的男人又來買了更多艾瑞莎的唱片，還問法蘭克參加聯誼社是不是個好主意。但伊爾莎．布勞克曼呢？還是半個影子也無。

「好啊。」法蘭克說，「這樣很好。」

麵包店的櫥窗又出現了新的塗鴉。**雪倫愛伊恩**，還有兩個如醜陋爪子般交扣的字母***NF***[1]。法蘭克又打了桶肥皂水。

「那是什麼意思，法蘭克？***NF***？」

「沒什麼，諾維克先生，就小孩子幹的蠢事而已。」

大雨滂沱，麵包師傅穿著灑滿麵粉的圍裙縮在敞開的門口。溫暖香甜的氣息自店裡傳出。

「我們在戰前就來到這裡了。我替邱吉爾先生打過仗。」

「我知道，諾維克先生。」

「我到現在還是會和我太太說話，在我做麵包的時候。她會看著我，說：『你這愚蠢的老頭子，哭什麼哭？幹嘛這麼想我？』不過，我很慶幸她沒能看到那些小鬼幹的好事，否則她會很傷心的。」麵包師傅拿出四個剛出爐的肉桂捲，兩個給法蘭克，兩個給基特。

「擔心的話就打個電話給我吧。」法蘭克說，「不要緊的。」

然而，當他走在大雨中時，櫥窗上的塗鴉以及麵包師傅在夜裡哭著和妻子說話的事卻不由浮現心頭。他看向其他貼著黃色玻璃紙的櫥窗內部——葬儀社裡的骨灰罈、安東尼神父禮品店裡的皮革書籤和塑膠耶穌像——彷彿是他第一次察覺這一切看起來有多短暫。他們全都在這，一起住在這條聯合街上，努力想讓世界變得有所不同；就算知道不可能，也仍義無反顧地去做。對街有些油漆斑駁、窗簾終年掩閉的房子，顯然曾見證過此處往昔的繁華。所以，這情況已經持續一段時間了，只是他未曾注意過？還是法蘭克變了？就連身上的夾克都似乎變得太緊、太小。

拾獲一只綠色手提包！基特的海報上寫著龍飛鳳舞的綠色字跡。法蘭克現在最不需要的就是伊爾莎·布勞克曼，他會讓基特把她的手提包送去警察局。他推開唱片行的大門。

但基特跑哪去了？叮咚聲呢？怎麼也沒了？

「我在這！」

基特坐在窗臺上，好像把自己當展示品一樣。

「你在做什麼？鈴鐺為什麼沒響？」

「不用擔心，沒什麼！」

「到底怎麼回事？」法蘭克問，心裡立刻大感不妙。

原來基特希望自己運氣好，會撞見伊爾莎·布勞克曼，於是爬上窗臺，那裡視野比較好。但他肯定是腳一滑，摔了下來，連帶扯壞了鈴鐺某個部分，還順便踢壞了窗框。所以呢，現在店裡少了鈴鐺，卻多了漏水。沒錯，雨水正從窗子下半部滲入，而基特唯一能想到的解決方法，就是用自己的身體去堵，然而不幸的是，他堵得有那麼點太大力，現在整個人卡住了。此外，漏水也變得更嚴重，因為他不小心弄壞了固定窗戶的補土。

「你的意思是窗戶現在鬆脫了？」

可以這麼說，沒錯。基特就是這意思。他很樂意繼續留在這做他原本在做的事，但傍晚得回

1 民族陣線（National Front），英國一個極右翼的法西斯政黨，具有嚴重的種族歧視意識形態。

家餵媽媽吃藥，他爸常看六點的新聞看到睡著。

法蘭克把基特扶下窗臺，並抓了幾條毛巾過來。他找了塊硬紙板擋在窗戶下半部，但還是得找玻璃工來修——這又得花上二十鎊，而他這整週根本沒賣出多少唱片。由於他太全神貫注在算術上，以至於沒察覺外頭停了輛車。

「喔！」基特大呼小叫了起來，「是她！我想是伊爾莎・布勞克曼！老天，這實在太棒了——」

但不是。是EMI公司的菲爾。他有個生意上的提議想來找法蘭克商量商量。

♪

「嗨，法蘭克，近來如何啊？」菲爾是個大塊頭，年約四十多歲，頭髮往上梳得高高的，活像戴了頂尖帽，兩側還配上又粗又寬的鬢角。「還記得以前嗎？你帶我去看行屍合唱團和詛咒合唱團那次？那時表演的還有另一個傢伙，他什麼名字來著？」

「膿包阿姨。」

菲爾哈哈大笑。他兩眼滿是血絲，彷彿睜開都有困難似的，還開始冒汗。他向來貪杯，近來更變本加厲，有時候喝到連路都走不直，今天正是如此。「馬爾康・歐文腦袋還撞到鈸，被聖約翰救傷車隊用擔架抬了出去。」

法蘭克也笑了。那時，為了搞定菲爾的一頭蓬髮他們花了不少功夫，茉德死命用髮膠把它固定成莫西干頭，不過法蘭克後來整晚只是想盡辦法要把他藏起來。「那時的音樂才屌啊，」菲爾說，「哪像現在，全是些喬治．麥可和娘娘腔。」

「我喜歡喬治．麥可。」

菲爾舉起雙手，好像要迎接什麼次神降臨。「所以我們才都會回頭找你，法蘭克，你沒有特定的偏好，只要是**音樂**你都愛，所以我就不拐彎抹角了，你該停止那些不賣ＣＤ的屁話了。」

「這就是你的提議？」法蘭克大笑。

「你不想賣卡帶？我瞭。但ＣＤ不一樣，它們是新玩意兒，**閃閃發亮**，象徵**生活品味**。而且幾乎壞不了，就算開車輾過去也沒事——」

「我為什麼要開車輾唱片，菲爾？」

「你知道他打死也不可能賣ＣＤ的。」基特在櫃檯邊大聲插話。他正在畫新的海報。

「上頭是這樣吩咐的，我們得讓你們在店裡騰出更多空間給ＣＤ，否則就不再供應任何唱片。到了年底，ＣＤ的銷售量就會超過黑膠。所以別頑固了，你又不是小孩子了，陳列一架ＣＤ又不會要你的命。」菲爾的臉已經溼亮到像塗了層亮光漆。「我會送你一些Ｔ恤、徽章，甚至是菸灰缸。」

「我不需要菸灰缸。」

（「我想要菸灰缸。」基特說。）

一名新顧客悄悄走進門內，但沒有任何人留意。

菲爾又說：「進片ＣＤ就好，買一送三。聽到嗎，法蘭克，只要進一片ＣＤ，我可以**免費送**

你三片，但黑膠就不一樣了，我們已經開始停止生產，再十年，那些小鬼甚至不會知道黑膠是**什麼玩意兒**。它就要絕種了，法蘭克，往前看吧。」

法蘭克瞪著唱盤，一個小小的黃色物品開始在眼前聚焦。他拿起削鉛筆機，現在已完整恢復原狀。他將削鉛筆機握在手裡翻轉把玩，這為何讓他如此心神不寧？「不，我做不到。」他說。

菲爾像就著吸管般大大吸了口氣。「沒關係，我懂，但我們還有其他法子。」他從背後口袋掏出張紙，左右環顧了圈。那名新客人正忙著翻找唱片，身上還套件連帽塑膠雨衣。菲爾將紙遞給法蘭克，上頭用鉛筆寫著一連串數字。

「你只要每小時在收銀機裡，鍵入幾次這幾個產品編號就好了。」

「就算沒賣出也一樣？」

「我們得幫忙衝一下銷售量。只要這麼做，你就不用進任何ＣＤ。這是我們兩人間的小小約定。」

「但這是作假啊。」

「饒了我吧，法蘭克，我工作就快完蛋了。」

菲爾的臉色此刻已非常蒼白，看起來就像快吐了，腋下還透著兩塊溼淋淋的半月形汗漬。他又盯著法蘭克看了一會兒，然後體內像是有什麼小小開關啪地打開，忽然轉身面向裝滿唱片的箱子，開始一張一張扔出來，摔得滿地都是。「我幫了你那麼多——」他大把大把抓起唱片，似乎每扔一次，對這間唱片行的恨意就又高漲一分。「要不是我，其他業務早就放棄這鬼地方了。」

「滾，」法蘭克怒吼，「給我滾。」

菲爾猛然轉向，避開那名身穿雨衣的客人，踉蹌奔出門外，跌進車裡，發動引擎。車子終於轟然作響，朝城門區疾駛而去。他們可以聽見煞車發出刺耳的尖鳴。

「你做了什麼啊。」基特的臉色白到和金紙沒兩樣。

法蘭克覺得自己體內就像有把烈火在燒，氣到連頭都開始陣陣抽痛。「菲爾不該開車的。」他轉身望向店內。

他看見了。此刻蹲在地上撿拾唱片的，正是伊爾莎・布勞克曼。

「我只是剛好經過。」她說。

12 再會，告別了，晚安[1]

誰知道呢？誰想得到美女也會穿塑膠雨衣？她們當然會穿了。就連有著纖長脖頸和如黑膠般漆黑眼瞳的陌生女子，碰上英國天候也非實際些不可。

她先是道歉，說自己該早些來的，但實在抽不出時間。「我有很多事要忙。」指的應該是婚事，她很委婉地沒有說出口。她說希望自己把包包留在這裡一整個星期沒有造成任何人不便。圓圓的紅暈躍然出現在她的面頰，看起來像極了基特會用縐紋紙剪出來的圖案。

法蘭克塞了根菸進嘴裡，使勁點燃打火機，用力到拇指都痛了。

伊爾莎．布勞克曼似乎也很緊張，說她只是來拿手提包，拿了就走。喔，不過，看到聯合街上那些可愛的海報時她真是不敢置信。「從來沒有人幫我做過海報。」她兩眼以一種幾近計算過的精準牢牢緊盯地上某個定點。

1 出自電影《真善美》配樂〈晚安曲〉。

「海報不是我做的。」法蘭克說，「和我無關。」他大步走回唱盤前，大腳小心避開地上的唱片。

基特拿出收在櫃檯裡的手提包，用運動衫的袖口把它擦拭乾淨。

「我們還怕妳已經離開了。」他說。

「是嗎？」她訝然回頭，視線正好落在法蘭克身上，「不，我還沒走。」

「妳的未婚夫也在這嗎？」基特又問。

她現在看起來更手足無措了。「呃。」一聲小小的遲疑回答。

「妳還有再昏倒嗎？」

「沒有了。」

基特沒來得及再多問，她就從大衣口袋中掏出一只用紫色薄彩紙包裝的小小包裹。「這是我一點心意。」她說，「就當是謝禮。」

「妳不必這麼多禮。」法蘭克在唱盤後插話。他只覺得全身滾燙，止不住地顫抖——一定是因為方才和菲爾起衝突的關係。

「不是給你的。是要給你的助理經理。」

「給我的？」基特說；還指向自己，以免弄錯。

「只是個小東西，沒什麼——」

基特已經拆開包裝紙，拿出藍色的內容物，並且開心地兜起圈子，跑了起來。

「喔，老天！太棒了！你有看到是什麼嗎，法蘭克？」

「是件襯衫。」伊爾莎．布勞克曼解釋，「還有條藍色領帶。我只找到條紋的，希望你會喜歡。」

「是我專屬的制服，法蘭克！就像沃爾沃斯的店員一樣！」她還在胸前口袋上用紅線整整齊齊地繡上他的名字：**助理經理。基特。歡迎光臨！**甚至還用反針替他繡了個小小的驚嘆號。

「這是妳特別為我縫的嗎？」基特興奮地大喊，「老天！太棒了！」他飛快跑上樓，想要試穿他的新襯衫和新領帶。他們可以聽到他的腳步聲從頭頂上乒乒乒乒經過，想找鏡子卻不停被紙箱絆倒。

尷尬的沉默又凝聚變化成另一陣尷尬的沉默。

伊爾莎．布勞克曼脫下雨衣。她裡頭穿著件素面窄裙和高領毛衣，沒什麼特別，只是因為太冷了，所以沒把手套摘下。她的一頭深色捲髮大多盤在頭頂，耳邊散落幾綹長短不一的髮絲。她又開始撿起唱片，慢慢地、小心地用她那雙纖長的臂膀撈拾，這一張、那一張，並讀起封套上的名稱。「很抱歉出了那樣的事。他是業務嗎？」

「那不是妳的錯。」

「你的窗戶怎麼了？」

「被基特坐壞了。」

一時間，她動也不動，只是盯著他看。然後她做了件完全意料之外的事。

她笑了。

不是普通的笑，而是一種美妙尖銳、彷彿毫無預警、突如其來的笑。經過方才被菲爾搞得劍拔弩張的氣氛，這笑聲攻得法蘭克措手不及，讓他也跟著笑了起來。喜悅不停膨脹。唯一的問題是他一笑就停不下來。他已經忘了像這樣笑個不停是什麼感覺；伊爾莎・布勞克曼顯然也是。

「好了，夠了。」她還是笑得人仰馬翻，鼻翼大張，一面忙著捧腹扶腰，一面又忙著擦眼淚。

「我們在幹嘛呀？這實在太瘋狂了。」就連她說話的方式都滑稽不已。**瘋哈哈哈哈哈狂**。

呵呵呵。

哈哈哈。

「對不起，這不好笑。」她換上正經的面孔，恢復平常的理智。兩人都是。她繼續撿起幾張唱片。

「《霧》這張的封套破了。」

她慢條斯理地走向櫃檯——他發現她走起路來臀部會輕輕搖晃，就像跟著條隱形的指示線前進一樣——然後打開抽屜，拿出壞掉的膠臺，好像她就是知道東西放在哪兒。法蘭克不禁看得出神，無法要自己轉開目光。她搓揉了下戴著手套的雙手，按摩每一根指頭，然後才將唱片放在櫃檯上。她拉出截膠帶，舉至唇邊用牙齒咬斷，小心翼翼地將破口黏好，並把兩面都細心撫平。接著又拿起壞掉的膠臺，眉頭顰蹙，專注打量，雙手有如工具般不慌不忙、有條有理地修了起來。她究竟需要什麼樣的音樂，法蘭克還是毫無頭緒——就跟先前一樣，在她身上什麼聲音也聽不到——但這樣也很好，他想，只要她出現在這，他就心滿意足了。就連他的唱片行似乎也很喜歡她。波斯地毯上的藍忽然顯得好耀眼，彷彿變得更鮮明了。世界毫無預警地驟然聚焦，變得更加迷人、更加有趣。樓上持續傳來基特被箱子絆倒的聲音。

「妳覺得韋瓦第怎麼樣？」他問。

「喔。」她睜大眼，抿起雙唇，好像不小心吞了顆櫻桃籽。「我還沒聽。」

她舉起唱片讓他檢查。她補得天衣無縫，幾乎看不出接合處。她隨後又拿起膠臺，說：「這個我也順便修了，希望你不介意。」她打開抽屜，將膠臺謹慎地收回原位，然後關上抽屜。「我們也來檢查一下窗戶吧。」

法蘭克跟著她來到窗戶前。她查看了下固定玻璃用的硬紙板，問他有沒有小榔頭和釘子。法蘭克取來他的老舊工具袋。她跪在袋前東翻西找，最後終於找到一盒圖釘。他站在她身旁，無能為力但又滿心感激地看著她嘴裡啣著六枚圖釘，迅速且沉穩地揮動榔頭，一枚接一枚仔細釘好，將硬紙板牢牢固定在窗框上，讓他只覺欽佩不已。可惜他沒有補土，她說，但起碼暫時不用擔心窗子了。

從她踏進店裡後，兩人幾乎不曾有任何交談，但他有好多話想對她說。他被她那份純然的靜默深深吸引，情難自禁。那份絕對的寂靜是如此深刻，那無窮的可能性是如此令人目眩神迷。所以，當他聽見她問「你幫了旁人那麼多忙，但有想過你自己嗎？」時，他並沒有躲回唱盤後——就像每次事情牽扯到他個人時那樣——而是認真地思索她的問題。

「沒想過。我喜歡幫忙別人。」他回答。

她頷首。

又問：「你所有客人都記得嗎？」

「對。」

兩人對望，都笑了起來，因為除此之外，好像也沒其他事可做。

她問：「沒有這間唱片行的話，你會做什麼？」

他又想了會兒，回答：「我會擺個賣唱片的攤子。」

兩人再次陷入沉默。

「為什麼這麼問？」他問，「妳呢？」

「我？」笑容自她臉上斂去，只是睜著一雙晶亮的眼波。

「妳是做什麼的？」

「喔，我啊，我很無趣的，沒什麼好說。」

她又向他望去，那悲傷是如此深切，他不知道自己怎能不將她擁入懷中。

但是等等，**冷靜點**，他在想什麼？他在做什麼？記得嗎，她有未婚夫了。她已經心有所屬，而且絕對是某個儀表堂堂的成功人士，不會有錯。城市人，有頭有臉的大人物。他能在腦中想像他。（對，沒錯，他真的能想像，法蘭克心想。你知道這類人是什麼模樣：聰明、精心修剪的髮型、晒成古銅色的肌膚、昂貴的西裝。這樣的人近來越來越常見了，開著時髦的車款，底盤低到你會以為自己得用滾的才進得了車。）看看你自己，他想，老舊的麂皮夾克、鞋子還破了洞，店裡甚至連個適當的裝潢都沒有。

她又彎身從地上撿起一張唱片。「你聽過這張嗎？巴哈的《D小調雙小提琴協奏曲》。可以跟我說說它嗎？」

法蘭克只是看著她、凝視她。她是如此美麗、如此異乎常理、如此沉靜又如此神祕；她的存在感是如此強烈，卻又有如白駒過隙。法蘭克覺得體內有什麼不安擾動，就像肚子裡有艘船沉沒。他希望她離開。他無法解釋，也不想解釋。有什麼好解釋的？她已經有別人了，而他一無是處。他正一步步變成一個就連自己也認不出的人。他需要她消失，離開。現在，馬上。他再也不想見到她。永遠。他蹣跚走回唱盤前。

「我其實要打烊了。」

「打烊？」

「對。」他伸手要拿門鑰匙和她送的仙人掌。

「我只是想幫忙，法蘭克。」

她**現在**又想做什麼？直呼他名字？那感覺就像她把手伸進他體內，掐著他的五臟六腑。但她的語調和口吻讓他的名字聽起來如此煥然一新、如此完整。如果她能再多說幾遍就好了。再一遍也好，拜託——

「我要妳幫了嗎？」

「沒有。」她一臉困惑與吃驚。

「那就不用了，我不需要人幫。」

她拿起她的雨衣與手提包，挺直背脊。「沒錯，你當然不需要。」

他想要奔至她身旁，想將她攬進懷中，想向她道歉。他想問：**妳究竟是誰？我能怎麼幫妳？**

但他終究只是看著她掙扎著將手臂穿進衣袖，然後一個接一個扣上鈕釦，再緊緊在腰帶上打了個結。他看著她所有動作，但他知道，不知為何就是知道，在這同樣的時刻、同樣的場景，還有另一個不同的經過，就存在於某時某處。那一個法蘭克會坐在伊爾莎·布勞克曼對面，向她如數家珍般介紹巴哈的雙小提琴協奏曲。但這一個他只是站在唱盤後頭，雙手交抱胸前，感覺既受傷、又憤怒、又孤獨。他就這麼任她默默離去，兩人甚至連句道別的話也沒有。

「你看，法蘭克。快看。」基特用力拉開通往公寓的房門，穿著他那件嶄新的藍色襯衫和領帶，抬頭挺胸，自豪地不得了。他還把頭髮打溼，妥妥貼貼地梳到一旁。但看到店裡空蕩蕩地只剩法蘭克一人，臉色立刻就像沒烤好的舒芙蕾般瞬間垮落。「喔，伊爾莎·布勞克曼呢？她有說上次為什麼沒帶走手提包嗎？她有告訴你她為什麼會昏倒嗎？」

「沒有。」法蘭克回答，「她沒告訴我，我們也永遠不會知道了。她不會再回來了。」

13 巴哈的眼睛

「沒有任何事是表面看起來的那樣。我有告訴過你巴哈的眼睛嗎，法蘭克？」

「沒有。」

「你想聽嗎？」

「想，謝謝。」

佩格拎著壁紙，站在梯子上，一手拿著黏膠，一手刁著根莎邦尼彩虹菸。佩格其實已經和法蘭克說過巴哈——她常說起巴哈——但至今為止，尚未對裝潢整修展現過任何興趣。而此刻，這名身材碩大的女子就這麼站在小小的梯子頂端。要讓她繼續留在那兒的最好方法，就是讓她暢所欲言。

「巴哈是個天才。」她說，眉飛色舞地在臥房牆上抹上黏膠，「天賦異稟，出類拔萃。只要聽到一段簡單的小小旋律，就可以即興發揮，東加加、西改改，這裡順序改一下、那裡調整一番，然後就賓果，完成了。他甚至不用寫出來，在腦中就可編完一整首曲子。他就是爵士樂，法蘭克，他就是德國巴洛克時期的他媽爵士樂。」

她激動到搖搖晃晃。男孩死命抓緊她的梯子。

「他有二十個小孩。這我跟你說過嗎？」

法蘭克說有，她說過了。佩格是在她三十歲那年遇見法蘭克的父親——或該說，可能的父親——他總歸有個父親，只是佩格不確定是誰，更沒打算重蹈覆轍。法蘭克一直不知道那句話是什麼意思，尤其是她人生中所有一切都沒有唯一這檔事，特別是男友。她有很多男友，而且大部分都已有家室。有那麼一陣子，他會在他們身上尋找與自己的相似處，像是眼珠的顏色或耳廓的形狀，甚至會在上床睡覺前衝著他們意味深長地一笑，搞到最後終於有個人忍不住問佩格他是不是有什麼毛病。

但現在，她站在梯子上，穿著一件藍色的日式罩衫，頭上纏著粉紅色頭巾，一面咒罵不休、一面談論巴哈，手裡還同時貼著壁紙。

「在巴哈那年代，音樂主要的功能是讚美上帝。但他一生困苦，十一歲時成了孤兒，長大後自己生了許多孩子，但超過半數都夭折早逝，連妻子都年紀輕輕就撒手人寰。他了解失去、了解絕望，就像他也對憤怒與自找麻煩同樣熟悉。所以他的音樂可說是介於神人之間，講述的是人如何昇華成神，如同嗑藥一樣。」

佩格將油漆刷柄和香菸一起叼在嘴裡，看起來就像刷子自己在吞雲吐霧。她貼上壁紙，圖案是滿滿的葡萄與花朵，全都藍得耀眼異常。「有直嗎？」

法蘭克向左偏過頭。「有。」

「看起來歪歪的。」

就這張壁紙來看，他實在分不出怎樣叫直、怎樣叫歪。

「太花了嗎？」

「很漂亮。」

「視力有夠差。」

「我？」

「巴哈。他有白內障，做了手術。但那醫師——我是說那傢伙，他不是真的外科醫師，而是個江湖郎中，就在市集廣場眾目睽睽下進行手術，結果把巴哈完全搞瞎了，之後還中風，四個月後就過世了。不用說，韓德爾後來也去找他做了同樣的手術，自然也是瞎了。有夠悲劇。」

法蘭克抬頭注視那面壁紙——確實是貼歪了，無庸置疑。但他就是忍不住覺得這是自己看過最歡欣的一幅景象。

之後，他打開唱機，佩格放了《D小調雙小提琴協奏曲》，並解釋這首曲子就像兩人間的對話。有時候兩把小提琴在述說同樣的故事，有時候卻是在爭執。起初由其中一人主導談話，之後換成對方。兩者有時親近到猶如一條交纏的辮子，有時又疏遠到宛若在黑暗的兩頭呼喚。它不像韋瓦第的《四季》，由一樣樂器擔任要角，然後（照佩格的話來說）變成一場該死的炫耀。巴哈的雙小提琴協奏曲要傳達的是不完整的兩半如何學習合而為一。

唱片播放終了時，法蘭克只覺樂極生悲，悲極又生樂。不曉得其他男生有沒有過同樣的感受？學校裡從沒有人提過巴哈或白內障，大部分的人只會用鉛筆彈他，或在他書包裡塞死掉的小動物。不過他從未對任何人說過。

這是佩格唯一貼上的一張壁紙，之後再也沒有了。幾個月後，她開始和一名熱衷手工藝的男人交往，他將整間臥房漆成各種不同的實用大地色系。到處都是。褐色的牆壁、褐色的門、褐色的櫥櫃、褐色的抽屜。手工男最後還幫他們鋪了塊精緻的褐色地毯，那感覺就像住在香菇裡一樣。不是那種有迷幻藥效的蘑菇，只是普通的褐色香菇。

當陽光灑落時，你還是可以看見那些葡萄以及大大的藍色花朵。手工男又多補了層油漆，但還是一樣。無論他漆上多少褐色，那鮮明的過往都不會消失。

就像音樂，佩格說。即便在樂曲結束之後，它仍繼續棲息體內，永不湮逝。

14 別了，麵包師傅（麵包師傅，再會）

麵包店在一夕之間說關就關。週五時還一如往常地營業，櫥窗前擺放肉桂捲，店裡瀰漫波蘭麵包的溫暖香甜味，後方的廚房裡亮著藍色光芒。但週六早晨便大門深鎖，一片漆黑，就連到了午餐時間也不見麵包師傅蹤影。法蘭克、基特、茉德和安東尼神父試了試門把，還敲打玻璃，大喊麵包師傅的名字。安東尼神父回到他的禮品店，嘗試用電話聯繫諾維克先生，同樣無人回應。

「你們覺得我直接闖進去會是個好主意嗎？」基特問。

所有人都同意基特**不要**闖進去會是個絕妙的主意。最安全的做法是讓基特乖乖留在人行道上，而且最好什麼也別碰，甚至動也不要動，等著法蘭克拿把A字梯過來。

一輛箱型車轉進聯合街，停在路旁。三名身穿牛仔褲、靴子和飛行夾克的男人走了下來，手上拎著鋼鋸、斧頭和鐵撬。於是梯子瞬間被眾人拋到九霄雲外；或該說在這種情況下，拿梯的念頭自己彬彬有禮地退場了。

那些人有麵包店的鑰匙，逕自打開門鎖，立刻上工，而且動作飛快，三兩下就拆了玻璃櫃、櫃檯和桌椅，搬出門外。

「你們這是幹嘛？」茱德擋住他們的去路問道。

「看起來像幹嘛？」

「我們在他媽的工作啊，要不然咧。」

「所以快給我閃開，神經病，莫名其妙。」

聽到這話，原本以為會將男人當早餐一樣生吞活剝的茱德只是點了點頭，並像小孩般蹲了下來，在她的馬汀大夫靴上仔仔細細打了個精美的蝴蝶結。

那三人忙了一整個早上，鑽鑿聲和敲打聲在聯合街上不停迴盪。他們推了輛手推車進去，再次現身時，只見麵包師傅的烤箱像擔架上的病患般綁在推車上，接下來是冰箱、發酵箱和一張老舊的工作檯。之後又扛出茶葉箱，把碗盤和玻璃杯都扔了進去。他們甚至把電線也剪斷了，纏成線圈收集起來。接著在門窗上釘上硬紙板，以及一面印著「**堡壘建設集團產業。擅闖者嚴究不貸。**」的告示牌。花店也面臨同樣的命運，以及對街的一棟空屋。接著，轟炸遺址四周架起了鐵絲網，並立起更多堡壘建設的告示牌以及一面大型廣告看板，上頭印有許多開開心心大啖咖啡的白人，只是這景象到底跟轟炸廢墟或甚至是聯合街有什麼關係，就沒有人能明白了。完工時已約莫是下午三、四點左右。

「諾維克先生呢？」法蘭克問。

「我怎知。」其中一人說；他的脖子上堆積著層層脂肪。「八成是回家了。」

「但麵包店就是**他家**啊。堡壘建設又是怎麼回事？」

「新房東啊。」

茉德、基特和安東尼神父聚集在人行道上，看著麵包店前的新看板，只覺悵然若失。他們沒能在店前擺上鮮花，也不知道自己能做什麼，但總該有所表示。葬儀社的威廉斯兄弟也出現了，手裡拎著帽子，只是一股勁兒地揉捏帽簷。依舊沒人開口。基特搬了椅子出來，茉德拿了幾條毛毯。兩人並肩坐在人行道上，一面抽菸一面仰望他們所深愛的聯合街，凝視那搖搖欲墜的石塊與兩間關門大吉的店家，猶如腐朽自兩頭開始往中央蔓延，盡頭則是剛被鐵絲網圈禁的轟炸遺址。

「諾維克先生為什麼不告訴我們他需要幫忙？」法蘭克問。

天空中僅存絲縷白晝，猶如一道細細的藍色絲帶，但不是太冷。天光幽暗，朦朧篩落，讓聯合街上所有一切看起來既像分離獨立，又宛如同質而生。就連對街的房屋都蒙上一層藍暈，人行道亦然。燈光自街上僅存的四間店中流瀉，窗子在薄暮掩映下好似一幅幅黃色的圖畫。葬儀社、宗教禮品店、唱片行、刺青工作室……

「所有生活都在這兒。」彷彿聽見法蘭克的思緒般，安東尼神父這麼回答。

盧索斯老太太一手抱著吉娃娃、一手拎個茶瓶出來了。威廉斯兄弟端出餅乾，基特將位子讓給盧索斯老太太，茉德又拿出一條毛毯。

「你們不會也把店給賣了吧？」老婦人問，臉上寫著驚惶。

大家都向她保證自己不會那麼做。「我們就是在店裡出生的，」其中一名威廉斯兄弟這麼說，「要走也是裝在棺材抬出去。」法蘭克問是雙人棺嗎？終於，大家都笑了。

「可以替我們說幾句話嗎，神父？」盧索斯老太太問。

安東尼神父一如往常地提醒她自己已非神職人員了，但老太太只是嘖了幾聲，好像這不過是無關緊要的細節。神父於是垂首合掌。「親愛的天父啊，請幫助我們理解我們不明瞭之事。因為人與人之間的差異，我們才得以富足。一切終將平安。」

就這樣？眾人低著頭，喃喃複誦了些什麼，大約是介於「一切終將平安」和傳統的「阿門」之間的模糊字句。盧索斯老太太哭了起來。茉德遞面紙給她時，老婦人握住了她的手，於是基特也跟著握住法蘭克，安東尼神父則對威廉斯兄弟伸出掌心。就這樣，這群小小的店主聚集在聯合街上，手牽著手，在此同時，或許城裡還有其他更多小店也封起了門板，警笛呼嘯而過。

其他住戶也出現了，帶著椅子和熱騰騰的食物——咖哩、餃子、大蒜麵包——聊起更多有關麵包師傅的故事。有個婦人說她有次從上班的地方打電話給他，請他幫忙留條麵包，他便等著她下班才打烊。一名男子說諾維克先生有次徹夜不眠，替他女兒做了個有隻紅色糖霜小鳥的生日蛋糕。眾人齊聚在麵包店前，分享食物，也分享他為大家所做的各種付出。酒保彼特帶來啤酒，法蘭克打開店裡的唱盤播放音樂，最後變得宛如一場臨時的街頭派對。

他們必須守望相助。只要團結一心，一切都會平安度過。

15〈我會活下去〉

月光如流水，瀅瀅灑滿唱片行。法蘭克坐在唱盤邊，想著他幫助過的客人。是個小男孩。

那時，他每週三都會來到店裡，有些唱片拿不到，便問法蘭克有沒有木箱之類的東西能借他墊腳。這小男孩有種特質，讓人覺得他非常誠摯、認真，擁有一頭幾近白色的金髮，雙眼湛藍到彷彿能在你身上鑿出孔洞，年紀大約七、八歲左右。

法蘭克注視他、聆聽他時，聽見了一種像是回音的聲音，就像一棟沒有家具的空屋。法蘭克先向他推薦了海頓，然後是葛倫．米勒、歐傑斯合唱團和電光交響樂樂團。男孩喜歡盛大歡樂的音樂，好填補他內心的空洞。他話不多，但有次提到他母親鮮少外出，還說過他有兩個哥哥，父親在外地工作，所以法蘭克猜想他父母大概是分居了。

「都是我的錯。」他有次說。

「什麼事是你的錯？」

男孩就是在這時候露出他兩條臂膀。他手臂上滿是瘀青，猶如怵目驚心的花朵。是誰做的？

男孩不肯說，彷彿只要法蘭克知道這就是他的人生，這樣就夠了。不用說，他從沒買過任何一張唱片。法蘭克試過要送他，但幾次之後，男孩終於坦承他沒有唱機。那是他第一次看見男孩哭泣，臉上爬滿大顆大顆的淚珠，宛如糖錠。

「我以後是不是不能來了？」他說。

不，法蘭克告訴他：「你想來就來，就算是大半夜也一樣，我永遠都會在這裡等你。你是個好孩子，我希望你知道這點。」

男孩也確實一直來到他店裡，持續了好幾年。當其他孩子開始長青春痘、頭髮變得油膩膩時，他依舊閃亮無瑕。法蘭克不由猜想，是不是因為他的遭遇、這樣的經歷，他才能如此脫穎而出，耀眼生光，無論那經歷有多悲慘可怕。

「還好嗎，少年仔？」法蘭克會問。

「很好，老闆。」

但從某週開始，他忽然不再出現了。法蘭克問了好些人，沒有人認識這名有著白金色髮絲、喜歡在熱鬧的音樂中尋求安全感的男孩。天曉得，這樣的孩子大概滿街都是。

「你給了他避風港。」安東尼神父安慰他，「你一直陪著他，直到他再也不需要你的幫助，走入人生下一個階段。」

法蘭克雙手掩面，坐在黑暗之中。他不知道男孩是否真的快樂，或是情況已經糟到他再也無法面對現實。誰知道他現在在哪兒？誰知道他是仰賴什麼熬過一天又一天？旁敲側擊的關心並不足夠，畢竟，誰能比法蘭克了解被世界排拒在外的感覺。他該再多做些什麼才是。

♪

時間流逝得好慢，總是如此。「你覺得伊爾莎・布勞克曼還會回來嗎？」

「不會了，基特。」

「你覺得她不會再出現了？」

「對。」

這些問題動搖了法蘭克的決心。為什麼呢？他為什麼就這樣任她離去？她不過是請他聊聊巴哈，他為何如此害怕？儘管他努力想將她逐出腦海，她卻始終緊守不放。有那麼兩次，他走到街道盡頭，尋找那俐落的綠色大衣蹤影，盼著她會不會碰巧經過。

兩間關閉的店鋪又被噴上新的塗鴉。轟炸遺址旁的廣告看板上，一張張歡樂面孔也長出了角還有各種鬍子。議會派了代表前來，說是有民眾投訴這有石塊掉落的危險。那名代表是個駝背男子，手拿寫字板，一身像是檔案櫃顏色的西裝。他說在外部修復工程完成前，他們必須用膠條圍起人行道四周，警告路人此處有石塊掉落的危險，還得立起「小心石塊掉落」的議會官方公告。

「那客人是要怎麼走進我們店裡？」茉德問。

代表查看寫字板，最後回答詢問之後會再給她答覆。

於是，店主們圍起了人行道，立起官方的告示牌。

結果告示牌倒了。

被掉落的石塊砸倒的。

基特於是設計了形形色色的海報，每天早上還一定會沿著封鎖線巡視一圈，將鬆垮的部分拉好，讓街燈與街燈間環繞著方方正正、整整齊齊的藍白色繩圈。

「看起來簡直就像犯罪現場。」茉德說。

溼濡的寒霧籠罩城市，毫無散去的跡象，有時甚至連街道盡頭的景象都朦朧難辨，但陽光穿透時，那白茫又亮得讓人眼花。堡壘建設來信詢問法蘭克是否有意出售店面。他將信捲成一團，塞進垃圾桶裡。本來想把垃圾桶踢翻，但最後還是作罷。

那一週，好些英格蘭之光的常客表示自己看到了伊爾莎·布勞克曼；或起碼看到一個身穿綠色大衣的女子。三齒男說他看見她走進一間餐廳、髮捲女士相信自己看見她出現在藥局裡。但由於他們其實都沒真的見過伊爾莎·布勞克曼本人，這些指證的真實性感覺極低。最後發言的是基特。他說他看見一個女人走進一間破舊的地下室公寓。

「但像她這樣的女士去那種地方做什麼？」安東尼神父問。

「你這白痴。」茉德說。

基特承認自己可能看錯了。他那時人在十一號公車上，霧又很濃，而且——現在仔細回想——那女人頭上還纏著老舊的棕色頭巾。因此，對於伊爾莎·布勞克曼究竟是何來歷、下落何方，或甚至有什麼意圖，他們仍舊如瞎子摸象。週末來了又去。星期日，法蘭克聽了排行榜上前四十名的流行樂曲，週一早晨則忙著整理新的暢銷單曲。他覺得自己快感冒了，腦袋遲緩，好像被攪成了一桶漿糊，跟不上身體其他部分的運作。

「法蘭克，」盧索斯老太太說，「我腦子裡有段旋律，哼起來像這樣……」或者有其他人說：「法蘭克，我最近心情不太好，不知道你有沒有辦法幫忙……」他一如往常替客人尋找所需的唱片，帶他們前去試聽間，但那種正中紅心的興奮感已消失無蹤，不過又是件例行公事，就像替盧索斯老太太把垃圾桶拉出屋外，或把新塗鴉清理乾淨。他看著自己度過一天又一天，彷彿一名異常熟悉的陌生人。假若拿走法蘭克店主這個身分——這個日復一日幫人們尋找音樂的大個子——他還剩下什麼？

事實是，置身事外比較安全。他不介意面對情感，只要那是屬於旁人的情感。喔，佩格死後，他也試過和其他人交往。有那麼一段時間，他是真的盡力了，但就是無法走入親密關係。她的行徑讓他不只覺得自己被拋棄，而是洗劫一空。他和女服務生交往過，還有郵局認識的女孩，以及兩名年紀較長的女士，但都一樣。他對愛的渴求是如此強烈，根本連觸碰都無法。他灰心喪志，覺得自己是個騙子，焦躁不安、夜難成眠。女朋友只要提出那麼一點點想要承諾的暗示，完了，他就會大驚失色，不知所措。直接捨棄愛情、斬斷那樣的生活容易許多。在音樂中尋找他人生所需簡單許多。

一直要到了星期二，有個青少年來店裡詢問有沒有麥可．傑克森的新唱片，法蘭克才發現自己賣完了，並察覺《飆》會銷售一空是因為已經很久沒有唱片公司業務來過。自從菲爾之後，就再也沒人來，而那已是一週前的事了。由於他實在太心煩意亂，以致完全沒有留意。

「早跟你說了。」基特說。

「你什麼時候跟我說過？」

「昨天啊。但你只是愣愣瞪著窗外。我就知道你沒在聽。」

法蘭克打給其中一名業務，但一報上名字，對方立刻斷線。下一個也一樣。他一表明身分，當場就被掛斷電話。

「他們在躲你嗎？」基特問。

「他們幹嘛躲我？我們都認識那麼多年了。」

終於，有名業務打來解釋，說他會有好一陣子不跟他聯絡；其他人也是。不只是因為CD的關係——雖然那也已經夠麻煩了，但現在還有其他問題。

「其他什麼問題？」法蘭克縮在唱盤旁的電話前問。店裡只有兩名客人，他知道他們都不是來買唱片的。其中一名是個老婦人，她已經在試聽間裡睡著了；另一名是住在街底的男子，時不時就會來檢查法蘭克的存貨。不是什麼專業人士，就是喜歡來檢查唱片上有沒有刮痕。

「你是個好人，」業務說，「大家都這麼覺得，但你實在不該得罪菲爾的。」

「我不想造假。」

「所有人都在這麼做。法蘭克，他被炒魷魚了。」

「你說菲爾？」法蘭克震驚不已，只覺整個人像被泡在冰水裡。

「他要我們抵制你的唱片行。在這風波平息前，你最好自己直接和總公司聯絡。」業務發出介於笑聲和冷嗤之間的聲音，「老天，我說你啊，幹嘛就不跟上時代呢？為什麼這麼沒種呢？」

好問題。聽完這話，法蘭克不由整天都在思索。他那時該攔住菲爾嗎？他是不是該同意在銷售數字上造假？他就是從那時開始變成個沒種的懦夫嗎？還是在伊爾莎・布勞克曼主動說要幫忙，他卻把她趕走時就開始了？諾維克先生呢？法蘭克真的盡力阻止那些人在他窗上塗鴉了嗎？有時他會幾個星期幾乎不曾踏出聯合街一步。如果他連探頭張望的膽子都沒有，又怎會知道外頭發生了多少事？

他打給菲爾，是他太太接的電話。她說丈夫人在酒吧，他們一家子都希望他最好從此消失無蹤。法蘭克不願再打給其他業務，假若他們需要和菲爾同一陣線，他也不想讓他們難做人。反正他們說的也沒錯，他連CD都不肯賣，他們又何苦乾巴巴地浪費油錢跑來這裡。如果他還想再進貨，唯一的方式就是像業務說的那樣，直接聯絡唱片公司。他拿起話筒。

不，他們一個一個都這麼回答，不會再有折扣了，也沒有買一送二的優惠，若他堅持只要黑膠，不進CD，他就得付原價，而且若要退還未能銷售出去的存貨，還需支付另外的罰款。那他現在是要去哪裡採購暢銷單曲？法蘭克大吼。其中一名製作人哈哈大笑告訴他：「我怎知，老兄。去沃爾沃斯啊。」

於是，一月底的某一天，法蘭克清空櫃檯內的現金，穿上夾克。屋外好冷，吐息化作團團白霧繚繞眼前，彷彿伸手可觸。車窗上結著白皚皚的冰霜，樹木朝天空高舉削瘦的枝枒，彷彿放棄了能再重見綠葉的希望。街燈與街燈間纏繞著議會的封鎖膠條，每扇窗前都貼著基特畫的海報。

小心石塊掉落。

信念禮品店中，安東尼神父穿著外套、戴著帽子，替櫥窗內的塑膠耶穌像撢去灰塵。經過葬儀社時，威廉斯兄弟衝了出來，異口同聲地問法蘭克怎麼想。

「什麼怎麼想？」

其中一人拿出張謹慎摺起的信箋。是張厚實的高級奶油色信紙。法蘭克看到「堡壘建設」四個字就把信還了回去。

「他們要收購我們，而且出價不低。也只有他們會想買下這地方。」兩兄弟交換了個眼色，彷彿不知該由誰繼續接下去。「諾維克先生離開後，我們日日都在猜誰會是下一個。」

「那個議會代表說，如果我們再不把外牆修好，遲早有天會被告，但我們實在沒那現金。」

法蘭克說：「告知我們是他的工作，不會真的有人控告我們啦。他們只是在嚇唬你。記得我們說過什麼嗎？大家必須彼此照應，守望相助。若有人開始抽手，這條街就真的會垮了。」

兩兄弟低下頭，其中一人的領子上沾了塊小小的蛋漬。在那身舊式西裝下，兩人顯得如此渺小，就像碼頭秀中的一對小丑。他們歉然而卑微地等在原地，頭上半絡髮絲也無，只是不斷搓揉著手中的毛氈帽。

「你說得對，法蘭克。我們得團結。」

「你要去哪，法蘭克？」

他要如何開口坦承情況已經糟到他打算上主街買唱片回來賣？菲爾的提議再次浮現腦中。如果法蘭克還想繼續賣黑膠，只要在銷售數字上造假就好。反正所有人都在這麼做。起碼他還有臺收銀機沒錯。

經過信念禮品店時，櫥窗前的安東尼神父抬起頭來。他正在播放邁爾士・戴維斯的《泛泛藍調》。

他揮了揮手，宛若歡迎法蘭克歸來。

16 邁爾士的靴子

在佩格播放《泛泛藍調》前，法蘭克完全沒預料到那會是什麼樣的感受。那時是一九五九年，專輯才剛上市，而他十一歲。

聽著樂曲，眼前彷彿有一扇扇門不停打開。以為旋律就要放慢時，音符卻汩汩湧現；在他確信曲調就要筆直挺進時，卻又轉向走了開去；就在他習慣它們長了腳時，卻又生出魚鰭，開始在水中泅泳。那感覺就像你知道了什麼，同時間卻又一無所知。

「這張唱片會改變歷史。」佩格說。

「為什麼？」

她朝天花板上一塊茶色印漬噴了口煙。「因為它將音樂領進了一個全新的國度。邁爾士・戴維斯找來最好的樂手，但沒有一個人知道自己到底要演奏什麼。他說明了樂曲的概要，要大家即興發揮，他們就像和音樂同坐在一間錄音室般演奏了起來。總有一天，世上所有人都會有一張《泛泛藍調》，就算是不喜歡爵士樂的人也不例外。」

她怎能如此確定？

「因為它是最好的。就這樣。」

佩格喜歡爵士樂手，因為他們和她是同一類人。只要在佩格面前畫下一道界線，她會立刻衝上前去把它撞破。她永遠不知關門為何物，還有一次為了前進，她先狠狠倒車，結果在花園牆上撞出一大道裂縫。有一年夏天，她試著學林木造型藝術，另一年又換學初級法語，但都只有三分鐘熱度。規矩令她厭煩，感情也是。她不是沒心沒肺，只是無法專一專注。

佩格總用暱稱來稱呼那些爵士樂手：小底、川川、伯爵、總統，而且還知道許多只有愛人才會知道的生活瑣事。貝西伯爵？他睡覺時一定要開燈。李斯特．楊？他也討厭黑。艾靈頓公爵很怕把一件事做好做滿，連襯衫的鈕釦也從不全部扣上。底細．葛拉斯比（小底）呢？老天，法蘭克，他根本就是個開心果。

「邁爾士呢？你知道邁爾士是怎樣的人嗎？愛現得要命。」

「不，我不知道，佩格。」

「有一次，有名自由樂手接到電話，問他能不能和邁爾士．戴維斯同場演奏。所以，好，他就出現了，和邁爾士攜手演出。說真的，那是他最精采的一次表演，只是邁爾士不停走到他面前，指著地板，像是要他降低音量一樣。想也知道，他當然照做了。但邁爾士還是一直走到他面前，指著地板，而且看起來是真的生氣了。『邁爾士，』那名樂手怒道，『你到底要我幹嘛？』知道邁爾士怎麼回答嗎？」

「不知道，佩格，我不知道。」他已經笑了起來。

「邁爾士指著地板，說：『我要你他媽的看看我的新靴子。』」

她愛死這故事了。他們倆都是。

爵士樂的重點在於音符間的停頓，在於你聆聽體內聲音時的感受，在於那些罅隙與淵縫。因為在那裡才能感受到真正的人生，當你有那勇氣縱身一躍的時候。

17《開始吧！》

「我不知道它會壞掉嘛，法蘭克。」

基特站在櫃檯後方，身上穿著那件胸前口袋用紅線繡著他名字的藍色尼龍襯衫和領帶，手上捧著店裡的收銀機。

「我想蓋洛普公司大概也想不到它會壞。你到底做了什麼？」

「我只是把插頭拔掉，清一清灰塵。」

「聽起來沒怎樣啊。」只是法蘭克「沒怎樣」三個字說得有些猶豫。

「然後就被我不小心摔到地上了。」

法蘭克的火氣立刻上竄。「這是臺機器，足足要上百鎊。你是嫌我現在麻煩還不夠多嗎？我跟你說過多少次了，要你別碰它。」

基特似乎認真數了起來，抿動雙脣，好像在嚼什麼黏牙至極的甜食。

「我不是要你真的算。」法蘭克說，「我只想知道你幹嘛動它。」

「你不能去找伊爾莎．布勞克曼嗎？」

「我幹嘛去找伊爾莎．布勞克曼？」

「她幫你把削鉛筆機修好了，還有那個膠臺和破掉的唱片封套。還幫我在襯衫上繡了名字，又修好店裡的窗戶。」他滔滔不絕、如數家珍。

法蘭克帶著收銀機回到唱盤前，插上插頭，但機器毫無反應，按下輸入鍵時連個電子「嗶」聲都沒有。然而，文件下方有個東西吸引了他的注意力，一根一根的，還長著朵粉紅色的花，看來是伊爾莎．布勞克曼那盆刺得要命的仙人掌開花了。

「不，我不會去找她。我很忙。」

基特沒有回答，只是舉手遮在眉上，晃著腦袋東張西望，好像在海上眺望，甚至還上前搬起了幾箱唱片。

「你又在幹嘛？」

「找顧客啊。」基特說，「店裡從沒這麼冷清過。不過你就繼續忙吧，法蘭克，不管你到底在唱盤前忙什麼。」

♪

寶麗多唱片的女業務也給了同樣的答覆：黑膠唱片不再有任何折扣，也無法換臺新的收銀機給他。他們現在只願意跟肯賣ＣＤ的正規商家做生意。

「這太不可理喻了。」法蘭克當晚向安東尼神父大吐苦水，「這些人我都已經認識不知多少年，結果現在全把我當破產的人一樣對待。」

他們坐在宗教禮品店內。安東尼神父煮了茶，兩人分別待在L型的木製櫃檯兩頭。雖然冷，但這裡總讓法蘭克覺得很自在，鼻裡聞著亮光漆的氣味，感受腳下薄薄的綠色地毯，欣賞那些一絲不苟、整整齊齊的展示架，上頭陳列著擺出祈禱或賜福姿勢的雕像和塑像，還有各式各樣的祈禱書和宗教詩集──書本封面都因經年累月的日晒而有些許褪色──以及一盒又一盒的卡片和皮製書籤。它們在在散發著一種亙古的永恆感。

「你有沒有想過，這其實還挺諷刺的？」安東尼神父問。

「什麼意思？諷刺？」

「你希望客人信任你，幫他們找到他們所需的唱片。不用說，那並不總是他們想要的音樂──」

「對，沒錯。」法蘭克不耐煩地揮了揮手，像是在驅趕什麼。「我是在幫忙他們。這就是我們的工作。」

「助人和置身事內是截然不同的兩回事。助人完全是你單方面的行為。」

「你想說什麼？」

安東尼神父聳了聳肩，微微一笑。「你期望**別人**能改變，法蘭克，但你自己呢？你究竟在害怕什麼？」

隔日下午，伊爾莎・布勞克曼回來了。

♪

又下雨了。她撐著傘，背對櫥窗，佇立店外，想必是直接穿過了議會的封鎖線。法蘭克衝出門外，隨即想起自己少了些什麼。是他的夾克。再見到她，他只覺自己一顆心要跳了出來，還必須強自壓抑臉上的笑容。

她耳上佩戴綠色的耳環。她的耳朵，他先前從沒注意過。或許是因為她的溼髮，無論如何，她的耳朵是如此小巧，尖尖的。她氣息短促，彷彿是匆忙趕來。

「是我。」她用那斷斷續續的口音說。

「嗯，對，我看得出來。妳還好嗎？」

「我只是剛好經過。」

他特意看了一下她手上有沒有又捧著盆危險的盆栽，幸好這次沒再見到任何仙人掌。

法蘭克掏出根菸，點燃打火機，只是下雨的關係一直點不起來。

「我幫你。」她說。

她戴著皮手套的手捧成杯狀，擋在打火機前，小小的黃色火光立刻湧現。瞬時間，兩人的面孔都被那金黃色的光芒所點亮。有那麼一會兒，他們只是肩並肩佇立原地，什麼話也沒說，同在傘下被雨打得渾身溼漉。到目前為止，那把傘的唯一功用似乎就是將頭頂上的雨水直接導至兩人身上。

「我還以為妳離開了。」

「不，我還在，法蘭克，我找到工作了。」

「妳沒要走？」

「暫時還不會。」

一輛車緩緩駛過，激起陣陣水花。

「上次是我失禮了。」

「你是。」

「我能怎麼賠罪？」

他深深吸了口菸，卻似乎吸不進肺。他聽見雨聲、聽見遠方的警笛、聽見聯合街外車輛經過的水花聲，但伊爾莎·布勞克曼依然靜默，就和三星期前在店外昏倒時一樣。

「我聽了韋瓦第。」她說。

隨後又陷入沉默。他也是。似乎整個宇宙都屏住了呼吸。

「覺得怎樣？」

她拿過他的菸，遠遠舉在身前，彷彿它與身體其他部位毫無關聯。

「你說的那些我都聽到了。鳥鳴、狗兒的吠叫、暴風雨。我聽見夏日，聽見雷聲，聽見風，還有人們在冰上滑跤，然後在火邊睡著。」說話時，她兩眼始終望著街道，香菸銜在指間，彷彿自天而降，筆直落在她手中。把菸還給他時，口紅印在濾嘴旁，綻起了一朵粉紅色小花，他得把菸微微偏向一側，就著邊緣抽。

「因為你的講解，我才知道要怎麼聽《四季》，所以我在想——」她頓了一會兒，「我在想你能不能為我上課？」

「上課？」

「不一定要在你店裡。我們也可以在小餐館碰面，或一起散個步，邊走邊說。我想聽你介紹音樂，我的意思是，這不是約會或什麼之類的。」

「約會？老天，當然不是！」他又重複一遍，以免她誤會，「老天，怎麼可能，拜託，**老天**——」

他哈哈大笑。

她也笑了起來。

他笑到停不下來。

她斜睨了他一眼。

「不好意思，我沒**那麼**糟吧。」紅暈又在她臉上浮現，「我會付錢；付學費。你開個價吧，我們可以一星期上一次課。而且……」

她扭頭望向店內，嚇了一大跳。基特杵在櫥窗後，臉緊緊貼在硬紙板上方的玻璃，活像塊軟綿綿的果凍。他像擺動魚鰭般揮了揮手。

她繼續接著說：「而且，你似乎需要多點客人，這麼做又可以幫我。」

幫她？他是能幫到她什麼？他完全不知道她會喜歡哪種音樂。法蘭克五指耙過髮絲，覺得摸起來像抹布。「但是我沒辦法幫人上音樂課啊。我有店要顧，有唱片要賣。」

她點了點頭，彷彿這答案正如她所料。「沒錯、沒錯，大家不都這麼稱呼你們英國嗎？說這是個商店之國，人人都是店主。好吧，我明白，我不會再來打擾了。我已經讓自己出過太多次醜。」她垂下頭，用溼淋淋的鞋尖輕點溼漉漉的人行道。「你就好好留在店裡吧，法蘭克。這裡很好，很安全。」

她轉身，匆匆穿過雨幕，手裡緊抓著雨傘，彷彿那是某種能帶領她遠離他身旁的柄舵。他看著她一路走至街底，轉過街角，然後——身影一晃——就此消失不見。

她會去哪呢？經過城門區的大型商店，朝教堂而去？還是公園？然後經過荒廢的倉庫，行色倉促，一路來到碼頭——那兒的雜草高及肩頭——接著沿河而下，直到大海。

妳究竟來自何方，伊爾莎．布勞克曼？

妳到底是誰？

機會已失，就像錯過火車或某種更重要的東西一樣——某種再也不會出現的東西。忽然間，無可言喻的悲傷在體內膨脹。一名醉醺醺的老翁蹣跚走出英格蘭之光，摸到了牆壁後就這麼靠在上頭，滑坐至地上。

「等等！」法蘭克呼喊，「等一下！」

他的膠底帆布鞋重重踏在人行道上，濺起點點雨珠。他大口喘息，呼吸像火般燒灼。他沿著聯合街疾奔，經過一間間店鋪和酒吧，朝街角而去。城市的氣息盈滿胸口。

那天下午，主街上出現了一幅奇景，或許有些購物的民眾注意到了，一名塊頭極其高大的男子在雨中疾奔，身上半件外套也沒有，只是追著一名身穿綠色大衣、戴著手套的時髦年輕美女。她偷了什麼東西嗎？還是忘了什麼？他們是朋友、情侶，還是哪種關係？不管是何原因，兩人全身上下都溼透了，各自站在馬路兩側的人行道中央。

「法蘭克？」她問，「法蘭克，是你嗎？」

他終於追上她了，身體卻不聽使喚，就連呼吸都要停止，只覺自己現在亟需張椅子。

「我，改變，主意，了。」

她臉色登時一亮。「是嗎？」

身旁四周，廣大的店面燈火輝煌，光芒穿透漆黑的雨幕，有如郵輪。朵西女鞋、陸海軍軍事用品店、譚美少女服飾、柏頓男裝、沃爾沃斯。路上行人低著頭，撐著傘、提著購物袋匆匆擦身而過。伊爾莎笑了，法蘭克也笑了。

「所以我們要怎麼做？」他問，「我從來沒給人上過課——」

「我也是。這也是我第一次。」

「我們可以找地方碰面——」

「哪裡？」

「哪裡好呢——」

「嗯——」

「找個我們都知道的地方——」

「像是——」

「大教堂——」

「好——」

「先在那碰頭——」

「之後要去哪再說？」

「對——」

「什麼時候？」

「下週一？」

「呃——」

「改天也行——」

「星期二？」

「幾點？」

「都可以——」

「你決定吧——」

「你決定就好——」

「五點半？」

「五點半？」

兩人就這麼約好第一次的上課時間。用斷簡殘編般的簡短字句，連個句號也沒有。

一週後的星期二。大教堂外，關門時間後。

法蘭克蹦蹦跳跳地返回家中，像個雀躍的孩子般樂不可支，滿臉通紅。

18 彌賽亞

「哈利路亞！」樂團齊聲合唱，「哈利路亞！」

法蘭克和佩格並肩躺在地上，聽著唱機播放韓德爾的彌賽亞。「是不是很精采？」她輕聲問，「是不是很震撼？」

樂曲結束後，他幫她點了根莎邦尼菸，聽她娓娓講述韓德爾的故事，說他多麼想寫出一般人也能理解的音樂。不像韋瓦第，韓德爾過世時甚為富裕；不過也像巴哈一般，受白內障所苦，動過兩次拙劣的眼部手術。共有三千人出席他的葬禮，她非常感動。

「那**彌賽亞**呢，佩格？」

「在寫出彌賽亞之前，韓德爾的生活並不是那麼順利。他沒有錢、之前幾首作品也都上不了臺面。然後韓德爾讀到彌賽亞的劇本，賓果！就是它了！他有如醍醐灌頂，把自己關了起來，二十四天內就寫完整首曲子。沒開玩笑，他連出門買個三明治裏腹都沒有，最後還是他僕人忍不住，走進房內，知道他看到什麼嗎？韓德爾拿著〈哈利路亞大合唱〉的曲譜，大喊：『我看見天國了。』」

「他真的看見了嗎？天國？」

「誰知道，或許他只是寫曲寫到嗨了。」她嘴角上揚，在大大的墨鏡後眨了眨眼。

「懂嗎，他知道。韓德爾知道自己抓到了什麼。那東西正中他心坎，法蘭克。」

彌賽亞的首演在都柏林舉行。那是場慈善演出，由於購票的民眾實在太多，聽眾還必須將佩劍與裙撐留在場外，以便騰出更多空間。會場內人滿為患，大家只能站著，想坐都無法坐。表演空前成功，堪稱史上第一場大型募款演出。就像喬治．哈里森的援助孟加拉慈善演唱會，只是韓德爾在一七四二年就這麼做了。

所以彌賽亞才是佩格心中的最愛。它讓我們知道自己並不孤單。無論你我之間存有什麼差異，音樂都將載著大家沉浮起落，只為讓性靈昇華至更高的國度，就像咒語。

哈利路亞，哈利路亞。

停頓。

哈—利—路—亞！

佩格已離開十五年，這是他唯一一首仍無法聆聽的曲子。太痛了，至今仍是。

B面

一九八八年二月

19 「救命！」

「我們？」基特問，「你是說**我們**？」

已經過了聯合街的打烊時間，大家齊聚在英格蘭之光，街上所有的店主以及那些常客：盧索斯老太太和她的吉娃娃、只喜歡蕭邦的男人、一名枯瘦如柴的年輕男子，他似乎已經在酒吧待了一整天，只是沒人知道他是誰，也不知道他在這幹嘛，只知道他點了茶和餅乾。早些時候有人在點唱機裡投了滿滿一大把足以重播〈虎之眼〉十次的硬幣，但投完後就匆匆離去。基特想把點唱機的插頭拔了，結果被小小電了一下——所以除了等歌曲播完外，大家無計可施。

「你要**我們**幫**你**幫**她**？」基特又重複一遍，似乎卡在那些代名詞裡轉不出來。「但要怎麼幫啊？」

法蘭克搔了搔頭，頭髮被他抓得亂七八糟。問題就在這——他也不知道。他答應要替伊爾莎・布勞克曼上音樂課，那時候，感覺起來這是個再好不過的主意，但現在——一旦真正面對到底要替她找什麼樣的音樂，還有該如何介紹等實際問題時，他才發現自己根本毫無頭緒。他擔心到連覺都睡不著，除了知道她好像很喜歡綠色還有喜歡修東西外，他對她依舊一無所知。

「她告訴你她找到工作了。」安東尼神父說。

「她是從德國來的。」其中一名威廉斯兄弟說。

「剛來不久。」另一個雙胞胎補充。

「而且她手上老是戴著手套。」基特指出，「連簽支票時都沒脫。她幫你修窗戶時也戴著嗎？」

「這很重要嗎？」

「這很奇怪啊。」

眾人於是熱烈討論起伊爾莎．布勞克曼的雙手之謎。安東尼神父說她可能只是個性拘謹，威廉斯兄弟認為可能是出於衛生考量，只喜歡蕭邦的男人說她可能是染了凍瘡。吧檯前的老頭們眾口一致認為是嚴重的燒傷。三齒男則投出了顆曲球，表示手套下可能藏的是義肢。

「我的老天！」基特尖叫，激動到忘了哪些是他們確知的事實、哪些只是推測。「可憐的伊爾莎！這太可怕了！」

「她會戴著手套，是因為她冷。」茉德說，「現在冷得要命。而且，她訂婚了，希望大家都還沒忘。我實在搞不懂我們幹嘛要這麼眼巴巴地把法蘭克和一個快結婚的女人送作堆。」

「我們」兩個字從茉德口中說出來不像什麼集體代名詞，反倒像是某種天理難容的大罪。

「沒錯，她是訂婚了，」安東尼神父說，「這點大家當然都清楚。我們只是希望法蘭克能好好上堂課，所以想看看能怎麼幫他。」

當大家又開始爭論起伊爾莎未婚夫的真實身分時——比方說，他是英國人嗎？還是德國人？是因為工作的關係才來這裡嗎？他真有可能是電影明星嗎？——法蘭克只是捏了捏鼻梁。他究竟為什麼要答應跟她聊音樂呢？不過開了扇小小的門，她就這麼闖進他腦海，大大方方地搬進來定居，還當成是自己家一樣把東西擺得到處都是；不只如此，她還帶上了未婚夫，還有他那輛時髦跑車以及其他許多優雅世故的年輕人，她肯定認識這樣的人。法蘭克有時會看見他們蜂擁擠進開始在城門區另一側營業的新酒吧，個個志得意滿、自命不凡，不把旁人放在眼裡，說話音量大到好似周遭半個人也沒有，就算有也聽不懂他們在說什麼。法蘭克只覺反胃。他以為跟她聊音樂會比較簡單，但實際上這比他想像自己聽彌賽亞還要可怕——如果真還有可能更可怕的話——而他也絕對沒有半點要聽彌賽亞的打算。「我是有些想法。」他有氣無力地說。

這是個好的開始啊，安東尼神父說。

「但你們聽了肯定會笑。」

當然不會，安東尼神父又說。他們都是他的朋友，法蘭克何不說說看呢？前任老牧師放下手中的鳳梨汁，十指指尖相頂。每當他準備專心聆聽時都會擺出這姿勢。

「我在想，我可以寫首詩之類。跟她聊聊音樂、她錯過的一切，然後我可以把詩背出來給她聽。」

「你寫的詩？」

「嗯……」

「在大教堂外？」

「應該吧。」

所有人都是一副彬彬有禮但又不可置信、強自憋笑的模樣，好像法蘭克頭上剛多冒出了對耳朵，而沒有人知道該怎麼告訴他。威廉斯兄弟握住彼此的手。

「你以前寫過和音樂有關的詩嗎？」安東尼神父最後終於問。

「沒有。」

「你寫過任何一首詩嗎？」

「嗯，沒有，其實。」

眾人頷首。因為無話可說，大家只能又再點了點頭。基特朝空的洋芋片袋子吹了口氣，然後一屁股坐在上頭。**砰**。「我明白了。」安東尼神父說。

「要不然，我也可以學個樂器，像鋼琴之類，然後彈給她聽。」

「也是在大教堂外？」

「我不知道。」

「在星期二的傍晚五點半？」

茉德扶著胸口，臉幾乎要趴在桌上，肩膀劇烈起伏，發出像是微弱的啜泣聲。

「她不舒服嗎？」法蘭克問。

「她是快笑死了。」基特回答。

不只是她。法蘭克掃視眾人，才發現大家都忙著用手帕、啤酒和洋芋片袋子遮掩臉上的竊笑。就連盧索斯老太太的白色吉娃娃都咧開了嘴，一副露齒微笑的模樣。法蘭克也笑了起來，但笑到一半又想起伊爾莎·布勞克曼和音樂課的事，擔憂和反胃感捲土重來。

「想笑就笑吧，我——我實在是束手無策了。」

安東尼神父終於打破沉默。「法蘭克，剛認識你時，我們都很清楚，我的情況非常糟糕。但你耐心聆聽，幫我找到了爵士。你沒有寫詩、沒有彈鋼琴，也沒有告訴我我該知道的一切。你只是聽，然後起身替我找到我需要的唱片。她說想聽你聊音樂，那就告訴她你聽音樂時都聽到了些什麼。做自己就好。」

其他人都同意，紛紛說起法蘭克替他們推薦的音樂。你幫我找到了艾瑞莎、你幫我找到了巴哈、你幫我找到了摩城。做自己就好，大家都贊同。但事情當然沒那麼簡單，他們都不曉得他是怎麼做到的，沒有人知道。

八歲時，法蘭克曾喊了佩格「母親」一次。那時他正在等校車，剛好看見她轉過街角，那身黃色的土耳其長袍是如此鮮明搶眼。「母親！我在這！」但她只是頭也不回地揚長離去，他於是成了同學間的笑柄。

「我不知道你是在叫**我**啊。」她之後說，「搞不懂你幹嘛這麼不開心。」但他確實是非常、非常不開心。不是因為被嘲笑，他早就習慣了，而是因為他感到自己被徹徹底底地拋棄。流放，離散。

「我有時想那樣喊妳不行嗎？」他問，「大家都這麼叫自己母親啊。」

她拉長了臉，好像吃到什麼餿掉的東西。「叫我佩格有什麼不對嗎？那是我名字啊。」

他提了些替代的稱呼：媽？媽咪？佩格媽咪？（「什麼鬼啊？」她說。）他解釋這麼喊感覺很親切。

「我們為什麼要隨波逐流呢？我叫你法蘭克，你叫我佩格，代表我們之間所有一切都是平等公平的，沒有限制、沒有束縛。」

但他還是試著這麼喊她，在她聽不見的時候。「晚安，母親。」、「謝謝妳，母親。」丟臉的是，他發現自己還挺喜歡這個稱呼，也不認為自己會想和母親擁有平等公平的關係。有時候他會想，能被——嗯，「照顧」是件美好的事。煮頓熱騰騰的料理，喊他「親愛的」。

像所有人一樣，有限制、有束縛。

♪

第一堂課的前一晚，法蘭克找出了一大疊唱片。方法只有一個，既然他不知道伊爾莎．布勞克曼會喜歡什麼樣的音樂，不如退而求其次，向她介紹**他**喜歡的音樂。巴哈、瓊妮、邁爾士、巴布……所有他愛的唱片。他將唱片鋪滿身旁一地，看起來就像座遊樂園，一座充滿各種不同遊戲設施的遊樂園——這個慢、那個快、那一個又刺激到會讓你頭暈目眩。光是看著它們就叫人心安。它們都是他的朋友。他抱著雀躍不已和自信滿滿的心情睡著了，興高采烈。

所以，在他失去意識的六小時內出了什麼事？醒轉後的法蘭克變成了個截然不同的人。一想到眼前的約定，他的身體就開始抗議。不僅如此，他還發現自己頭髮蓬得亂七八糟，活像頭上套了個光暈。他試著用水打溼，但只是越弄越糟，現在看起來反而像是長了刺的光暈。他煎了蛋，但半點食欲也沒有。等他下樓開店時，雙手甚至抖到摔落了鑰匙。

「老天，你看起來糟透了。」基特說，蹦蹦跳跳走進店裡。

法蘭克需要定個計畫。他必須做些調整和改變。如果他不想和伊爾莎．布勞克曼見面時看起來像個頂著糟糕髮型的驚恐店員，有幾件事必須先好好打理一下。所以，他去了家專業的理髮店，問理髮師能怎麼處理他的瀏海。師傅告訴法蘭克，像他這樣的髮質，需要的是一罐好的造型髮蠟。於是法蘭克去了藥妝店，買了罐戴克斯髮蠟。

但在店裡時，他犯了個錯，請店員幫他推薦鬍後水。女店員表示，像法蘭克這樣挺拔的男性，最適合 Jovan 男性麝香這類豪邁的氣味，性感到不行。法蘭克才想解釋清楚自己不需要聞起來性感，只要正常就好時，她已經從櫃檯下方掏出了試用瓶，當頭噴了他滿臉。那氣味刺鼻到簡直和去漆劑沒兩樣。何止性感，根本就淫穢。回家路上，他一直努力想擺脫那味道，但它似乎已滲入他肌膚和骨髓。他沖了個澡，還是洗不掉，而且頭髮淋溼後理髮師幫他剪好的髮型也全都走了樣，現在看起來又像個光暈，只是變短了。

法蘭克拚了老命想把頭髮整理成理髮師弄的那樣，結果弄巧成拙。之後，他試了好幾件夾克、好幾雙鞋子，但最後還是換上平時穿慣的那雙膠底帆布鞋和老舊的麂皮夾克。和伊爾莎．布勞克曼見面前他還得先去銀行赴約，半路上撞見了茉德和基特。

「老天，什麼味道這麼噁心？」茉德說。

基特問：「你的頭怎麼了？」

「看起來很糟嗎？」

「嗯，看起來——看起來——」基特撫平伊爾莎．布勞克曼送他的領帶，腦袋裡的形容詞似乎都棄他而去，「看起來很**整齊**。」

「很呆的意思？」

茉德不發一語，只是不停吸牙發出嘖嘖聲。有時候，法蘭克心想，你得對生活中的小事心懷感激。

♪

「貸款？」亨利又問了一遍，「你為什麼要貸款？」他辦公室裡的暖氣強到直逼熱帶國家，他則是坐在椅子裡慢條斯理地左搖右晃。法蘭克坐在他對面一張小到過分的椅子上；十四年前，他也是坐在同一個位子，要不是這椅子變小了，就是法蘭克變大了。無論如何，想保持禮貌的姿勢，他就只能用一邊臀部坐著，所以這與其說是張椅子，不如說是凳子。而且那鬍後水的味道依舊陰魂不散，甚至被暖氣蒸得更嗆鼻了。

「我店裡需要重新裝潢。」

法蘭克望向亨利頭上的壁鐘。再一個小時他就要和伊爾莎．布勞克曼見面。光是這念頭就讓他幾乎要奪門而出。

「你需要多少？」

「什麼需要多少？」

「你還好嗎，法蘭克？你好像很緊張。」

「我沒事。」法蘭克伸手想撥瀏海，但立刻想起自己已經沒了瀏海。「我需要五千鎊。」

亨利瞪大眼，然後長長吁了口氣，好像剛咬了口地獄等級的辣椒。「你要這麼多？為什麼？」

法蘭克掏出張紙，逐一報出需要整修的部分。表單是基特列的，所以除了拼字錯誤外，上頭還有目不暇給的驚嘆號。除了外牆有落石的問題需要處理，店內也要整個重新翻修，裝設適當的木頭展示架。以後不會再有塑膠箱和紙箱了。門上還會掛上霓虹招牌、櫥窗裝上燈管（還得換面新窗戶），還要添購一臺封膜機。封膜機？亨利大笑出聲，那是什麼玩意兒？亨利有時仍給人一種公立學校學生的感覺，笑起來大聲又粗魯，好像在科學實驗課上做了什麼不該做的事。「你是怎麼了，法蘭克？」

「我了解大家現在都只想要CD。時勢所趨。大家都不想要他們的舊唱片了，每個星期都有人帶唱片給我，有些人甚至連錢都不要，只想騰出空間。」

「所以你終於決定要跟進了？」

「CD？怎麼可能。」法蘭克咧嘴一笑，「我要拯救黑膠，把它們變得更美、更像藝術品。」

他開始解釋，入手封膜機之後，他就可以把每張唱片連同封套一起用塑膠膠膜熱縮封好，並在每張唱片附上基特自製的手繪標籤，說明需要特別聆聽的重點。大家會蜂擁趕來重新裝潢好的唱片行，新的店面會像《新音樂快遞》雜誌介紹的那種特殊專門店一樣。這樣一來，也會為街坊鄰居帶來新生意，聯合街將起死回生。

「你戶頭裡現在還有多少餘額？」

法蘭克說他不確定，還沒真的看到赤字，但大概（八成）朝粉紅色（之類）的方向前進（或許）。他發現自己不停揮手。「這裡可以抽菸嗎？」

亨利找了個出納員幫忙調資料。就當兩人等待法蘭克的帳戶餘額送來前，法蘭克問了許多亨利家的事。亨利也像打羽毛球般有來有往、一一回答：「很好！很棒！沒錯！」他的辦公桌上有幾張他太太和兒子們的裱框相片，還有一幀曼蒂當媽媽前的照片。法蘭克注意到了，那是唯一一張她看起來無拘無束、開心自在的照片。這段時間以來，每當他聆聽亨利，總會聽到一種寂寞的怪調——就像調得太尖太細的小和弦。他直覺猜想他們兩夫妻近來可能不太融洽。

出納員放了張紙在桌上。亨利嘆了口氣。「情況不妙啊，法蘭克，你戶頭現在只剩六十八便士。」

「我在想，是不是能申請什麼透支額度，」法蘭克含糊其辭地說，「很多人都這麼做，不是嗎？」

「問題是，總行那邊對於透支申請下了非常嚴格的指示。」

「我還以為經濟起飛了。柴契爾夫人不是說要我們人人做老闆，把自己的權益放第一——」

「她是這麼說沒錯，但又開始通貨膨脹了，總行那邊現在很擔心。」

「我會還錢的，只要給我幾個月的時間。」

「你店裡的收支如何？你能提供什麼樣的擔保？」

法蘭克承認自己目前沒真的在作什麼帳，但之後**一定**會，保證會。至於擔保，他很樂意拿自己的房子出來抵押。亨利揪起了臉。「你不能拿房子出來抵押，法蘭克，太冒險了。」

「這叫做**投資**。店裡整修好後，我就能和主街上那些大型時髦新店競爭了，等著瞧吧，我會數錢數到手軟。」法蘭克又朝時鐘瞥了一眼。四點五十五。他的心一沉。「我該走了，還約了人要見面——」

「約會嗎？」亨利臉上寫滿殷切的期盼。

「不是，是——幫人上課之類。我要帶領她來趟音樂之旅。」他說得飛快，希望亨利不會耽擱太久，並察覺到他在胡言亂語什麼。「喔，對了，這是要給你和曼蒂的。」他在腳邊的袋子裡摸索，抽出一張唱片。

「夏拉瑪？」

「今晚回家後就放來聽聽吧。第一面第一首。〈難忘之夜〉。記得先確定男孩們不會出來礙事。」

兩名老友看起來像是要給彼此一個擁抱，但最後還是作罷。兩人只是禮貌冷靜地握了握手。

「所以你認為呢？我能申請到透支額度嗎？」

「機率不大，但我會盡量幫你想辦法。」

這一次，法蘭克還是抱了抱這位老朋友。他就是克制不住。那是個幾乎要把亨利壓扁在地的大大熊抱。兩人分開後，亨利拉直袖口、撫平領帶，清了好幾次喉嚨，好像要重新恢復銀行經理的形象一樣。法蘭克離開時順口問了亨利知不知道堡壘建設，亨利說他從來沒聽過。

「他們想買下整條聯合街。」

「為什麼？有什麼好買的？」

「對，你說得沒錯。」他微微一笑，又向亨利道了次謝。「相信我，你會喜歡夏拉瑪的。」他說。

♪

天光開始消退，夜色逐漸籠罩。空氣如玻璃般銳利，凜冽的寒風呼嘯而過，帶來起司與洋蔥的氣味，不過起碼能抵銷些Jovan麝香鬍後水的味道。城門區的小販已經開始收拾自己的攤位，高喊這是最後的出清。法蘭克經過鐘塔——一群毒蟲圍繞在塑膠袋邊——然後左轉朝通往大教堂的石子巷走去。這裡也有人擺攤，但都是些小心翼翼放在毯子上的私人物品：一本平裝書、一枚插頭、一只菸灰缸、單隻走路靴。上帝保佑我，他想。

海鷗來回盤旋，蒼白的身影在天空倏忽而過。大教堂就在前頭，如此堂堂正正、如此屹立不搖。法蘭克試著演練要對伊爾莎．布勞克曼說的話，但他似乎連要怎麼開口說話都忘了。他停下腳步，轉身。

打算就這麼跑回唱片行。

但對街有人在大聲嚷嚷。他們碰上麻煩了嗎？那人猛力揮舞手臂，跳上跳下——

「基特？」

在他左方幾呎處，穿著條紋褲襪和毛毛外套的茉德繃著張臉站在一旁。安東尼神父——他戴著頂附有耳罩的帽子——則是忙著透過他那副破眼鏡查看公車時刻表。呼吸從他唇間逸出，有如白煙。

法蘭克大步上前。「你們在這兒做什麼？」

「就星期二晚上出來散散步。」基特說，不敢直視法蘭克的雙眼，「這可是個自由的國家，不是嗎？」

安東尼神父說他心血來潮，忽然對十一號公車的路線產生極大興趣——他之前從來不知道原來它會經過城裡那麼多地方。茉德則沒有半點解釋的打算。

基特咬了咬脣。「而且，我們想知道你好不好。」

「我現在緊張得要死。」

「銀行肯借你錢嗎？」

「可能性不高。」

「你帶要給伊爾莎・布勞克曼的唱片了嗎？」

「帶了。」

「記得你要做什麼嗎？」

「我要做什麼？」

「好好觀察她的手。」

「我現在能站得直就很不錯了。」

「好吧，那就 *boone chance* [1]。」

「謝謝。」

「那是法文。」

「我知道。」

基特一副還想繼續背誦更多法文的樣子，也可能是其他歐洲語言的鼓勵字眼，但腳卻不知踩到什麼髒東西，所以忙著在人行道邊刮鞋底。

「記住，做自己就好。」安東尼神父喃喃道，依舊認真研讀著十一號公車精巧複雜的路線，「就聊聊你聽音樂時的感受。你打算跟她聊哪首曲子？」

「《月光奏鳴曲》。」

1 「祝你好運」之意。

20 《月光奏鳴曲》

「法蘭克，你對貝多芬和奏鳴曲了解多少？」

法蘭克把自己知道的一切都說了出來。奏鳴曲在傳統上可分為三個樂章：快、慢、快。

「一點都沒錯。」佩格說。

雖然真正將奏鳴曲推到頂峰的是海頓和莫札特，但是貝多芬重新塑造了它，就像他重新塑造了交響樂。巴哈是巴洛克之王，莫札特和海頓稱霸古典，布拉姆斯、蕭邦、李斯特、白遼士則是偉大的浪漫時期作曲家。布魯克納、馬勒和華格納帶領音樂進入二十世紀；史特拉汶斯基和荀白克重新定義了和聲，但貝多芬完全自成一格。他創作音樂並非為了讚美上帝，也不是為了營生。貝多芬創作音樂，完全是因為他非創作不可。

「沒錯！對！就是這樣！」佩格噴了一大口煙，差點嗆到自己。煙霧欣喜盤旋，如此歡騰。

「所以，有關《月光奏鳴曲》，你首先該知道的，就是它和他媽的月亮完全無關。」

「一點關係都沒有嗎？」法蘭克此時已十二歲。他察覺自己會默默將佩格的髒話刪去，替換成一個更像身為人母會用的字眼。

「取名的是個評論家。他說聽到那首奏鳴曲就像自己在凝望湖上的月影，鬼才知道原因。我猜他那時八成是坐在湖邊吧。總之，之後大家就都認為那不過是首有關滿月和湖水的美麗樂曲。」她舉起新唱片封面，上頭印著——毫不意外地——一輪圓月與湖面。「真是幹他媽的莫名其妙。」佩格說。

「所以這首曲子和月亮無關？」

「當然啊！它是首大破大立的作品，瘋狂至極。貝多芬狠狠打破所有規則，不遵循快、慢、快的形式，而是慢、快，然後他媽的戛然而止。根本無法無天！」

佩格說起《月光奏鳴曲》背後的故事。貝多芬那時愛上了他的一名學生。他是個複雜的人，陰晴不定，幼時受虐，完全不知道什麼叫個人衛生。他總是愛上自己的學生，但這一次是個女伯爵，而且對方才十七歲。

「然後，砰，晴天霹靂。貝多芬發現了兩件事。一，女伯爵即將嫁給一名伯爵；二，他——我是指貝多芬，不是那個伯爵——快聾了。他深受打擊，覺得自己就像被劈成兩半。他就是音樂，沒了音樂，他還有什麼用？所以他將自己所有的心情和感受傾進鋼琴奏鳴曲內，並將這首曲子獻給茱麗亞。那根本就像火箭燃料一樣。還滿月咧，幹。」

佩格放下唱針，躺在地板上。喀答、喀答，唱片轉著——

「你不一起躺嗎？」

「我留在椅子上就好。」

音樂結束後，佩格依舊躺在地毯上，愣愣看著天花板，好長一段時間沒有開口說過一句話，只是吐著煙圈，幽幽嘆息。他聆聽她的聲音，她似乎非常哀傷。

「佩格？我們要不要弄些吃的？」

兩人準備了一貫的餐點：Fortnum & Mason 買來的仿甲魚湯罐頭、一盒巴斯奧利佛餅乾，還有桃子罐頭加煉乳做甜點。佩格的料理完全仰賴現成食品和罐頭。

一直要等到法蘭克將碗盤收拾進流理槽時，她才又開口。「我是在十五歲時墜入情網的。他是父親的朋友，一週會帶我上他汽車後座一次。老天，我真愛那男人。這段戀情持續了好幾年，但他有離開他的妻小嗎？最好有。我他媽心都碎了。如果你要從我身上學些什麼，記住這一點：愛情並不美好。和愛保持距離，法蘭克，離它越遠越好。」

21 美麗的豆綠色大衣

她就在大教堂外，絕不可能錯過的。她依舊穿著那襲綠色大衣，站在老式的街燈下等待，筆挺靜謐，容光煥發，幾乎像明星般閃閃動人；不過也可能又是法蘭克自己腦補出來的。他還以為像伊爾莎・布勞克曼這樣的女子是習慣別人等她，而非她等別人。法蘭克覺得自己體內已無半點空氣，不曉得如果他就這麼視而不見地走過去她會不會發現？

顯然地，她會。因為她向他招了招手。

法蘭克的嘴角開始上揚，完全不受自己控制。他只得假意東張西望，好像在欣賞這美麗的夜色。笑容彷彿已在臉上定型，他無法抹去。他努力裝出自己是在回想一則特別幽默的笑話。

她的臉色一垮。「是因為我嗎？」

「什麼？」

「我是不是看起來很好笑？」

「當然不是啊。」

「我想用整髮梳把頭髮梳直，結果越弄越糟。」

她說得沒錯，她頭髮**確實**看起來直得很不自然。髮絲有如面紗圍攏她臉孔四周。不過話說回來，法蘭克也沒資格說她，你八成還沒見到他的人，就先聞到他身上那股味了，而且他瀏海還像狗啃的一樣。

但她不置一詞，只是抬臉向他望去，眼神如此肅穆，他又忘了呼吸。

「我還以為你忘了。」

忘了？

怎麼可能？

他忘得了嗎？

她提議他們可以去附近一家叫唱歌茶壺的小餐館。餐館的窗上掛著粉紅色的褶邊窗簾，櫥窗前展示形形色色的茶壺，雖然沒有一只在唱歌，不過看起來是挺歡樂的，從素面的棕貝蒂[1]茶壺到繪有花朵圖案的活潑款式應有盡有。餐館內空無一人，他們選了張窗邊的圓桌入座，脫去大衣與夾克，不過伊爾莎依舊沒有摘下手套。

「我們五點半打烊。」服務生從後方的雙開推門大步走出，指向牆上的時鐘說。她是名二十歲出頭的年輕女性，身材豐滿壯碩，穿著件顯然太小的黑色洋裝，頭上戴著頂小巧的蕾絲紗帽。

伊爾莎．布勞克曼抬起頭，臉上沒有笑容，但也沒有找麻煩的意思，只是直接了當地問：「幫我們點個餐也不行嗎？我們只想點個喝的就好。」

女侍抿起雙脣，拉了拉裙襬。「好吧。點吧。」她說。

然而，事情沒那麼順利。比方說，不點餐的話就不能點酒精飲料。伊爾莎回答那我們就點個餐，但服務生又說不行，因為廚師已經下班了，現在只有茶和果汁，就這樣，喝的只有這些。實際上是能點的只有這些。

「謝謝，那我要杯檸檬汁。」伊爾莎．布勞克曼說。

「我們有柳橙汁。」

「那就柳橙汁吧。麻煩加塊冰。」

「我們的果汁不摻冰。」

伊爾莎．布勞克曼微微一笑，回答沒有冰也沒關係。「我想我們該開始上課了。」等女侍像旋風般走回雙開門內，店裡又只剩兩人時，伊爾莎便這麼開口提議。法蘭克問她有沒有準備紙筆，她說沒有，只要聽就好了。她用戴著手套的雙手捧著自己那張精緻的小臉，又眨了眨靈巧的大眼，彷彿要排除眼前所有障礙，好把他看清楚些。

「呃，說到音樂——」法蘭克在發抖。誰還有時間管伊爾莎．布勞克曼的手，他自己的雙手都像果凍一樣了，把它們壓在屁股下應該會是個好主意。「說到音樂呢，有時候，我們實在太熟悉了，熟悉到……呃，我們反而對它一無所知。我第一課要教妳的就是如何聆聽——」

「*Bon appétit*[2]。」女侍打斷兩人，砰地一聲放下托盤及飲料，立刻又轉身離去。

---

1 Brown betty，英國一款知名陶瓷茶具，由斯托克城出產的紅土燒製而成，特色為壺身渾圓，表面塗有紫褐色的羅金厄姆釉彩。

但法蘭克只覺各種話語和情緒在體內洶湧翻騰，什麼也嚥不下去。況且，他的手還壓在屁股下，沒法騰出來用。他才不會沒事找事，伸手去碰那小小的茶杯咧。「《月光奏鳴曲》是貝多芬的作品。妳，呃，知道貝多芬是誰嗎？」

「不是個搖滾團體嗎？」

唉，好吧，這下慘了。他不如現在就投降算了。「貝多芬是德國人，可說是古典音樂中最重要的一號人物。怎麼了？妳笑什麼？」

「法蘭克，我當然知道貝多芬是誰。我是在跟你開玩笑。我才沒那麼蠢。」

她似乎覺得自己的笑話很好笑，實際上，她笑到停不下來。但笑聲隨即出現了尷尬的發展，她像打嗝般「咯」了一聲。她立刻用手摀住嘴巴。「失禮了。」她小小聲說，「我會克制一點。繼續吧，法蘭克，我洗耳恭聽。」

分秒流逝。但是怎麼流逝的，他毫無所覺。每當他向時鐘望去，分針就又往前跳了好幾格。法蘭克不停清嗓子，緩緩說出音樂帶給他的感受。他告訴伊爾莎・布勞克曼，從幼時起，音樂和黑膠就成了他生活的一部分，聽著從唱盤流瀉而出的樂曲，就像踏進櫥櫃，走入一個神祕的世界。他本來沒有打算說這些的——這麼多年來，都是他聆聽他人——但話一出口，字句就汩汩湧現。每當他提起膽子，往她的方向一瞥，都能看見她視線牢牢鎖在他身上。甚至不用看也能感受到那目光——那深沉而深邃的凝望，彷彿能將話語自他體內汲取而出。

他說起佩格、說起她繼承的那棟白色房子、她所有交往過的已婚男子，還有他那放牛吃草般不正常的童年。就連安東尼神父都不知道這些事，但伊爾莎聆聽時的靜謐有如浩瀚汪洋，無窮無盡。況且，他有什麼好怕的呢？她都要結婚了，對他壓根沒半點興趣。這個小時結束後，她就會匆匆離開餐館，回到她那忙碌的生活、回到未婚夫身邊，忘了法蘭克所說的一切。

她微微偏著頭，一手托腮坐在對面，聚精會神地聽著。臉上沒有笑容、沒有皺眉，什麼表情也沒有，只是睜著一雙認真的黑眼凝視他。

法蘭克說他長大後便開始在廣播電臺上找尋自己的音樂——他母親鮮少出門採買，大部分都是請人送來——他也因此發現了音樂與音樂間的連結，並學會喜愛所有的音樂，而非特定一種類型。音樂是他的一部分——母親就是這樣拉拔他長大的。實際上，這是他唯一了解的一件事。他的學業成績低得可憐。

法蘭克勇敢端起茶杯，卻發現茶已經涼透了。

但還是好喝。

實際上，是他這輩子喝過最美味的一杯茶。

他說，他會選《月光奏鳴曲》是因為它名聞遐邇，幾乎沒有人不愛，但又鮮少有人真正用心去聽，所以他想教她怎麼聽。他要告訴她的事是永遠不可能在教科書中找到的，不過其實也只是這首樂曲帶給他的感受。

伊爾莎．布勞克曼點了點頭。

他說了有關貝多芬和那名叫茱麗亞的學生的故事，就像佩格那時一樣。「聽《月光奏鳴曲》

2 法文，「請慢用」之意。

時，我會看見他和她一起坐在鋼琴前，就像他彈奏著他親手撰寫的情書一樣，等待她是否流露任何理解的跡象。旋律輕輕展開，委婉溫柔。因為他就在那，這名年紀足以做她父親的男人、總是愛錯對象的男子。但是，妳懂嗎，**她**是如此美麗，又是如此高不可攀。樂聲起起落落，但從未離去，只是等待著她。高亢的音符不斷**拔尖再拔尖**，低沉的音符只是重複，喃喃低語著：對，沒錯。就像有兩個聲音不停詢問對方是否也有相同的感受，只是——妳知道——不是仰賴話語。不過貝多芬做的不僅如此，他讓高音帶領樂曲前進，就像他——貝多芬——現在成了茱麗亞；而她——茱麗亞——現在成了**他**。他的手法如此親暱，幾乎就像是在和她做愛。」

「做愛？」她訝然張大了嘴，「貝多芬？」

「起碼是個浪漫的前戲。」

做愛？前戲？聽見這些話從自己口中吐出，他幾乎要嚇出一身冷汗。他端起茶杯，又大大吞了一口涼茶。現在最好是繼續說下去。

「接著我們來到第二樂章，輕快，歡樂。有那麼點出人意外。妳會想，**喔，我懂了，你沒事，貝多芬，這事並沒有傷害到你，好傢伙**。但這只是個幌子，因為我們接著來到第三樂章，而他就像完全變了個人，**失控、瘋狂**。貝多芬跳下椅子，一把跳到鋼琴上，竄入這東西體內，把它活活剝開。這就是**龐克**。他把先前的所有慣例、所有規則狠狠踢到天邊，因為妳明白嗎，貝多芬太了解了。他知道除非親自走過地獄一趟再回來，否則你永遠不可能尋得平靜。所以他要說什麼呢？他是在說：**別相信那些打高空的屁話，人生根本就是一團狗屎？**還是他其實是要說：沒錯，**人生確實狗屎，但卻和奏鳴曲相得益彰**。答案取決於妳。但若不聽，妳永遠不會知道。」

從他開口以來，她幾乎動也沒動過。她有在呼吸嗎？他只覺自己所有力氣都被榨乾了。如果服務生給他條毯子，他會直接躺下來呼呼大睡——但同時間，他又感到精力充沛，亢奮到懷疑自己恐怕再也沒辦法入眠。

唱歌茶壺的女侍又用力推開推門，手上拿著——不是毛毯，而是臺真空吸塵器。已經六點了，屋外天色已全黑。

法蘭克將裝著唱片的提袋交給伊爾莎，裡頭有《月光奏鳴曲》、《泛泛藍調》以及他喜愛的另一張專輯：海灘男孩的《寵物之聲》。他要她帶回去聽，只要聽就好了。若她肯花時間欣賞，就會明白還有那麼多未知的天地等待她去發掘，就像一個又一個不同的新國度逐次在眼前展開。

終於，伊爾莎·布勞克曼開口了。她的口音將字句打散成斷斷續續的音節，讓它們聽起來彷彿意義更深遠、更複雜糾結。「謝謝你，法蘭克，這堂課太精采了。」

她付了帳單，並遞給法蘭克一枚信封。十五鎊，比他唱片行一天的進帳還要多。她起身穿上綠大衣，自始至終沒朝他看上一眼，隨即朝門口走去，再三向服務生道謝。法蘭克急忙趕上伊爾莎·布勞克曼，以免又失去她的蹤影。

♪

是她提議去湖邊欣賞月色。「我知道那首曲子和月亮無關，但去看看也挺不錯的，不是嗎？*Ja*[3]？」兩人走過餐館外的石子巷，穿過城門區。公園大門沒有上鎖。法蘭克想也不想便脫口而出：「太好了！」——實際上，他說的是「*Ja!*」——立刻緊跟而上。

冷月低懸天際。並非滿月，比較像是被啃了一口的甜點。徑道兩側，光禿禿的黝黑樹枝上掛著七彩燈泡，紅的、綠的、黃的，蜿蜒迤邐，綿延無盡。一陣輕風拂過，吹得枝枒沙沙作響。

兩人經過因時值隆冬而暫時關閉的露天演奏臺，離開主徑，朝湖畔前去。公園內安詳靜謐，只有湖水拍岸的潺潺低吟，城市的聲響有如模糊不清的背景雜音。她領著兩人來到突堤，法蘭克尾隨在後。一直走到盡頭邊緣他們才停下腳步，深幽的湖水包圍四周。突堤旁繫著一排白天鵝造型的小船，輕輕隨著波濤蕩漾起伏。習慣光線後，法蘭克覺得眼前的黑暗猶如一片朦朧幽影，並非全然的漆黑，反而更像光滑深邃的藍色絲絨。兩人並肩而立，抽著菸，凝望湖面。他覺得異樣地自在輕鬆。

「能在湖上划船一定很不錯。」她喃喃道。他還來不及反對，她便已跪了下來，解開其中一艘小船的纜繩。「來吧，快。」

要從岸上踏入小船時，法蘭克想起三件重要的事。

一：他個頭非常高大。

二：這艘船非常小。

三：他不會游泳。又是件佩格忘了要教他的日常瑣事。坦白說，他根本怕水。

右腳踏上小船時，它——那艘船——似乎筆直下沉了好幾吋。湖水淹進船內，漂離突堤，而他就這麼卡在原地，一腳安安穩穩地踩在陸地上，一腳卻已給冰寒的湖水浸個溼透，而且兩腳間的距離似乎正以危險的高速向兩旁拉開。他進退兩難。

「跳啊。」伊爾莎．布勞克曼催促。

跳？她知道自己是在和誰說話嗎？「哇！」他說。這是他唯一能發出的聲音。堅定的雙掌在他肩上一推，他直往船內跌落，感覺就像降落在塑膠杯中。小船猛力往左一晃，接著又往右高高甩去。湖水嘩啦啦湧入——船底已成了一片水窪。他伸手要扶伊爾莎，但她已自己登上了船。小船像翹翹板般劇烈搖晃。儘管兩人身材差距過大，重量分布得極不平均，但起碼他現在不用擔心自己會一個倒頭栽跌進水裡，葬身湖底了。

「這裡水有多深？」他問。

「很深吧，我猜。」她一副實話實說的口氣。

她將船槳卡進槳架上。她的鞋都給浸溼了，但她似乎不以為意。船槳拍打湖水，他聽見微弱的水花聲還有小船規律的嘎吱聲。

「妳什麼時候學會划船的？」

她回頭望了一眼，將小船朝湖心划去。「喔，我從來沒學過，但想來不會難到哪去。」

他的腳好溼，覺得鞋子都貼在襪子上了，而且整個身子縮在一艘塑膠小天鵝船後半部，膝蓋幾乎要頂到下巴。不管從哪方面來看，法蘭克的處境都絕不舒適，而且很可能有性命之憂，但他卻感到一種孩子般的亢奮。小時候，他會站在懸崖上，注視下方的海灘，看著其他孩子在水裡嬉戲。他們的母親帶著野餐和毛巾坐在一旁觀看。他多渴望能加入他們。

3 德文，意同英文「Yes」。

湖面上灑滿零碎的月光，樹上小巧玲瓏的七彩燈泡也倒映其上。小船往前划行，湖面敞開又闔閉。

伊爾莎．布勞克曼指出遠方的大教堂，告訴他他的唱片行、城門區還有碼頭在哪。她仰起頭，告訴他星星的名字，指出各個星座，讓他可以認出圖樣。誰想得到天上真有根斗杓呢？還有那七姊妹星團。佩格的男友之一曾提過北斗七星，並要法蘭克出門看看，但卻完全沒告訴他該往哪裡去找尋。船槳拍擊湖面，唰，唰。伊爾莎．布勞克曼的頭髮一點也不直了，又成了蜷曲的捲髮。（**哈囉，你好啊捲髮。**）她的綠色手提包和他那袋唱片都靜靜安坐在突堤上，沉著等待，有如一對雙親，在乾燥的岸上。

她說：「可憐的貝多芬啊。」

「是啊，可憐的貝多芬。」

「我想他是真的很愛她。」

「大概。」

「你結婚了嗎？」

「我？還沒。」

「我還以為你和那個女刺青師是一對。」

法蘭克笑到差點摔進水裡。「不，我對這種事免疫。」

「你是同性戀嗎？」她問得如此直截了當，又差點引發一次小小的溺水事件。

「不，我——我喜歡自己一個人。但妳快結婚了，恭喜。」

「喔。」她說，隨後又補了聲：「嗯。」

她划著船槳，抵達湖心。那感覺就像漂浮在一汪墨水之上，他想，既不存在於過去，也不存在於未來，而是一個專屬於他們兩人的國度。湖水輕輕搖晃小船，他現在甚至連她面孔也瞧不清了，只能看見那纖細的輪廓，宛如黑暗中的剪影。

她說：「小時候，我總期望自己能出名，想得不得了，甚至會對著鏡子練習。是真的，法蘭克，我想當個出名的人。我會練習要怎麼笑、怎麼打招呼，甚至怎麼屈膝行禮。我無法忍受我的人生就這麼——你懂的——來了就去。但我現在不這麼想了。我認為能好好愛人、當個善良的好人就很了不起。那句話是怎麼說的？沒有人是一座孤島。」

回到岸上後，她將船繫回原位，他陪著她穿過公園。他們仍舊沒有開口交談，就像先前一起坐在餐館然後又划著天鵝船、靜靜談論愛情的那對男女，已非此刻即將分道揚鑣、重回各自生活的兩人。有時候，他會以為聽見她輕輕嘆息，彷彿欲言又止，但更有可能的是她雙腳溼透，而且冷得要命。冰晶如蠅蚋盤旋街燈之下。兩人來到公園門邊。

駐足。

等待。

「好吧，再見了。」她對著她那雙精美的鞋子開口。

「再見。」他也對著他的膠底帆布鞋道別，「唱片有拿嗎？」

「有，謝謝。」

沉默。如此忐忑、如此糾結、如此美麗的沉默。若換作其他時空，他或許會俯身吻她。

「計程車。」她招攬對街的一輛空車，「下週二見了！」

他看著她登上後座，揮手目送車子遠去。在她身邊就像直視太陽一般，什麼也看不見，但別開臉時，卻發現她就在那，宛如一道熾烈的白光，深深銘刻於萬物中央。沒錯，她就要成為別人的妻子了，但他卻從未如此開心過。

22〈難忘之夜〉

「哈囉，有人在家嗎？哈囉？」

亨利站在門口呼喚。屋裡靜到他開始擔心曼蒂是不是終於離家出走了。他們住在城外車程約三十分鐘左右的一座現代社區，入口有電動鐵門，社區內有以英國詩人為名的林蔭大道。「曼蒂？男孩們？」

「男孩們都在樓上。」曼蒂的聲音回答。

她在廚房裡，似乎聚精會神地擦著一塊只有她能看到的頑強汙漬。抹布不停就著流理檯表面畫著小小的同心圓。

亨利仍在門口徘徊，手足無措，直衝著自己的襪子傻笑。他已經超過一年沒碰過妻子了。他說：「法蘭克今天來銀行找我。」

「是嗎。」她說。

「他想預借筆錢。」

「喔。」

「但情況不樂觀。他這麼做很冒險。」

兩人用近來習以為常的平板語調交談著，只為讓婚姻維持在一條不會有任何意外跳出來驚嚇他們的闊路上。只要說錯一個字，就好似山崩地裂。

「顯然他現在還開始給人上起音樂課來了。」

「喔，」她又重複了聲，「哇。」

亨利無法解釋一切是如何開始的，也無法指出一個確切的時間點。許久以前，他們曾是如此幸福洋溢，無所不談。床頭吵、床尾和，沒有任何齟齬，世界依舊平和、依舊完整。但在孩子出生後，隔閡出現了，起初是那麼微小，幾乎細不可察。沒有人口出惡言，沒發生任何傷人之事。他的心也沒有蠢蠢欲動——他太累了，他們都是。那感覺就像錯過了好幾個路牌——一些簡單的指標，你以為沒有它們自己也到得了——但如今橫亙兩人間的已成了泱泱鴻溝，他完全不知該如何跨越。

「對了，法蘭克給了我這個。」他拿出唱片。她終於停止無謂的擦拭，抬頭向他看來。

「是什麼？」

「夏拉瑪，他叫我們聽第一首。」

「放吧。」

「但這不是我們平常會聽的那種音樂，曼蒂——」

她擰乾抹布，扔進水槽。「拜託，亨利，放就是了。」

除了街燈的橘色光芒外，客廳裡沒有半點光亮，而且冰冷。就在兩人不再有肌膚之親的同時，也不再一塊坐下來，一起做些什麼。亨利打開音響，將唱片從封套中抽了出來。他喜歡的其實是前衛搖滾，像是愛默生、雷克與帕瑪。至於曼蒂——好吧，她其實比較喜歡看書，手上總是捧著本圖書館借來的言情小說。他將唱片放到唱盤上，拉過唱臂，播放第一首曲目。

放克風格的電音吉他拉開序幕，亨利不由隨著節奏抖起肩膀。接著是一小段令他想起菲爾・柯林斯的鍵盤樂器，立刻讓他放鬆了下來。（菲爾・柯林斯加上鍵盤樂器，對他來說就等同於流行抒情歌。）這念頭才浮現，電貝斯和鼓聲便緊接而至，伴隨著一段悠揚的小提琴與銅管樂器的嗚號。一名年輕女子用她清澈並異樣甜美的歌聲唱道：「愛情是自然而然，強求不來。」此刻，亨利已不只是雙肩抖動，他的手腳也加入了搖擺的行列。

「轉大聲點。」

他嚇了一大跳，轉身發現曼蒂站在門邊看著他。

「不會吵到男孩們嗎？」

「他們才不會離開自己房間半步。」

亨利扭轉音量旋鈕，紅色的燈號急遽爬升。曼蒂好整以暇地走進客廳中央，揮動雙臂，像是搧著襯衫透氣一樣。他依舊留在角落隨著音樂手舞足蹈，她則在房間中央。「我愛你寶貝，我已被你征服。為今晚好好準備——」

「陪我一起跳。」她說。

「我嗎？」亨利茫然指向自己胸口，臉上寫滿困惑，好像他才剛認識自己一樣。

「不然還有誰？來啊。」

於是亨利搖頭晃腦地踩過地毯，並試著隨興跟著節奏拍手，好像搖頭晃腦地打拍子對一名銀行經理來說是再自然不過的一件事，他們在辦公室就是這樣走路的。節奏像隻靈巧的蚱蜢——他才以為自己抓住了，轉眼又跳出他掌心。亨利沒聽過這種音樂，不知道該如何隨之起舞。但曼蒂已經開始轉起圈來，他就在旁邊徘徊——沒有擋著她的路，只在附近而已——他發現了種輕快的動作，有點像是在挖洞，但手上又不用真拿把鏟子。細聽之後，他察覺這首歌曲之中透著一種無比的歡樂與輕鬆，就像你知道一切都會沒事。不，不只如此，你會覺得前途光明，萬事皆有**可能**。亨利放下那把隱形的鏟子，開始甩起一對想像中的流蘇。曼蒂似乎也換了舞步，雙手交疊腦後，像騎馬般扭著臀部。她襯衫上有枚釦子鬆開了，他看見她柔軟的肌膚，聞到她平凡質樸的香甜體味。

「溫柔的愛充滿我心中。為今晚好好準備吧——」

亨利停止思考，只是隨著音樂起舞，兩腳撲過客廳裡的三件式沙發，將老婆緊緊攬在懷中。

23〈銀色機器〉

「怎麼樣，法蘭克？」「她有出現嗎？」「她喜歡《月光奏鳴曲》嗎？」「她有脫下手套嗎？」「你還會繼續替她上課嗎？」

那天早上，基特連珠炮似的問題轟炸到法蘭克必須左躲右閃，以免自己血肉模糊。他一遍又一遍不停重複同樣的回答。（「她的手看起來奇怪嗎？」**不奇怪，基特**。「大還是小？」**不大也不小**。「看起來像真的嗎？」**對，基特，完全像真的**。「她有提到她未婚夫嗎？」**不多**。）安東尼神父經過時也是同樣的情況；威廉斯兄弟、盧索斯老太太，還有那名酒保彼特也一樣。大家都想知道事情經過。等茉德推開大門、雙手交抱胸前、一臉想殺人的模樣站在店裡時，基特已經瞭若指掌到法蘭克可以坐在唱盤之後，交給他去說。

「所以咧？」茉德說。

「他告訴她貝多芬像在做愛，然後她帶他去划船。我們還是不知道她的手是怎麼回事。」

茉德踹了某個靜止不動的東西一腳，轉身離開。

接下來的一整天，法蘭克就如行屍走肉般，整個人恍恍惚惚。他好想再見伊爾莎一面，但同時又不知道自己該怎麼面對她、該怎麼繼續。那感覺就像被捲進高速運轉的渦輪中，他好想躺下來休息一下。到了星期四，又傳來更多的好消息。

♪

「我的老天！我的老天！我的老天！」基特大呼小叫，「過了，法蘭克！你做到了！」

亨利捎來好消息。除了透支額度申請通過的確認信外，信箱裡還躺著他該簽署的文件以及曼蒂附上的感謝卡。（「**你怎麼知道我們需要夏拉瑪呢？**」她在信底寫道，還畫上幾個親吻與愛心符號。「**我們愛你，法蘭克！**」，亨利又加了句比較保守的「**唱片很棒！**」。）法蘭克匆匆瀏覽了一遍文件，所有該打勾的、該畫叉的方格通通勾好、填好。

「你拿房子當擔保？」安東尼神父問，「你確定這麼做沒問題嗎？」

法蘭克向他保證這只是形式上的需要。他簽好名，將文件收進信封封好。

堡壘建設又寄來封信，再次表達收購唱片行的意願。法蘭克將信連同收據和還沒繳的帳單一股腦塞進抽屜裡。

店裡洋溢著歡欣鼓舞的興奮氣息。基特三句話不離這最新的消息。他不再追問伊爾莎．布勞克曼的雙手，滿腔熱血全投入翻修這項新任務。這家店會煥然一新！他不停對客人這麼重複。同時間，法蘭克翻遍《交易市集》雜誌，想找臺合適的封膜機，買二手的比較省錢。基特如臨大敵，閉上嘴巴、安安靜靜地看著他撥打電話。聽到法蘭克重複對方的要價——足足要八百鎊——基特用力嚥了口口水，發出像是通水管的聲音。之後，法蘭克在黃頁廣告簿上找到玻璃工，並聯絡了幾家裝修公司，請他們報價。最後，真正的樂子來了，該來添購些新唱片了。

「你只要**黑膠**？」他打給一家又一家唱片公司，想要下訂，但對方的業務人員總是這麼反問。對，法蘭克也總是重複同樣的答案，不管是彩色的、有圖案設計的、單曲唱片、十二吋的或雙唱片，只要是黑膠，他都有興趣。對，國外進口貨也可以，獨立刻錄發行、金屬母盤、限量版通通來者不拒。不，他不要ＣＤ，連贈品都不要；卡帶也不用談。但那些市場引頸期盼的新專輯怎麼辦？他們問，新專輯只出ＣＤ啊；而且現在很多歌黑膠找不到，但ＣＤ都有啊。到了三月，莫里西、小妖精樂團、臉部特寫合唱團都會出新作品，還有一張披頭四的特別紀念版，更不用說《NOW 11》也要出了——

「我說得還不夠清楚嗎？我只要黑膠，其他什麼都不要。」

「原價也沒關係？」

「對，原價也沒關係。」

好些人提醒他黑膠的退貨方針改變了，也不再提供換貨服務。若有未銷售出去的唱片需要退還將酌收款項，有些公司甚至連抵用金都不會提供。這可不是什麼賺錢的經營方式，他們警告他，但法蘭克壓根聽不進去。不，他重申；他絕對不會進ＣＤ，他願意高價購入黑膠，也願意承擔那些風險。畢竟，他戶頭裡有錢了，他想買什麼都行。

隔日早晨，一箱又一箱的黑膠開始抵達店內：稀有的原版、靴子腿[1]、白標促銷唱片、成套的盒裝精選；七吋、十二吋、心型、鳥型、帽子形狀，應有盡有；無論是藍的、紅的、橘的、黃的、白的甚至七彩繽紛的限量版，一應俱全。原聲帶、暢銷流行樂、世界音樂、二手古典、試聽帶；罕見的單聲道錄音、超高音質限量版；獨立公司、主流公司；素面封套、圖案封套；附海報的、有摺頁的、封面上有簽名的，想要什麼通通找得到。

伊爾莎・布勞克曼在法蘭克心頭繚繞不去，就連他努力要自己別想時，她也依舊「叮」地一聲出現眼前。他看見了，當他訴說音樂帶給他的感受時，她是那麼全神貫注地聆聽，兩眼幾乎連眨也未眨。他想起他們兩人面對面坐在小船中，湖水包圍四周，整個世界彷彿變得充滿奇蹟，又彷彿毫不存在。他想和別人聊她，說出她那別緻的名字，想要宣洩這盈滿內心的美妙感受，但在此同時，又想躲進試聽間裡好好睡上一百年。他列了清單，寫下專輯名稱，在店裡來回踱步，喃喃說起音樂，好像她就在身邊。他完全不知道自己下一堂課要和她聊什麼。

週六是情人節前一天。雨落不停，下午還下起了冰雹，乒乒乓乓，價響連天，好像坐在什麼打擊樂器裡頭。基特用彩色薄紙做了一大顆愛心，連同新海報貼在破窗上——**新品眾多！歡迎入內！**——法蘭克則坐在唱盤後，播放抒情歌曲或應聽眾要求點歌。（基特想聽木匠兄妹的〈請等一下，郵差先生〉；盧索斯老太太和她的吉娃娃想聽伊迪絲・琵雅芙；只喜歡蕭邦的男人也來了一趟，說他透過聯誼社認識了個好女生，想問有沒有哪張艾瑞莎的唱片適合送給她。「喔，我想你現在可以改聽馬文・蓋了。」法蘭克說。）店裡整天下來門庭若市，這是他們幾個月來銷售最好的一天。

基特文思泉湧，下筆有如神助，只留在櫃檯邊用彩色筆替新店面畫著一個又一個新設計。任何肯聽的人都會被他攔下來——可惜不多——聽他口沫橫飛地解釋未來令人興奮的新格局：舊櫃檯會換成高科技的摩登款式，還會擺設新的特殊展示架，不再會有現在的塑膠箱和紙箱；波斯地毯會直接丟掉，反正它大概也是危險的易燃物；櫃檯後方也不再需要額外的架子，法蘭克原本把裝在紙板套裡的唱片都收納在那。從現在開始，每張唱片上頭都會有專屬的標籤，並連同封套密封於塑膠包膜內。新封膜機將放在店後方，除了法蘭克外，沒有任何人能動它。

「封膜機很危險。」基特對盧索斯老太太說，「引起過很多可怕的意外。」

「老天。」盧索斯老太太緊緊抱住她的小白狗，好像怕他也會被熱封起來一樣。「法蘭克確定這是個好主意嗎？」

「喔，沒錯，」基特說，「沒有人有封膜機，連沃爾沃斯都沒有。這年頭如果你不想被人瞧不起，就得鋌而走險。」

週六夜晚，過了平常的打烊時間，就當法蘭克準備關門時，茉德出現了。她的莫西干頭染了個新顏色（綠色？），一臉無聊又不爽的樣子。她穿著毛毛外套，穿過店內，最後停在法蘭克面前，手按著心口，飛快地說：「我有兩張電影票想來問你想不想看不想的話也沒差我才不在乎反正問問而已。」

「妳想找我看電影？」

---

1 Bootleg copies，非經由唱片公司正式發行之唱片，內容通常為未發行過之錄音或現場表演等，是樂迷發燒友私下流傳、自製的版本。

「對，《天下父母心》。」

「誰？」

茉德拍了下自己腦袋。「再半個小時就要開演。」

他們錯過了電影開頭，故事也不是法蘭克的菜，不過他還挺喜歡配樂的。兩人坐在後排，一面抽菸一面吃酒膠軟糖，周圍全是一對對夫妻或情侶。茉德戳了兩次前排忙著摟摟抱抱、擁吻親熱以致擋住她視線的兩位觀眾。看完後，法蘭克和茉德沿主街散步回家，她不屑地看著路旁的大型連鎖店，譏諷道：「誰會買這種垃圾啊？」她不時吐出這麼一句；再這麼下去，所有市中心會全變成同一副模樣，去那購物的人也一樣。兩人經過一群披著粉紅背帶、對著水溝嘔吐的女生。「告別單身派對。」茉德說，「要我結婚不如殺了我吧。」

法蘭克笑了起來。除了他自己之外，茉德是他見過最單身的一個人。

聯合街安詳恬靜，彷彿另一個截然不同的國度。有人砸破了一盞街燈的燈泡，它就這麼陰沉憂鬱地矗立於黑暗之中。雨已經停了，但仍可聽見滴滴答答的潺潺水聲。一名男子牽著頭大狗出門散步，想讓牠撒尿上廁所。就連英格蘭之光都看起來空空蕩蕩。茉德停在她刺青工作室門外，又說了些什麼有關熱飲還有她才不在乎但反正她本來就打算燒水的話。

「如果妳是在邀請我進去喝咖啡的話，」法蘭克說，「那麼好，麻煩妳了。」

茉德的刺青工作室和唱片行恰恰相反：整齊乾淨，沒什麼陳設，幾乎可說是冰冷。她打開後門門鎖，走進小小的院子，法蘭克瞪大了眼。

他認識她整整十四年了，但從沒從她口中聽過任何有關花園的事。她的院子和法蘭克店後的完全不同——他的與其說是院子，不如說是個垃圾場。但這兒滿滿都是小巧玲瓏的常青植物，青翠蘢蔥。茉德走回店內，打開開關，小小的白色光芒迸然亮起。院子裡有張桌子，桌子兩側各擺著兩張塑膠椅，頭頂還有面掛著風鈴的條紋遮陽棚。她帶著瓶威士忌和玻璃杯出現，並拋了條毯子給他。

「我不知道妳懂園藝，茉德。」

「我有很多事你不知道，法蘭克。」

兩人在她這驚喜的小花園內品嚐威士忌。綠葉與燈火環繞身旁，天上繁星成網。法蘭克聊起音樂，茉德穿梭在花草之間，一下拾起塑膠盆栽上的枯葉、一下檢查支撐小型植物的木樁。她將鬆脫的枝枒綁緊，在幾盆淋得太溼的盆栽裡補上砂土。

「你那音樂課還要上多久？」她問。

「不知道。看她吧，我想。」

「直到她結婚？」

「我不知道。」

「她到底是做什麼的？」

光是想起伊爾莎·布勞克曼，法蘭克就覺雙腳發軟。「不知道。」

茉德「哼」了一聲。

安東尼神父住處的燈光已經熄了；威廉斯兄弟的也是。她開始打起呵欠。

法蘭克起身。「我該回去了。」

「你可以——」茉德聳聳肩，好像懶得把話說完一樣，「我不在乎。只是說說，你知道。我們也可以試試。」

她站在他面前，困窘，尷尬，咬著雙頰內側，等著自己被冷冷拒絕。換作其他任何人，法蘭克肯定會轉身就逃，但她不是別人，是茉德。這時候，他才明白自己有多關心她。所以他扶住她雙臂，笨拙地將她攬進懷裡，牢牢抱緊，直到她身子直挺挺地貼著他胸膛，莫西干頭的頂端抵著他下巴。他們就這樣靜立良久，法蘭克氣息輕柔，茉德僵著脖子，雙手緊握拳頭。他想起這戰士般的嬌小女子是如何溫柔地穿梭於花草之間，摘下死去的枯葉、細心檢查壤土。許多人都只是希望生活中能有個去愛、去照顧的對象，他想，他們要的不過是這樣。

「妳不會想和我在一起的，」他說，「我們現在這樣很好，茉德。」

她掙脫懷抱，抓起空玻璃杯。「你是個混蛋，法蘭克。回家吧。」

♪

封膜機在週一送達。（隔天就是星期二了，所以法蘭克才如此煩躁不安嗎？坐都坐不住，甚至連半點食慾都沒有。）那是臺銀色的機器，約莫一個冷凍櫃大小。他事前沒有先量過尺寸嗎？安東尼神父問。它不僅體積龐大，還重到必須四個人才有辦法搬進店裡；好吧，五個，如果把基特也算進去的話。不過他關箱型車車門時夾到手指，整個早上手上都包著衛生紙。由於整修尚未完工——實際上，想也知道是根本還沒開始——所以只能先將封膜機放在通往他住處的門口對面。機器上有個巨大的藍色蓋子和底座，好幫助通風和散熱。因為是二手貨，賣家還順便附贈了一捆PVC膠膜與急救包。

法蘭克和店裡的顧客全聚集在封膜機前。有人試圖想掀開機蓋，盧索斯老太太伸長手臂，把吉娃娃舉在身前，好讓牠可以看清楚些。（「危險！」基特大喊。）這要怎麼用？像是，呃，有使用說明書嗎？

「沒有說明書。」法蘭克支吾其辭，「但我想應該很簡單。」

他按下「開」的按鈕，機器開始一連串貌似極端複雜的程序。首先，它嗡嗡響了起來，燒焦味緊接飄出。接著，機器內部深處好像閃起一陣光，又有其他零件開始運轉。法蘭克撕下一段膠膜，鬆鬆地把唱片包在裡頭。「大概是從這裡放進去。」他說，飛快將唱片扔進主機臺上的一道窄窄開口——有點像是投郵。

問題在於，沒有人能看見機器內部究竟是怎麼運作。唱片一投進去就消失了，除了在旁等待外，大家什麼也不能做。機器又開始發出運轉聲，同時熱了起來。基特往後一跳，一手（沒受傷的那隻）撞上試聽間，嚇得盧索斯老太太放聲尖叫。機器哐啷一聲，旋即陷入沉默。

「它現在在幹嘛，法蘭克？」其中一名威廉斯兄弟低聲問。

正當法蘭克要掀起機蓋檢查時，機器又哐啷響起，並發出一連串啪啪啪的聲音。十秒鐘後，一切靜止，唱片從另一頭吐了出來，噗通落在桶子裡。所有人趕上前低頭查看。

「喔，老天。」基特說。

「就這樣？」盧索斯老太太問。

「可能還需要多練習，法蘭克。」安東尼神父說。

唱片封好了，絕對是，錯不了。史上從來沒有一張唱片封得像它如此嚴實過，這點無可辯駁，只是兩面熱縮的次數不一。但機器才到手，總不能期望第一次就成功。不，唯一的問題是唱片不再平整，邊緣像荷葉邊般波浪起伏。

「怎麼會這樣？」安東尼神父問。

「唱片變形了。」茉德說，「熔化了。」還罵他白痴。

「這唱片還能聽嗎，法蘭克？」盧索斯老太太問。

法蘭克想從桶裡拿出唱片，但燙得他立刻縮手。「看來只能當水果盆了。」

基特搔了搔頭。「我想**有個人**能解決這問題。」他說。

24《聖禱》

「天堂並不存在於雲端之上，而是你凝視這世界時感到的喜悅，無論它充滿了多少痛苦與悲傷。」

佩格站在落地窗前，眺望大海與藍天。

「當然了，還有歌唱。」她說，「嗯，那確實非常美麗。」

法蘭克從封套中抽出新唱片，就像佩格以前教過他的那樣。他用她的滌綸纖維布沿著溝槽輕輕擦拭，再檢查唱針上有無灰塵。「佩羅坦的《聖禱》。」

佩格把她知道的一切都告訴他。佩羅坦居住在約十二世紀末的法國。在那個年代，音樂主要都是單聲聖歌，有一點——該怎麼說呢？他媽的無趣。只有單一聲部、單一旋律，由修士在教堂內吟唱。「這樣你應該能想像吧？」然後巴黎聖母院興建了，音樂必須有新的呈現。「它得做出些大膽的改變，只由一名修士演唱一首平淡的小曲，是無法在那麼大的教堂裡引起任何共鳴的。所以呢，佩羅坦採用了雙聲複調的做法，之後又增加為三聲部、四聲部。和聲幾乎可以說是從佩羅坦開始發展的。如果不是佩羅坦，就不會——」

「對、對，」他說，「我懂了，妳不用再說了。」法蘭克如今已十六歲，個頭也比佩格高出許多。他個子一下子抽高、還冒出許多濃密的毛髮，也開始擁有自己偏好的音樂品味，不只受夠了她那些故事，對那些來來去去的不同男人更是厭倦，其中有些根本就是沒用的敗類。他有次曾在她的墨鏡之下瞥見烏青的眼圈，也說過她需要培養個新嗜好，像高爾夫球或什麼之類。（「你是認真的嗎？高爾夫俱樂部裡有一半的人都和我睡過。」她說。）

儘管佩格警告過他，要他和愛情保持距離——甚至將愛情從他生活中剔除——法蘭克在學校還是有個穩定交往的女朋友。她叫黛博拉，會穿手織的貓咪毛衣，而且乳頭就像櫻桃一樣——他摸過兩次。法蘭克最喜歡黛博拉的一點，就是她很正常。首先，她雙親健在，住在與鄰居共用一牆的半獨立式房屋，家裡還有中央暖氣。她母親每晚都會做飯，而且大家會在餐桌上用餐。法蘭克有時會看著她切洋蔥、煎肉，只覺全身上下都暖洋洋的。他們都是善良的好人，親切、和藹。

他又想起黛博拉的紅嫩乳頭，褲襠緊繃到他喘不過氣。他努力在腦中想像冰塊。

「你是有沒有要把唱片放來聽？」

「等一等，佩格。」

他背對佩格，緩緩側身朝丹薩特唱機走去，小心避免任何突如其來的動作。

喀滋、喀滋、喀滋、喀滋。

靜默之中出現了更宏大、更空洞的靜默，有某種東西飄浮而出。是歌聲，精巧、纖細，奇蹟般不可思議，彷彿時間並不存在。歌聲如鳥兒般領著他遨遊飛翔，他真的可以看見全世界就在他腳下。他們的白屋、大海、遠方的城鎮——老天，他褲襠又熱辣辣地腫脹了起來。

佩格仍停留窗前。「你是個男人了，法蘭克，準備要展翅飛翔了。」

25《這就是放克》

他不敢相信她真的在這。

他們兩人坐在唱歌茶壺內，同一張圓桌，而伊爾莎．布勞克曼就在他對面。她連珠炮般飛快說著，激動到髮絲不斷從蓬鬆的捲髮上散落，有如黑色的絲帶，每一綹的長度都不盡相同。

「老天，法蘭克！」她驚呼；要不就是「那一段實在太……」或「你知道嗎？」。

他還以為自己不可能更緊張了，現在卻感覺五臟六腑都要翻了過來。他昨天一整夜過得悲慘至極，相信自己隔天一定會大失所望。但現在，他連想要克制自己臉上雀躍的笑容，朝她偷瞥一眼都無法。他決定要把自己全副注意力專注在她白色襯衫的鈕釦上。從上面數下來第三顆。那是枚再普通不過的小鈕釦，只要他盯著它看，絕對不會出任何差錯。

女侍替他們送上了果汁、茶，還有一份吐司。「**請慢用**。」她回到餐館後方的一張高腳凳坐下，頭上依舊戴著那頂蕾絲小帽。除了兩人外，店裡再沒有其他顧客。

幸好伊爾莎．布勞克曼滔滔不絕，說得口沫橫飛。她大口吞下柳橙汁，一面啃著吐司，一面細數她聽《月光奏鳴曲》時注意到的所有細節。「喔，老天。」（老「顛」，她說。）「貝多芬就像和她一起坐在琴椅上，試著向她表達愛意。她專心聆聽，或許也回應了他的感情。我激動到根本無法好好待著，忍不住大叫！」

沒錯，她聽到了他要她留意的細節。不只是聽見了，還**看見了**。她愛死《寵物之聲》那張專輯，她可以在裡頭聽見狗兒的吠叫聲、單車聲、雪鈴聲、拉丁手鼓聲、錫罐聲、火車聲和牛鈴聲。（牛鈴？等等，什麼牛鈴？他可從沒在裡頭聽過什麼牛鈴聲。）還有〈不，卡洛琳〉，喔，老天，那首歌實在太悲傷了。她比手畫腳，激動到襯衫上的安全釦都快鬆脫了。「他是不是很愛卡洛琳，法蘭克？這首歌背後有什麼故事？」

她兩眼閃閃發亮，雙頰潮紅，鼻梁上的雀斑彷彿有生命般翩翩跳動。

「嗯，〈不，卡洛琳〉是首複雜的歌。」他瞪著她平凡小巧的鈕釦說，「史上所有有關描述失去的歌曲中，它或許可說是最深刻的一首。不過布萊恩．威爾森說他想寫的不過是他女朋友剪壞了頭髮。有時候，最深沉的意義可能再簡單不過。」

那邁爾士．戴維斯呢？她有什麼感想？他很驚訝，沒想到她還沉默了會兒，整理思緒——閉上眼，彷彿在腦中搜尋字句——然後說：

「法蘭克，我知道這聽起來很瘋狂，但那感覺就像有門在我面前一扇接著一扇打開。」

「妳**感覺**到了？」

「我不知道該如何解釋。」

「我也這麼覺得。」

「是嗎？」

兩人都笑了。除此之外，還能有什麼反應呢？那感覺就像他聽見自己開口說話，只是出自一名有著一雙大眼和斷續口音的美女之口，聽起來迷人太多、太多。

「那你今天要教我什麼？」她問，緊張地絞著雙手。

「上星期我們談了該如何聆聽，這星期我要告訴妳音樂是如何帶領我們踏上旅程。我今天準備了一名唱歌修士、一齣扣人心弦的歌劇、放克音樂之父，以及搖滾史上最重要的重金屬樂團之一。」

他將新唱片擺到桌上，一張、兩張、三張、四張。佩羅坦的聖歌、普契尼的《托斯卡》、詹姆斯．布朗的《這就是放克》第一部與第二部，以及齊柏林飛船的《第四張專輯》。

「老天，法蘭克，這聽起來太棒了。」

他先講解一遍基本規則：首先，她必須躺下來聽，做得到嗎？她點頭。然後戴上耳機，拔掉電話插頭，除了專心聽之外，什麼也不要做。「相信我，這玩意兒瘋狂至極。」

伊爾莎．布勞克曼不再扭擰她的雙手，而是緊緊交握。

「首先，這張唱片的年代最早，妳會覺得自己就像上天遊歷了一番。」他接著說出佩格提過有關佩羅坦的一切，包括單聲旋律和複調。他甚至還提到了他的初戀女友黛博拉，說他每天放學都會陪她走路回家，坐在她家裡，只是等著吃飯。她父親星期天會戴著駕駛手套做家事，像是清理樹葉之類，還有她母親穿著圍裙削馬鈴薯皮，叫他「可愛的大男孩」，並替他準備三明治，讓他在跋涉三哩返回白屋的路上有東西可吃。

「黛博拉後來怎麼了，法蘭克？」

「我們那時年紀都小，她後來就去過自己的日子了。」

「所以你才一直保持單身嗎？」

「不是，那是很久以前的事了。」

「兩人就算整整二十年不見，還是可能繼續深愛著對方；我是這麼相信的，真的。」

他笑了起來；實際上，他笑到還得假裝自己是在咳嗽。「這是妳的經驗之談嗎？」

她也笑了。「我才三十歲而已，法蘭克，你得二十年後再問我這個問題。」

課程的方向急轉直下，出乎他的意料。這番話顯然也超出了伊爾莎預期，因為她忽然開始忙著用吸管攪拌起果汁來。他想最好還是多聊唱片比較保險，於是拿起了佩羅坦。

「我保證聽過《聖禱》後絕對難忘。雖然只有單一人聲，但感覺就像站上了鳥背，樂曲一開始，妳就彷彿在天空翱翔。它會帶領妳高高飛上天際，俯衝，然後又再次高升，直到妳變成天上一個小點。但若妳閉上眼，用心聆聽，它會一路牢牢地扶穩妳。在聽《聖禱》前，我完全不曉得人類可以如此美麗。自此之後，每次看到鳥，妳都會想起這首曲子。」

他這才驚覺自己像展開一雙巨大的翅膀般，大大張開了雙臂。唱歌茶壺的女侍坐在她的高腳凳上，看著兩人，臉上表情可能是覺得有趣，也可能是胃灼痛，無法確定。

那伊爾莎．布勞克曼呢？她又有什麼反應？她膚色白如蠟紙，連雀斑都彷彿消失。

法蘭克將佩羅坦推到一旁，拿起下一張。

「好，再來是《托斯卡》。這是個**偉大的**愛情故事。簡而言之呢，就是有個名叫托斯卡的美麗歌伶愛上了個男人，偏偏警察總督斯卡皮亞也愛上了她。而這個斯卡皮亞呢，是個無可救藥的爛胚子，他逮捕了托斯卡的愛人，利誘她當他的情婦，沒想到她反過頭來刺死了他。故事最後她的愛人還是被處死了，托斯卡則從屋頂一躍而下之類的，結束自己性命。」

他在想，自己是不是把普契尼這部舉世聞名的歌劇介紹得太言簡意賅了，因為她又是一副目瞪口呆的模樣。

「好，現在來講講第一幕的最後五分鐘，它和《聖禱》恰恰相反，不會帶妳上天堂，而是下地獄。普契尼把**所有一切**全放進了這一幕。他讓斯卡皮亞告訴我們他有多想得到托斯卡，背景有教堂的禮拜儀式、有鐘響、有砲擊聲，什麼都有，就像上帝與人之間最後一場盛大的對決——而上帝幾乎連瞧也沒瞧上一眼。最後，斯卡皮亞和所有人一起唱著感恩頌歌，有夠他媽恐怖的。因為，妳明白嗎，到了這時，妳會發現斯卡皮亞認為自己**超越**了上帝，故事至此已再沒有任何希望，落幕。相信我，聽完後妳會需要來一杯的。」

法蘭克發現自己站了起來。怎麼回事？伊爾莎看著他，臉上半分笑意也無。女侍也在旁看著，卻是一臉的興味盎然。發現他視線往自己身上轉來，她便將手伸進蕾絲帽下，撓了撓癢。

法蘭克坐回椅子上，將《托斯卡》和佩羅坦的唱片放在一起，暗暗在心裡提醒自己，等一下介紹詹姆斯．布朗時，他一定要：一，乖乖坐好；二，不要揮舞手臂；三，不要脫口說出「他媽的」。

但怎麼可能呢？怎麼可能有人在說到《這就是放克》時能乖乖坐著不動？

「這一個是有關音樂的律動。節奏一而再、再而三地重複，然後等妳不注意時，**砰**！一拳迎頭痛擊。就像拳王阿里對戰喬治．福爾曼時祭出的倚繩戰術。妳有聽過『叢林之戰』嗎？」

她雙唇噘成O字型；他想應該是沒聽過的意思。

「那是史上最盛大的一場拳擊賽事，阿里毫無勝算，他把自己當人肉沙包一樣，但就當福爾曼開始疲乏之時，阿里揮出一記右拳，將福爾曼擊倒在地。詹姆斯．布朗在《這就是放克》中做的就像這樣。」

伊爾莎皺起眉頭。「我不喜歡拳擊。」

「那不是拳擊。那是藝術。」

法蘭克發現自己不只再度站了起來，還模仿起拳王阿里和喬治．福爾曼的動作。

她是不是快笑出來了？她伸手摀住自己的嘴巴。

法蘭克下定決心，等一下談最後一張唱片時，一定要慢條斯理地說。把雙臂交抱胸前或許有幫助。

「好，接下來是〈通往天國之梯〉。這首歌給人的感覺像是層層展開。打從開始，所有一切就都在那兒，雄偉巨大，而它也知道自己有多雄偉，但妳只能一分一寸慢慢接收。」

他察覺這話聽起來可能有點情色。

「起初還很輕柔，只有一把吉他。羅伯．普蘭特的歌聲就像在回憶什麼似的。接著層次逐漸積累，等到吉米．佩吉帶著他的吉他加入時，整首歌就像在飛翔一樣，太壯闊了。只要能讓它繼續，要妳做什麼妳都會願意，就像一場極致的高潮——」

法蘭克飛快伸手摀住了嘴。

「我的意思是，這些音樂都知道要如何抵達高潮。」（有沒有搞錯？他剛才真的這麼說了嗎？）「我們聽到一個東西，就能認出它來，即便我們還不是真的知道它們是什麼。但只要一聽到，就會覺得**一切**都對了。但是，呃——六點了，妳是不是該走了？」

而當法蘭克將唱片收回袋子裡，當他將有如高潮般的〈通往天國之梯〉或是像鳥兒般飛翔的《聖禱》或是像拳王阿里般的詹姆斯．布朗或精采絕倫的《托斯卡》交給她時，伊爾莎．布勞克曼有什麼反應？她有沒有找筆寫筆記？有沒有繼續追問更多問題？

沒有。她依然只是瞪大了眼，動也不動，心馳神迷。

她付了帳，默默將裝了現金的信封交給法蘭克，起身走向門口。

♪

兩人站在餐館外，目光飄忽，等待道別。法蘭克在想，不知道伊爾莎會不會再提議去公園走走，教他看更多星座，但她彷彿已迷失在另一個世界。他陪她走回大教堂，沿途說著店裡的翻修計畫還有那臺新封膜機，直到再也無話可說，只剩她的鞋跟踩地聲與他橡膠平底鞋的摩娑聲，在巷子兩旁的老舊建築間聲聲迴盪。

到了大教堂前，兩人停下腳步，望向計程車等候站，動也不動。

他開口：「妳未婚夫應該在等妳了。」

伊爾莎．布勞克曼嘆了口氣。「法蘭克，我有事要告訴你。」她停口，又發出一聲嘆息，

「很重要的事。我必須告訴你——」

重頭戲來了。就像要翻到B面之前的A面最後一首歌；也像是歌裡的過門，新的旋律加入或節奏改變，預示變化的到來。六個星期來，聯合街上的店主們不停猜測伊爾莎．布勞克曼究竟是誰，又為什麼想了解音樂。但此時此刻，當法蘭克看著她有口難言，咬著下唇，彷彿承受著什麼極大的痛苦——或者更重要的，害怕**法蘭克**會受傷——他忽然下定決心，當機立斷。

這兩堂課下來，他們可說是一塊走了段不算短的旅程——他不只和她聊音樂，還分享了自己的事——無論她要告訴他什麼重要卻又難以啟齒的事，他都不想聽，也不想冒險有任何改變。對一名女子敞開心房並不在他預期之內，但既已這麼做了，想到將從此失去這機會，他只覺得無比哀傷。她對他一無所求，卻如此聚精會神地聽進他想說的一切。相信自己對她毫無意義又何妨？畢竟他從未如此快樂過。飄浮懸宕於孤獨深處，孑然獨立。

所以他沒有讓她繼續掙扎下去，也沒有問出像是「**什麼**事？妳有**什麼**事需要讓我知道？」這種狡猾但又能讓他得到答案的問題，只是直接終止這段談話。

「別說。」

「什麼？」

「不要告訴我。我知道妳訂婚了，妳無須對我多說什麼。我很好。」他甚至還比了個大拇指，表示自己再好不過。

「但是，法蘭克——」

「不，沒關係，真的沒關係。真的。」

他望向對街，一輛等待載客的計程車駛近。

「那就下週二見嘍？」他飛快地說，「同樣時間，同樣地點。繼續上第三堂課？」

「但是，法蘭克，你會恨我的——」

「恨妳？我怎麼會恨妳？我們不過是聊聊唱片，純粹是一樁商業交易。」

哈哈。他還笑了幾聲，證明這一切有多輕鬆簡單，毫不費力。

意外的是，伊爾莎．布勞克曼沒有絲毫笑意。她只是看著他，痛苦緩緩在臉上蔓延。最後——終於，一個小小的微笑。她點了點頭，說：「沒錯，法蘭克，你說得對，這純粹是一樁商業交易。」

當她提著那袋唱片倉促離開時，法蘭克在她身後高喊：「嘿！嘿！妳知道要怎麼用封膜機嗎？」

♪

法蘭克回到聯合街時已經七點了。一輛警車停在信念禮品店外，還聚集了一小群人群。茉德手按在臀上，用力抽著菸。威廉斯兄弟正在和警方談話，基特則在清洗安東尼神父的櫥窗。

「你跑哪去了？」茉德問。

「上音樂課。」

茉德冷哼了聲，用靴底碾熄香菸。「死小孩在安東尼神父的櫥窗上亂噴漆。他那時就在樓上的公寓。他嚇壞了。」她說得好像這不幸的消息是法蘭克的錯一樣，和他有直接關係。

「他們寫了什麼？」

「**屎臉**和***NF***之類的屁話。」

櫥窗前，基特正仔仔細細地用海綿清洗玻璃——無論本來被噴了什麼字，現在都已消失不見，只是玻璃現在看起來又髒又霧，不再清澈透明。

處理完後，法蘭克和安東尼神父一塊坐在人行道上抽菸。

「下一個就換我了。」前任老牧師說。

「什麼意思？下一個就是你？你在說什麼傻話？」

法蘭克拍拍老人肩膀，感覺比他記憶中還要削瘦，好像皮包骨一樣。「下次再發生這種事，記得來找我。」

「堡壘建設又寄了封信來，開了個新價要收購我們的產權。你看了嗎？」

但法蘭克充耳不聞。他在想那雙漆黑的眼眸、那頭散落的捲髮，還有那件豆綠色的大衣。他想著唱片、想著未來的課，還有那許許多多他想跟她分享的音樂話題。「一切都會沒事的。我們絕不會在這時候被擊垮。」

26〈為你祈禱〉

很久很久以前，有一對相愛的男女。她已有家室，而他是一名牧師。故事結束。

安東尼神父在他店裡再次讀起堡壘建設的來信。「我們想藉此機會，再次表達敝公司收購您名下產權之意，並向您介紹即將於碼頭區施工興建的公寓新屋。此外，敝公司並提供壽險服務，利率保證極具競爭力。若您方便，請接受我們誠摯的邀請，及早與我們的顧問聯繫商談。」

他凝視這間已經營二十年之久的店鋪，卻覺得自己好像是個陌生人。地毯薄到你可以直接看見底下的地板。他已經好幾週連個書籤都沒賣出去，更不用說雕像。晚上還得戴著帽子和耳罩睡覺，好保持溫暖。每天幾乎就靠喝白開水、吃烤馬鈴薯過活。如今，有家建設公司願意提供一筆不小的金額收購他的店面和住處。他想起自己許久前拋下的那份感情，以及之後用來填補那空洞的酒精，直到法蘭克出現，替他找到了爵士樂。背棄法蘭克就像棄親生孩子不顧，他會像想念空氣一樣想念他，但他實在不知道自己還能怎麼繼續了，尤其現在還發生塗鴉這件事。

樓上太冷了。他坐在櫃檯邊，看著汙損的窗戶，試著閉上雙眼。「主啊，給我個徵兆吧。」

他說，「再小都沒關係，我不介意，只要讓我知道該是時候放手了。」他留在原位，動也不動，靜靜等待。

店外，有人試圖發動汽車，一遍又一遍轉動鑰匙。**轟隆、轟隆、轟隆**。這是他現在唯一能想的。等他再次向窗戶望去時，卻差點嚇得失聲驚叫：兩名青少年正直勾勾盯著他看，一個塊頭大，一個塊頭小。他還來不及抓起電話打給法蘭克，兩人就已推開店門。

「這裡打烊了。」他說。

「你們沒關。」一個女生的聲音回答。

原來其中一人是女孩；那名塊頭高大的少年原來是個塊頭高大的少女。

安東尼神父的心臟開始如籠中鳥般噗通狂跳。他們身上都穿著大外套和靴子，男孩有張黃鼠狼般的臉孔，女孩頸間圍著足球圍巾。兩人並肩而立，擋住神父的去路。抽屜內只有幾枚銅板，樓上更沒有什麼值錢的東西，除非他們對詩集和造型奇特的水晶雕花水果盆有興趣。

兩人動也沒動，只是杵在那兒，視線不時朝店裡的陳列架瞥去。他們心裡似乎已有盤算，只是在等待時機。安東尼神父忽然想到，外頭說不定還有更多他們的人。天光黯淡，只餘幽微的薄暮與冰寒。

他努力站了起來，雙腿卻簌簌打顫。「求求你們，別打壞任何東西。」他說。

「你是安東尼神父嗎？」少女問。

他點頭。

「你是牧師，對吧？正派的牧師？」

「**以前**是；我盡力循規蹈矩，要當個正派的牧師、正派的好人。」他的聲音彷彿生了鏽，「你們——你們要買東西嗎？」

她說：「你幫人**證婚**嗎？」

「不好意思，妳說什麼？」

她又重複一遍，只是這次速度放慢了些，好像以為他可能聽不見或智能不足之類。「證——婚。你幫人證婚嗎？」

「不，我，呃，退休了。如果想要請牧師幫忙證婚，可以去當地的教堂。」

「我們去過了。」男孩終於開口；他有著青少年特有的那種刺耳聲音。「但他說我們需要證書還什麼之類的狗屁。」

女孩皺了皺臉，彷彿不喜歡聽見男孩說髒話。他伸手攬住她，看上去有些滑稽，因為他得抬高手臂才搆得著她。

「你們想結婚？」

「那你可以**祝福**我們嗎？」女孩大聲問，似乎已經認定他年紀大所有聽力有問題，「如果不能幫我們**證**——婚的話？」

安東尼神父得在腦中重新解讀一遍眼前的場景。所以他們不是來搶劫或是破壞、盜取他那少得可憐的商品。他們只是想要在一起，而且就和他一樣緊張。「可以，沒問題，」他說，「我的榮幸。」

「我們需要跪下嗎？」

「站著也沒關係。」

「不，我想跪著比較好。」

綠色地毯上沒有半點灰塵或突起，但安東尼神父還是像清理桌上積水般掃過，並用雙手撫平。兩人在他腳邊跪了下來，緊閉雙眼，兩手抵在下巴，好似兩隻小松鼠。

安東尼神父摘下帽子，說：「主啊，請看顧這對年輕的愛侶，悉心滋潤兩人的愛，護佑他們平安。」語畢，店內陷入短暫的沉默。店外，一隻狗兒經過，在街燈旁抬起了腿。

「就這樣？」女孩問。

「我已經很久沒做這種事，生疏了。」

小情侶花了點時間才起身。男孩堅持要扶女孩站起，但女孩比他預期中的還要有分量，他反而差點失去平衡。女孩羞紅了臉，只得自顧自梳理起圍巾上的流蘇，然後向神父致謝。

安東尼神父看著兩人手牽著手走過聯合街，感到一股熟悉的暖意在體內蔓延，彷彿足足抽高了十二呎。他想起自己多年前愛過的那名女子，她的頭最後一次枕在他肩上。**這麼做是對的。我離開是正確的**。真愛是一段艱苦的旅程，路上充滿許多困難與荊棘。有時候，終點並不如你所願，但那並非徒勞，能在一個明豔的夏日握著她的手，總勝過什麼也沒有。

他抬頭仰望城市的天空，夜幕尚未真正降臨，夕陽澄黃，還不見星子出現。他笑了起來：「謝謝祢捎來了這訊息，謝謝。」

他撕掉堡壘建設的來信，關上電燈，戴回帽子，爬上樓梯。

27〈天知道我有多悲慘〉

「是我。」

週四早晨發生的第一件事，就是伊爾莎・布勞克曼站在唱片行門口。

「我只是剛好經過——」她兩手緊緊拽著手提包，彷彿那是塊小小的浮板，而她就要跳入一汪深潭。

法蘭克和基特都愣愣地看著她。

「我想我可以幫忙看看你們的封膜機。」

法蘭克和基特還是愣愣地看著她。

「我大概有兩小時的空檔，之後就得回——」

回去哪？

找她的美髮師？游泳教練？未婚夫？

「回去工作。」

法蘭克動彈不得。一個人怎麼能在這麼短的時間內充滿如此多的情緒？他是那麼地開心、困惑、激動、驚恐、快樂、悲傷；百分之百的確定，但同時又百分之百的遲疑，以至於他只是站在唱機後，不僅像個忘了自己臺詞和角色的演員，甚至連這究竟是哪齣戲都記不得。

謝天謝地，基特倒是記得清清楚楚。「請進！快請進！」他嚷嚷，穿過裝滿新唱片的箱子，前來招呼她。他問她有沒有想找哪張唱片，或是要不要來杯咖啡，但伊爾莎·布勞克曼重申自己時間不多，只是想來看看封膜機的事她能不能幫上忙。基特領她走向店內後方。法蘭克等著她眼神轉向自己，微笑致意或揮揮手之類的，任何兩個喜愛談論音樂的朋友會有的舉動都好，但她的雙眼只是像黏了漿糊似地牢牢緊盯地面。自從開店以來，還沒有人對這塊波斯地毯上的褪色花紋與地板上填了補土的縫隙展現過如此高的興趣。她甚至連抬頭打聲招呼都沒有。

正如基特所料，她確實知道該怎麼應付封膜機，立刻就把局面掌控在手裡。那股氣勢，這麼多年來店裡還沒有任何一個人能做到。

首先，她只是靜靜站在機器前，一點聲音也沒有。然後，她繞行機器走了好幾圈，俯身查看內部，之後又研究起那捆ＰＶＣ包膜。她將手提包遞給基特，拉出一截包膜，在唱片封套上比了比長度，然後看向機器上用來投入唱片的孔槽以及另一頭的置物桶，唱片封好後就會吐進桶中。她到現在還是一個字也沒開口說過。

法蘭克只是站在唱盤後看著，不知所措。他不敢相信她這麼快就又回來了，她對佩羅坦和詹姆斯·布朗有什麼感受？他已等不及要和她獨處，聽她的答覆。

「*Ach so*[1]。」伊爾莎·布勞克曼喃喃道，「嗯，喔，*Ich versteche*[2]。」她解開大衣釦子，脫下來交給基特。大衣之下是件簡單的黑洋裝。接下來，她打開手提包，拿出一件圍裙套在身上，繫好腰間的綁帶，然後從口袋掏出兩枚小黑夾，別起散落的髮絲。

「手套要不要也給我？」基特問，努力裝出一副若無其事的語調，但聽起來就是有鬼。

她搖搖頭。「不用了，基特。謝謝，沒關係。」

「妳**確定**嗎？」

「*Ja*，我確定。」

她打開封膜機電源，站在一旁，盤起雙臂，靜靜等待，好一陣子什麼動作也沒有。

基特忘了她的手，擔心起別的事來了。

「妳沒事吧？」他問，「會不會又快昏倒之類？」

「沒事，我只是在想要怎麼辦。」

她將手高舉過頂，伸展一下雙臂。放下後緩緩一根接著一根拉鬆指頭，輪流甩了甩雙手、轉動手腕。見她這舉動，基特又開始擔心起她的手，而且現在就明目張膽地盯著她看，好像她手臂末端是連著什麼神奇之物。

她拿起一張唱片，包好膠膜，小心翼翼地撫平邊緣，但又不至於包得太緊。她將唱片放入機器的孔槽內，按下綠色按鈕，接著便只是交握雙手，站在一旁等待機器轟隆轟隆地嗡嗡運轉。一

1 德文，「啊，原來」之意。
2 德文，「我懂了」之意。

分鐘後，唱片出現在機器另一頭，包得完美無瑕。膠膜上完全不見任何皺褶，也沒聞到任何燒焦味，甚至連接縫都看不到。唱片閃亮無瑕，美到法蘭克差點忍不住要親吻它。她是怎麼做到的？基特不由自主鼓起掌來，她只是聳聳肩，羞赧一笑。

「這其實沒什麼複雜的。」

時機來了。法蘭克離開唱盤，走上前去，停在機器旁徘徊。沒擋著她的路，只是清了好幾次嗓子，好像染了什麼咳嗽的毛病，需要人幫忙診治照料。

基特又遞了張唱片給她。法蘭克聽著他向伊爾莎・布勞克曼說明店裡即將重新裝潢，又聽她同聲附和這一切確實很令人期待。法蘭克一句話也插不進去。基特說，日後每張唱片都會有自己一張專屬的特製標籤，寫著法蘭克建議的欣賞重點。她回答說這主意實在是太棒了，只是依舊無視就站在她右方幾呎的高大男子。實際上，她似乎看哪都好，就是刻意不看他。

基特和伊爾莎之間的互動輕鬆自然，讓法蘭克覺得自己像個多餘的龐然大物。他問基特要不要去沃爾沃斯替唱片買些新標籤，基特說他晚點再去。伊爾莎撫平唱片上的膠膜，檢查大小是否合適。

「但你不是很愛去沃爾沃斯嗎，基特？你最愛買文具了啊。」

「是啊，法蘭克，但我現在要幫伊爾莎・布勞克曼，沒時間。」

「是啊。」她說，朝法蘭克的膠底帆布鞋飛快掃了一眼。那幾乎是匆匆一瞥，連把整隻鞋看進去的禮貌都沒有，只在大拇指突起的帆布鞋尖疾掠而逝。她也完全沒提起法蘭克給她的那些唱片，或說說她究竟聽過沒有。她對他的態度是如此冰冷拘謹，你會以為他們在唱歌茶壺的那兩堂課從來沒有發生過。法蘭克拿出些單曲唱片，整整齊齊疊成一堆，完全不知該如何自處。

「基特，我現在就要那些標籤。我現在就得開始寫了。」

「那**你**自己去買啊。」基特說，回答得理直氣壯。

「我在忙。」法蘭克一面說一面將T恤塞進褲頭。在這當下，他實在想不到還有什麼更忙的事可做了。

「這裡有我們兩個人就行了，對不對，伊爾莎·布勞克曼？」

她連回答的風度都沒有，只是哼著曲子，而且還亂七八糟不成調，聽起來根本像是關門聲。

所以法蘭克怎麼反應呢？他一時昏了頭，只想引她——**怎樣**？因為無視他、**忽略**他而心生愧疚？——於是大聲宣布自己要去買標籤。但她只是聳聳肩，彷彿毫不在意，再次按下封膜機的綠色按鈕。法蘭克刻意慢條斯理地向門口走去，然後又停下腳步重申一遍他要去**買標籤**了，**有沒有**人要跟他一起去——

「可以順便幫我買一包綜合糖嗎？」基特問。

伊爾莎·布勞克曼將唱片放入孔槽，一句話也沒說。

法蘭克這輩子沒走得這麼快過。見收銀檯前大排長龍，他索性不買了——他現在最不想待的地方就是沃爾沃斯——但回到聯合街街角時偏偏又撞見盧索斯老太太，聽她抱怨新買的微波爐不能用。等到法蘭克幫她將插頭插上，然後又停下來安慰因收到堡壘建設新的來信而操心不已的威廉斯兄弟後，已經整整過去四十分鐘。他用力打開店門。

沒有人。除了唱盤旁擱著一疊包裝精美的唱片和在櫃檯前畫海報的基特外，再也沒有其他人的影蹤。

「她呢？」

「誰？」

「還能有誰？德蕾莎修女嗎？」

「德蕾莎修女來過我們店裡？什麼時候？」基特困惑不已，五官全糾結成了一塊。

「怎麼可能，當然沒有。我是指伊爾莎——」他甚至連好好說出她全名都做不到，「——那個德國女人。」

「喔，她有事先走了。」

「她有說什麼時候會再來嗎？」

「嗯。」基特絞盡腦汁回想，又是咬筆、又是抓腦袋，最後翹起一條腿，回答：「沒有。」

♪

持續有裝修公司打來報價。他們在電話另一頭嘖嘖有聲，猛力倒抽涼氣，好像法蘭克期望中的整修工程不只要價高昂，甚至還會危及他們性命。他再三重申他只需要外牆的基本修復和在店裡裝潢一些新的陳設。

這工程顯然要比法蘭克預期的複雜許多。不只需要搭鷹架，還得雇輛廢料車，先清除所有老舊的灰泥，才能將牆面鋪平重建。前次整修感覺容易多了，他只需要去圖書館借本書，再在街坊鄰居的幫助下就能完工。但事實證明，問題正在於此，這間店一直以來都是挖東牆補西牆，才會搞成今日如此棘手的局面。「一個隨時可能發生的意外。」其中一人這麼說。儘管報價比法蘭克預期的高了許多，他還是付了訂金，約了建築工和水電工盡早上工。如果只讓他們工作半天，唱片行就不用暫停營業。

接下來的幾天，他努力要自己別只顧著等伊爾莎．布勞克曼出現。他又訂了更多唱片，聆聽客人的需求，替他們尋找所需的音樂。他又包壞了好幾張唱片，還燙傷了自己的手。但每次只要店門一開，他的心就會立刻飛揚起來，但又隨即墜落。他是不小心冒犯了她嗎？還是她不喜歡他推薦的唱片？說不定是她未婚夫要她另請高明，找其他有正式資格的人替她上課。他想像其他人在她面前談論巴哈——不會手舞足蹈，也不會提到什麼高潮不高潮——這念頭讓他消沉不已。如果他們最後一次見面的場景能重來就好了。這事怎麼就沒個正式說明書能參考呢？讓他知道自己該怎麼做。

店裡添購許多新黑膠的消息傳了出去。儘管標籤還沒做好，也尚未封膜，依舊來了好幾名收藏家，想趕在別人之前好好搜刮他那包羅萬象的存貨。他們提著大包小包離去，其中一人還開了輛箱型車回來。一名記者前來採訪，替當地報紙寫了篇專文，還幫法蘭克拍了張照。**獨立唱片行孤注一擲，只為拯救黑膠**。（標題之下就是法蘭克的閉眼照——他不知道對方會開閃光——身旁還有穿著藍色制服、一臉自豪的基特。）法蘭克的放克音樂和十二吋單曲收藏讓一名ＤＪ欣喜若狂，接連在他的深夜廣播節目上推薦了好幾次這間唱片行。等星期六早上法蘭克下樓開門時，店外已排了十幾名樂迷和收藏家。他看見花呢外套、飛行員夾克、好幾件防寒連帽外套，還有一件針織羊毛衫。

但綠色大衣呢？

連個影兒也看不到。

♪

二月二十三日星期二，五點三十分，唱歌茶壺內。

「我以為我得罪妳了。」

「我才以為**我**得罪**你**了。我是特別去幫忙的，法蘭克，但你連聲招呼都沒打。」

「妳也沒和我打招呼啊。」

「但你是老闆啊，招呼客人不是你的**工作**嗎？」

這不過是他們的第三堂課。兩人坐在老位子上，面對著面，都沒脫下外套，好像隨時準備走人一樣。法蘭克在一頭，伊爾莎在另一頭，但沒像平常那樣點飲料、聊音樂，而是爭論著誰才是最失禮的那位。

「你連**看都沒看我一眼**，法蘭克。」

「妳才看都沒看**我**一眼；妳連我的鞋子都不看。」

「你想要我看你的鞋子嗎？」

「不好意思。」唱歌茶壺的女侍調整了下頭頂上的蕾絲小帽，並將兩張壓膜桌墊如橋梁般放在伊爾莎和法蘭克之間。她送上兩份菜單、兩組餐具，以及兩條摺成扇形的餐巾。老樣子嗎？她已自作主張準備了些檸檬汁。

「我知道廚師已經下班了。」伊爾莎．布勞克曼說，打開菜單，「但看到這些食物我就餓了。」

「我可以幫忙煎個蛋？」女侍說，撓了撓耳朵，一副戰戰兢兢的模樣。

「我不餓。」法蘭克說。

伊爾莎．布勞克曼瞪了他一眼。「這位好心的小姐要幫你煎蛋，好歹別辜負人家心意。」

「好吧，謝謝，那就替我來份蛋。」

「煎蛋還是水煮蛋？」

「什麼？」

「你口氣真的不用那麼差。」伊爾莎．布勞克曼說，自己的口氣卻差到了極點。

法蘭克說他要煎蛋，伊爾莎則點了水煮蛋。「**請慢用**。」女侍說，昏到忘了自己壓根還沒開始做菜。

女侍一離開，兩人又立刻爭執起來。伊爾莎說她可是排除了萬難，特意離開工作崗位去幫他，結果他竟就這麼大步離去，簡直不可置信。而她呢，他提醒她可別忘了，是**她**一個招呼都沒打，更完全沒提及那些唱片，甚至連聲謝謝都沒有——

「我可是付了學費的；金額還不低。」

「妳覺得我稀罕妳那筆錢嗎？」

她只是聳聳肩，彷彿兩人都心知肚明答案是什麼，而她才不會拉低自己格調真的說出口。

「那妳未婚夫呢？」

「他又怎麼了？」終於，她終於有反應了。伊爾莎．布勞克曼第三顆釦子下的肌膚透出一抹暈紅。

「他對我們的音樂課有什麼看法？」

伊爾莎一語不發，將菸灰缸重新擺好，雖然它怎麼看都沒有半點歪斜的樣子。

「他介意嗎？」

「他有什麼好介意的？」

「他知道妳上課的事嗎？」

她憤怒地甩了甩頭，鼻孔翕張。「你能不能就別再提理查了？你以為他在乎我上課的事嗎？」

好啊，原來他是有名字的，是個真實存在的人類。法蘭克不曉得自己的心為什麼那麼痛，但那痛楚卻再真切不過。只是那是種安全、熟悉的疼痛。他可以與它和平地並肩而坐，就像是個相熟已久的老友。

終於，唱歌茶壺的女侍又現身了，端著托盤，用屁股頂開推門。「不好意思。」

她先將茶壺擱在桌上，然後是壺額外的熱水、牛奶罐、一碗方糖、小鉗子、檸檬片、糖包和一大杯檸檬汁，最後在杯上插了個錫箔紙做的小傘與吸管，倒入滿滿的冰塊。

「**請慢用**。」她仍留在原地，皺眉看著兩人，就像小孩死瞪著一座用積木疊出的高塔，想靠意志力命令它倒塌，但最後還是大步走回推門之內。

法蘭克假意讀起菜單。他也很想和伊爾莎・布勞克曼有番文明的對談，但兩人似乎已困在一個只能口吐惡言的死角，而且一旦起了頭，就感到其中似乎有種——莫名其妙的——快感；或起碼覺得自己鬆了口氣，因為能說出不該出口的難聽話。「所以咧？」他衝著早餐菜單問，「妳唱片聽了嗎？」

伊爾莎也拿起她面前的菜單。「聽了。」她對著下午茶那頁回答。

「妳有躺下來嗎？」

「*Natürlich*[3]。」

「閉上眼睛？」

「*Jawohl*[4]。你知道要怎麼用你那臺封膜機了嗎？」

法蘭克嗯了聲，不完全是否定，但也稱不上肯定。

兩人繼續研究那份有趣至極的菜單。豆子吐司……果醬司康……火腿三明治配涼拌捲心菜絲。好啊，她想浪費整個小時看菜單也無所謂啊，反正她最後還是得付他十五鎊。

終於。「我們今天要談什麼音樂？」她的聲音突然聽起來好像小孩。

他放下菜單。她也放下她的。

---

3 德文，「當然」之意。

4 德文，「有」之意。

「妳還想聊音樂？」

「你不想？」

她眼裡閃耀著淚光，但仍牢牢盯著他，有種說不上來的勇敢和坦蕩。這讓他心底升起一種異樣的不安，彷彿他有那力量，能夠真真正正地傷害她。他用力嚥了口口水。

「我想。」他回答。

「我也是，法蘭克。對不起，我不該生氣的。」

「該道歉的人是我。」

「我喜歡你的帆布鞋。」

「我也喜歡妳的鞋子。」

「好吧，起碼這點解決了。至少我們現在知道彼此都有雙好鞋。」

她伸出手。嚴格來說，那比較像是握手，而非牽手。無所謂任何浪漫情感，而是一種生意上的協議。但他還是碰著了她小巧柔軟的手套指尖，並放任自己想像手套底下的那雙纖纖素手、青蔥般的十指、剔透的指甲，還有那枚訂婚戒指——

「蛋來了。」

女侍容光煥發、滿臉自豪地出現在兩人身旁，彷彿這蛋不只是她料理的，還是她下的。「一份煎蛋，一份水煮蛋。**請慢用**。」

28 白遼士的洋裝

「我們都是野性的動物，只是拚命想披上文明的外衣。」佩格說，「就拿白遼士來說吧，妳對他有多少了解，黛博拉？」

淡淡的紅暈爬上黛博拉的面頰，就像她身上的粉紅毛線衣一樣。

「不多，佩格。」

「不多是多少？」

「老實說，是什麼也不知道。」

他們坐在海邊白屋的客廳裡。到了這時，法蘭克和黛博拉已一路奔回本壘了——自櫻桃般的乳頭後又繼續往下發展——但這是佩格第一次邀請她來家裡用餐。目前為止，她已經放了蕭士塔高維奇和《即興精釀》，還端出了杜松子雞尾酒和 Fortnum & Mason 的餅乾與切塊鳳梨當前菜，只是絲毫沒有他們會享用一頓熱騰騰美味晚餐的跡象。

黛博拉對佩格又敬又畏；對這棟白屋也是。「她好特別、好波希米亞，而且你們倆住在這裡，還直接稱呼彼此的名字，實在是太酷了，好像朋友一樣。」法蘭克盡量避免提及這房子實際上已經快不行了，屋頂上的破洞多到下雨時他得睡在防水布底下。

「別聽白遼士，佩格。」他說，「小黛喜歡曼都瓦尼和赫爾曼的隱士們。」

「喜歡曼都瓦尼的是我爸媽。我聽什麼都好。我很不挑的。」

「妳聽什麼都好？」佩格重複，「妳很不挑？」她眉毛挑到幾乎要碰到她的頭巾。看她這樣子，你會以為黛博拉剛才是坦承了自己會在夜裡出門遊蕩。「曼都瓦尼又是哪位？」

「他的音樂很好聽，給人一種暈陶陶的感覺。」黛博拉回答。

「從來沒聽過。」

「妳不會喜歡的，佩格。那個，我和小黛要先上樓——」他已經等不及要跟她滾床單了，而且她的坐姿不知為何就是給人一種好安心、好踏實又可靠的感覺，讓他一顆心暖暖的，滿懷知足與感謝。她從來不會問「你聽過這個嗎？」、「你聽過那個嗎？」，只會問他餓不餓或今天過得怎樣。他十七歲生日時，她替他織了件情侶毛線衣——只是上頭的圖案不是粉紅色小貓，而是隻藍色小狗。（「這什麼鬼？」佩格問。）黛博拉是帶領他走入正常的入場券。

但佩格已經抽出一張唱片。有聽眾在場，她才不會輕言放棄。「讓我來跟妳說說白遼士。」她道。

首先呢，他是法國人。（「這我知道。」法蘭克插話。）還是浪漫主義的作曲家。（「這我也知道。」）白遼士的生活一帆風順。二十七歲時，他得到了一筆音樂獎學金，前往羅馬，但才離開不過幾個月，就發現自己的女朋友有了新歡。妳猜他怎麼反應？

「天吶，」黛博拉說，「我不知道。」

「我知道。」法蘭克回答，「他做了件瘋狂的事。」白遼士失去理智，帶著一件洋裝、一頂帽子、一把手槍和一瓶士的寧[1]，搭上第一班回巴黎的火車。他打算假扮成一名女傭，或起碼喬裝成戴帽子的女傭，闖進他女友和新歡的住處，先轟了兩人腦袋，再舉槍自盡。毒藥只是以防萬一。

「所以他殺了他們嗎？」

「沒有，白遼士在途中弄丟了那件洋裝；好吧，他那時確實思緒混亂、魂不守舍。結果他跳進了地中海。」

「老天，他投海自盡？」

「沒有，他後來被人給撈了上來。這樣也好，否則我們也不會有《幻想交響曲》和那知名的主旋律。」佩格抽了口莎邦尼菸，理了理身上的土耳其長袍。「有沒有人要吃鳳梨？」

黛博拉飛快伸手掩住嘴巴，嘔了幾聲，但什麼也沒吐出來。「喔，老天。」她說，臉色忽然變得慘白。

「妳沒事吧，小黛？」

「我懷孕了。」

房屋似乎在瞬間垮落。「什麼？」法蘭克問。

---

1 Strychnine，又名番木鱉鹼，一種毒藥。

「什麼？」佩格也問，甚至摘下了她的墨鏡，一雙小眼震驚地眨動。

黛博拉又說了一遍，她懷孕了，生理期遲了三個月。「我都想好了，我要留下這孩子。法蘭克和我可以結婚。」

29 一王雙后

握過伊爾莎．布勞克曼的手後——不管那時間有多短暫——法蘭克現在滿腦子想的念的都只有這件事，而且要一面吃蛋一面談音樂比他想像中困難許多。不過，那場莫名其妙的口角將兩人的關係推進到了一個新境地。那場爭執宛如某種洗滌，讓法蘭克想起了海邊白屋的花園，在炎熱的夏季裡，它看起來是多麼荒蕪，高溫和鹹鹹的海風將一切摧殘殆盡，但只要下了雨，就會再度充滿繽紛的新色彩與芬芳的氣息，宛如穿上一件嶄新的外衣。

伊爾莎說：「老天，法蘭克，我好愛你給我的那些唱片。今天上班時我就盼著能趕快來上課。」

他想像她坐在一間有著大辦公桌和一整排電話的辦公室內。時尚業，他猜，也或許她和未婚夫一塊工作。他不需要知道更多。這樣也好，因為她又說了：「我的老天！詹姆斯．布朗！《聖禱》！還有普契尼！我甚至連**呼吸**都無法……還有〈通往天國之梯〉，我愛死那首歌了！你今天又替我帶了什麼唱片？」

法蘭克說，音樂能傳達文字無法傳達之物，而這就是他第三堂課的主題。可惜的是，桌面不夠大，他無法擺出所有唱片——畢竟還有餐盤、茶壺、調味罐等其他東西——所以他只是像舉牌般一張一張舉給她看。他說，今天，她將會認識龐克、一名哭泣的皇后、一名公爵，還有一位穿洋裝的男士。

伊爾莎睜著一雙驚奇的晶亮大眼，點了點頭。笑容已在她臉上蔓延，而他甚至尚未開始。

「所有音樂都該附上健康警語。只要將正確的詞句和正確的旋律組合在一起，那威力一點都不輸炸彈。妳對龐克有多少了解？」

「完全不了解。」

「我希望妳能學著了解，因為龐克對我具有重要的意義，好嗎？」

「好，法蘭克。」又是那嫣然的笑容，笑容，笑容。

「好，我們先來談談性手槍樂團的〈天佑女皇〉。這首歌於七七年問世，也就是英國女皇登基二十五周年紀念那年，舉國上下都在籌備一場盛大的街頭派對。而這首歌要說的呢，就是未來已經完蛋，英國沒救了。它嘲諷皇室、嘲諷國家體制，但同時也展現了真正的英式幽默。這樂團可說是由四個幾乎連樂器都不會演奏的小混混組成，他們看著頭上戴派對帽的英國人，說出大家都不敢說也不該說的一句話，那就是：**去妳的女皇**。」

伊爾莎．布勞克曼呆坐原位，震驚不已，甚至忘了自己面前還擺著顆水煮蛋。

「這首歌遭英國廣播公司禁播，全國有半數的商店不願賣這張唱片，但我還是聽了一整個夏天。我將它看作是種公民服務。我對女皇沒任何意見——我喜歡她——但重要的是，在這世界上還有個地方能讓我們說出那些不該說的話。而且坦白說，我想女皇也同意我的想法，畢竟她沒把約翰・萊頓的頭給砍了之類的。」

哈哈哈。伊爾莎・布勞克曼笑了起來；忽然間笑得太凶，還得假裝自己是在打呵欠。

「〈天佑女皇〉可說是一枚巨大的自我毀滅開關。約翰・萊頓不會唱歌、不會看樂譜，但這正是重點。這首歌反對的不只是君主制度，而是所有一切，包括他自己。但我們需要他。當舉國上下都在揮舞著紙旗、吃著迷你三明治時，正需要有人在我們屁股上踹上一腳，懂嗎？」

伊爾莎緩緩點了點頭。

接下來，他拿出普賽爾為自己所創作之歌劇《狄多與埃涅阿斯》而寫的〈狄多的哀嘆〉。

「好，剛才那是一場外爆性的爆炸，接下來就是內爆了。這將會是妳這輩子聽過最悲傷的一首詠嘆調。到了故事即將結束之際，狄多女王這輩子唯一真正愛過的男子離開了。他是她在這世上的靈魂伴侶，是她的真愛。如今，他離去了，她知道自己除了死，再無其他選擇。而這，就是心碎的聲音。」

伊爾莎拿起了一片烤吐司，正要沾蛋汁來吃時，忽又停住了動作。她沒有問「怎麼會？」，因為她似乎還發不出任何聲音。但他覺得如果可以的話，她一定會這麼問出口。

「老天，那實在太高竿了。在整首詠嘆調中，她不停反覆唱著：『記住我，記住我。』而且都是同一個音調，直到最後她的歌聲才忽然拔高。**啊**。」他搥了一下胸膛，「那令人心都碎了，因為它是如此絕望，那音調中的小小改變——在那瞬間，我們領悟自己是多麼平凡。誰會記得我們？她是迦太基的女王，但她很清楚，那根本一點意義也沒有！**啊**。」（他又搥了一下胸口。）

「在演奏停止前，她的歌聲便已然停止，而這正是直襲我們內心的最後一擊，因為音樂必須在少了她的情況下繼續，那是多麼地淒涼，老天，真的很悲傷，非常悲傷——」他得暫且停口，因為——他驚惶地發現自己竟然在哭。她遞了張面紙給他。他說：「聽就是了。一回家就放來聽，連外套都不要脫，只要躺在地上，戴上耳機，聽就是了。」他用力擤了下鼻涕。「我感冒了。」他說，以免她誤會他是太投入或太多愁善感之類。

伊爾莎．布勞克曼或許也感冒了，因為她同樣擤起鼻子。他說如果她想先把蛋吃完，他可以暫停一會兒。但她只是將盤子推開一旁，托腮凝視他。她的眼裡寫滿了專注，頭髮東捲西翹。

「好，現在換公爵上場了，艾靈頓公爵。相信我，在聽完狄多之後，妳絕對會需要公爵。他是那麼地歡樂！那麼地**輕盈**！第一首：〈絲綢娃娃〉，樂器演奏版。它不像爆炸，內爆或外爆都不是，只是史上最盛大的一場慶典，是獻給樂團中所有樂器的一首曲子；每個人都有獨奏的機會，也都會為彼此伴奏。艾靈頓公爵用它來作為最後一首表演的曲目，妳聽了就知道為什麼了：先是一一熄去樂團的燈光，然後最後一聲：**砰**！那是史上最歡樂的一聲道別。」

伊爾莎笑了。

所以，等他說到第四張唱片：白遼士的《幻想交響曲》以及佩格說過的那個喬裝故事時，發生了什麼事？他才開始暗暗期望這是目前上過最成功的一堂課——他沒有一句話不引得伊爾莎．布勞克曼哈哈大笑或幾乎逼出她的眼淚。他終於有了自信，真正開始覺得樂在其中。在描述白遼士為了隱藏自己身分所做出的所有荒謬舉動時，他完全沒有任何「呃」、「啊」之類的停頓遲疑。他甚至還描述了那件洋裝和那頂帽子的造型——把它們形容得美輪美奂、栩栩如生，讓故事聽起來更滑稽可笑。他自己都覺得好笑到大聲狂笑。想像一下這個瘋狂的浪漫主義者，穿著他那身洋裝，走在巴黎街頭，頭上戴頂帽子、臉上蒙著面紗，懷裡還藏了把上膛的手槍。「他想**騙誰**啊？這也太**瘋狂**了，好像沒人會發現他一樣！他怎麼以為沒有人會識破他的偽裝？」

伊爾莎掙扎起身，神色鐵青，面如死灰，彷彿他剛探過身子，在她肚子上狠狠打了一拳。

「怎麼了？妳要做什麼？」

她努力想打開包包的鎖釦，但兩手實在抖得太厲害，怎樣也打不開。

「伊爾莎？」

「***Verdammt***[1]。」她狠狠咒罵。

「拜託，讓我幫忙。」

「不需要。」

終於，她打開了，從包包裡抽出五鎊現鈔和裝著學費的信封，重重甩在桌上，然後抄起大衣，唱片卻碰也沒碰。

「怎麼回事？我不懂。是我說了什麼嗎？」

她倉皇走至門邊，回過頭，但只是為了警告他：「別跟上來。」手瘋狂又古怪地在空中一揮，然後走出店外，消失在夜色之中。

法蘭克默默將唱片收回紙袋，只覺自己既笨重又沒用。他完全不曉得自己究竟說了什麼讓她這麼生氣。女侍只是坐在推門前的高腳凳上觀看，冷冰冰地抿著雙脣。而且從她的樣子看來，大

1 德文，「該死的」之意。

概是打算繼續板著這張臉，短時間內不會有任何改變。法蘭克將自己的盤子整整齊齊擱到伊爾莎．布勞克曼的盤子上頭，然後再將兩條用過的餐巾摺好，彷彿要清除殘存的幽靈一樣。要是他真懂那是什麼意思就好了。

「男人啊。」女侍說。那模樣簡直就像看著洶湧翻騰的烏雲說「哼，要下雨了」一般。

「但那是她說的啊。是她要我別跟上去的。」

聽到這話，她只是大大翻了個白眼，用力到你會擔心她眼珠是不是要滾進腦袋了。「你是白痴嗎？」

♪

他到處都找了個遍。城門區、鋪著石子的小巷、計程車站。一旦下定決心，他就覺得自己非找到她不可。氣溫驟降——冰冷的空氣彷彿鑷子般，鑽進法蘭克的五官七竅，在他體內刺痛灼燒。為了保暖，他還得將雙手插在腋下。這晚洋蔥與起司的氣味聞起來特別濃烈。月亮低懸於城市上空，周遭環繞著一圈毛茸茸的光暈。漆黑的夜色中透著股幽幽的綠意，但有可能又是他的幻覺。他踩著沉重的腳步，看見從食品工廠下班的工人，看見打包收拾攤子的小販，但就是不見伊爾莎．布勞克曼。他經過在街上遊蕩的成群青少年、經過一排藏在紙箱下的掩蓋身影、經過匆匆從酒吧趕至自己溫暖安全車上的年輕情侶。沃爾沃斯燈火通明的櫥窗內閃耀著一整面亮晶晶的ＣＤ唱片。他經過破敗的水溝、經過被經年的雨水與汽車廢氣燻黑的屋牆、經過搖搖欲墜的灰泥、經過一扇扇破窗或蓋著波浪狀鐵皮的窗戶，經過一幅幅塗鴉與標語。他甚至還回到公園，沿著湖畔走了一整圈。遊船倚著突堤輕柔蕩漾，湖水黑如煤礦，但依舊不見伊爾莎．布勞克曼的蹤影。這女子再次消失蒸發。

等他回到大教堂時，今年的第一場雪已然飄落。細小的雪花徐徐飛舞，好似沒有重量般輕盈懸浮。法蘭克沒有放棄，視線在公車站、酒吧與餐廳前逡巡。一朵大片些的雪花落在他衣袖上，沒有融化。雪影轉眼變得濃密，彷彿天空忽然察覺自己還有好多雪需要傾瀉，所以最好是速戰速決。他回到唱歌茶壺，心裡抱著一線希望，說不定伊爾莎．布勞克曼已去而復返。但餐館內空無一人，大燈都熄了。女侍站在窗邊，抬頭仰望著天空。看見法蘭克，她搖了搖頭，臉上表情好像在說比起這說變就變的天候，她更受不了這個男人。

到了此刻，雪勢已相當驚人——如棉花般鋪天蓋地——地面完全覆蓋在銀白之下。四面八方，除了紛飛的雪影，他幾乎什麼也看不見。對街上，有輛車的車輪不停在原地打轉，動彈不得。法蘭克和其他幾名路人幫忙推動車子前進。

「這天氣是怎麼回事？」有個人大聲問。

「看樣子最好是趕快回家。」另一人高聲回答。

三十分鐘內，城市已如埋葬般萬籟俱寂，鴉雀無聲。法蘭克匆匆奔至教堂內，只想暖一暖身子，之後再返回雪中找尋。回想這一刻，他才察覺自己為什麼沒想到伊爾莎．布勞克曼或許早已招了輛計程車，離開城市，現正和未婚夫一同坐在壁爐前。幸運的是，他現在滿腦子只想找到她，完全沒考慮到這些實際的可能性。當你置身漩渦中心時，又怎能靜心回想些什麼。

街上已是冰寒刺骨，但教堂內還要更冷。那是一種密閉的冰寒，就像走進一座冰庫內，將門關上。高大的石柱拔地而起，在教堂中殿的天花板上呈扇形展開。一名生意人跪在公事包邊，一名老嫗垂首端坐，兩名牧師似乎正用腳撫平聖壇旁的地毯。

她就在那。

一雙綠色的肩膀。獨自坐在長椅上。

法蘭克靜靜上前，深怕自己又將再次失去她。她雙眼紅腫，雙唇也浮腫蒼白。她褪下了皮手套，擱在身旁，手提包大大敞開。她有一條護手霜，現正用它塗抹按摩在十指赤裸的肌膚上。

法蘭克在她身旁坐下，一語不發，不知該如何啟齒。打破沉默的是伊爾莎。

「你剛才是在嘲笑我嗎？因為我總藏著自己的雙手？」

「當然不是，我為什麼要嘲笑妳？」

「你就從沒好奇過我的來歷嗎？」她咬牙道，彷彿這些話傷得她脣齒生疼，隨後又猛然將雙手高舉至他面前，「看清楚了，法蘭克，你給我好好看清楚了。」

「好、好，我在看了。」他希望她別這樣，這就像看著她傷害自己一樣。而且她聲音很大，若不謹慎些，會引得其他人側目相望。幸而他們都沉浸在祈禱中，似乎沒注意到這名舉著赤裸雙手、大聲嚷嚷的綠衣女人。

「看到了嗎？這世上會做那愚蠢喬裝的不只有白遼士。看啊，仔細看好我這雙手，你現在也想好好嘲笑我一番了嗎？」

就大小來看，她的手和其他人其實無太大分別，令他震驚的是她指頭中央的關節如紅鈕釦般高高鼓起，一路腫脹到整個指節；中指直挺挺的無法彎曲，大拇指卻又向右歪斜，看起來就好痛，那樣的一雙手。

「怎麼回事？」他的聲音幾乎細不可聞。

「關節炎。青少年時期開始發作的，只會越來越糟。」

她哭了起來，但只是悄聲飲泣，彷彿不想打擾到教堂裡的其他人。在她方才那憤怒的爆發之後，這是最令他動容的一點。這名美麗的女子因醜陋的雙手在教堂內嚶嚶哭泣，但仍謹記分寸，壓低音量，不想打擾他人。

「但妳手很巧啊——」

「老天，法蘭克，誰不會修削鉛筆機？在窗框上釘個釘子又是能難到哪去？」她從袖口抽出手帕，擤了擤鼻子。

他伸出手。她縮了縮，但他沒有退卻，任手停留空中。生意人離開了，兩名牧師也回到祭衣室。終於，她將手擱在他掌中。他用掌心覆著她的雙手，她的指節如小動物的脊骨般靜靜躺在他手中。那雙手熾熱異常。

「懂了嗎，法蘭克？你現在明白了嗎？」

她不希望自己是這樣的人。他明白了，不用再多說什麼。法蘭克看著伊爾莎·布勞克曼腫脹的雙手，目不轉睛，心裡只有滿滿的愧歉——他是如此耽溺在那份安全、安靜，誰也不傷害，起碼不會傷害到自己的愛戀之中，卻絲毫未曾留意她是多麼冀望他能看見的那一點。

教堂外，大雪欣然紛飛，掩蓋了一切。

C面

一九八八年，春

30 〈我不愛他〉

歡迎光臨！新裝修！新風貌！基特貼在櫥窗上的海報這麼寫著：**無CD！無卡帶!!僅售黑膠！歡迎入內，唱片行的大門永遠為您敞開!!!**

時序已進入三月的尾聲。自從那場意外降臨的瘋狂大雪後已過了五個星期，天候暖些了，白晝也漸長了。建築在陽光的照耀下閃閃發亮，有時白若骨骸，有時又橙若紅銅，有時還如玫瑰石般透著淡淡的淺粉。清晨時分，纖長薄透的雲朵會如金黃飾帶般橫亙食品工廠上空，裊裊煙霧消融在湛藍的天幕。

春意終於翩然而至，悄悄萌芽。樹木揮舞著嬌嫩的新葉。（**看看我們，法蘭克！看看我們！**）公園內的演奏臺也為了迎接夏日到來妝點了新漆，遊船不再只是靠岸停泊。城門區上的店家宣傳著夏季新品，酒吧外擺出了餐桌和陽傘。沃爾沃斯有一整面櫥窗都展示著《NOW 11》的CD，但要等到四月才會全面發售。

聯合街上，窗子開了，毯子晒著，洗好的衣物掛在晾衣繩上。天還未亮，鳥兒便啼囀啁啁，盧索斯老太太說牠們在她屋頂上築了巢。遠遠盡頭的那戶義大利人家為花園添購了座鞦韆架，那兩個穿著粉紅色外套的小女孩學會了要怎麼騎腳踏車。又有一間屋子被堡壘建設買下，掛起了他們的招牌，封起了門窗，所幸這次沒再見到新的塗鴉。盡頭那塊廣告看板也換下了，原本開心喝著咖啡的人們現在歡天喜地地指著新房子，也沒有人替他們添鬍子添角。堡壘建設又給聯合街上每一間店鋪、每一戶人家寄了封新信，邀請他們於五月初出席一場公開說明會，但沒有人展現半點興趣。

商店街的中央開始每晚亮起一面霓虹招牌——**唱片**行。上頭這麼寫著——只是接線時出了點小小差錯，現在常會燒壞法蘭克的保險絲。（安裝的工人保證只要一拿到新零件，一定會盡快回來修理。）新裝修的櫥窗前展示著五彩繽紛的唱片，每一張專輯都密封在塑膠包膜內，貼著寫有獨門介紹的手繪標籤。（艾爾加，《嘆息》：短曲，於第一次世界大戰前幾個月創作而成，可以在其中聽見烏雲聚集於歐洲上空。推薦給喜愛沃克兄弟的朋友!!!）外牆上的石塊依舊岌岌可危——基特的海報仍貼在街燈柱上——但封鎖用的膠條早已斷裂，議會那兒也沒再派人前來檢查。

店裡的左牆上裝設了新的木架，原本矗立中央的大桌換成了一座獨立式的大展示櫃。右牆邊也裝了展示架，只是施作到一半便戛然而止，因為木頭用完了，工人還在等新的材料送達。店門邊擺上了一座高科技櫃檯，該有的抽屜和櫥櫃通通沒缺。壞掉的地板換上了窄窄的新木片，只是那塊波斯地毯依舊在那兒——法蘭克實在狠不下心拋棄它。

他的唱機依舊放在店裡後方，夾在兩間試聽室之間。工人再三抱怨它們看起來有夠像臥房裡的家具（「它們**確實**是寢室家具沒錯啊。」基特說。），但勸都不用勸，法蘭克絕不可能汰換。

封膜機有了自己專屬的位置，就在通往樓上住處的門口對面。旁邊擱了張椅子，讓你能坐著等它嗡嗡運轉，將唱片嚴實密封。一件綠色大衣現在常掛在椅背上。

原本東拼西湊、雜亂無章的破店面，現在幾乎要成了一間設計精巧、時髦俐落的小店。店裡有上千張黑膠唱片，從七吋的暢銷單曲到稀有的收藏珍品一應俱全。現在什麼都齊了，就只等工人帶著材料回來完工。他再三保證自己一定會回來，而且會盡快——意味他的進度將和以前一樣捉摸不定，無法預料。基特已經在三次不同的情況下因為要找唱片而讓毛線衣給釘子纏上了，自己還脫不了身，得要有人救他。酒保彼特說一口氣先把工錢付清實在不是明智的決定。

法蘭克的瀏海又恢復成一如往常的狂野模樣，預借的現金也已花得一分不剩。不，實際上是已經超出了。所以他決定，與其回去見亨利，不如不要打開任何從銀行寄來的通知或郵件，畢竟春天到了呀。溫暖的天候和長長的白晝很快就會讓顧客蜂擁走進聯合街。光是上個星期，安東尼神父就賣出了十枚皮革書籤和一枚紙鎮，還有一名騎士請茉德在他上身刺滿愛心和花朵的圖樣。

「這是你的最後機會了，法蘭克。」一名業務打來警告他，「你確定你還是不想改變心意，進些ＣＤ？你確定要這樣孤軍奮戰嗎？我可以順道去你那看看，我有些很有意思的ＣＤ。大夥兒都很想念你，法蘭克。」

對，法蘭克重申。他已經打定主意了，他只要賣黑膠唱片。

♪

「我們之間沒什麼，就朋友而已，她都訂婚了。」他每天都這麼說。每一次都可以看見有眉毛挑起、上揚的嘴角，還有懷疑的目光斜斜朝他們的方向瞥來。

伊爾莎和他分享了她雙手的真相後，他對她就有了種不同以往的輕鬆與自在感。他已經離開那臺名為愛情的洗衣機，現正開開心心地等著晾乾。每晚就寢前、每早醒來後，它都依舊在那，留在原地等他，他的那份愛。沒錯，伊爾莎．布勞克曼是有理查了。沒錯，她和法蘭克永遠不可能在一塊，但這樣的愛對他正好，穩定又不會背叛。他先前究竟是在怕些什麼？這根本一點煩擾也沒有。

和法蘭克分享了她的祕密後，她似乎也不再那麼緊繃了。有時候，他會看見她那雙纖長的手臂環扣肩頭，猶如一條美麗的項鍊。她只是漫不經心地怔怔凝視，嘴角揚著恍惚的笑容。只要時間允許，她就會來到店裡，可能待上半小時，也可能待上整個下午，一切取決於她的工作。

「我只是想，我可以多花點時間在這臺封膜機上。」她會這麼說。如果是午餐時間，她會帶著三明治過來。有時候，如果她的手特別痠痛，可能需要花上很長一段時間按摩活絡。其他時候，那雙手是如此紅腫，讓人連看她抹乳液都會覺得心疼，但有些時候似乎一點妨礙也沒有。她已不再用手套遮掩雙手。

「我就知道妳的手是真的。」有天下午基特這麼說。

伊爾莎滿頭霧水，但仍微微一笑。

「我媽也有關節炎。」他說。

「她覺得很痛苦嗎？」

「不會，她還得了失智症，能記得起誰是誰就不錯了。她有大半時間連我爸都認不出。」

「太可憐了。」她喃喃道。

「我覺得她還挺喜歡那樣的。」基特回答。

聯合街上其他店主也都一樣。知道伊爾莎．布勞克曼的祕密後，大家都對她生出了股親近之意；當然，除了茉德之外。就像當年接納法蘭克般，他們也把她當自己人一樣悉心照料。盧索斯老太太給了她一條特別的乳霜，安東尼神父送了她一雙適合夏天戴的手套。她有次無意間提起那天是自己生日，威廉斯兄弟便垂著頭、帶著個花環出現。法蘭克買了瓶氣泡酒，還放了披頭四《白色專輯》中的〈生日快樂〉，眾人在音樂聲中舉杯祝她健康平安，她笑到停不下來。

接著又上了第四、第五、第六、第七、第八堂課。他向她介紹了海頓、金髮美女合唱團、布拉姆斯——《第一號鋼琴協奏曲》——（「這首樂曲就像暴風雨一樣，然後鋼琴聲出現了，妳會感覺彷彿走進了一片陽光灑落的林間空地。」）；還有音樂神童莫札特、瓊妮、艾拉、寇帝．梅菲、巴布．馬利、奇可樂團（聽的時候根本不可能好好坐著。）；還有冰島合唱團演唱那莊嚴恢弘的讚美詩歌《聽，天堂的創造者》（「喔，老天，法蘭克。」之後她對他說，「那感覺就像被無數雙手高高舉起。」）；韓恩的抒情曲，包括他的《致克洛莉絲》（「它就像是一場音樂的時空旅行。」他說。）；以及蕭士塔高維奇與更多的J. S.和艾瑞莎。

法蘭克和伊爾莎兩人在唱歌茶壺時，就是不停地聊著音樂。無論他給她什麼唱片，她總是迫不及待地想要聆聽；聽完後，她會分享就連他也沒注意到的細節。他們聊得暢快不已、開心激動，兩人總有說不完的話，常會爭先恐後地開口。除了每次必點的茶和加冰果汁外，女侍還開始親手準備熱騰騰的料理，有一週她試做了羊排，隔週則是牛肉餡餅。若有其他客人推開店門——不過這機會非常罕見——她會用讓人打從心底發寒的粗魯口氣告訴對方：「打烊了。」甚至連頭都沒抬上一抬。但她不知何時開始，決定了自己很樂意繼續服務法蘭克和伊爾莎，並且樂在其中；或起碼兩人需要她，就像轉動線軸需要小小的鏈輪一樣。法蘭克有時甚至會發現，她似乎也在餐館後方聆聽他們談話，一張臉興奮地汗溼通紅。

上完課後，他們又開始會散上好一會兒步，而且越走越遠，甚至會走到舊碼頭區——堡壘建設也在那兒立起了圍籬和招牌，不過仍然只是一片除了海鷗外什麼也沒有的荒地——或者兩人有時會走到大教堂，穿過公園，她會聊起夏日的野餐。在他眼中，城裡所有一切都變得如此美麗、如此有趣，那些平凡簡樸的小小褐屋、毒蟲流連聚集的鐘塔、荒廢破敗的倉庫；甚至是隨風飄送的惱人洋蔥味和起司味都彷彿可愛了起來。粉紅色的花朵在樹上搖曳；小鴨崽在湖裡游泳，好似有人在背後拉線操縱牠們一樣。空氣暖洋洋的，又還不至於炎熱。

「你是怎麼做到的，法蘭克？」她有次這麼問。那時兩人正穿過公園的演奏臺，準備找個地方欣賞夕陽。「你怎麼知道大家需要什麼音樂？」

他承認自己也不知道，從他有記憶以來就一直是這樣。

「這叫『以毒攻毒』。」她緩緩地說，宛若讀著暈紅霞彩上的字幕。「有什麼音樂是你**不能**聽的嗎，法蘭克？」

「《彌賽亞》的〈哈利路亞大合唱〉。」

她笑了起來。但光是說出口，都令他腹部一陣翻騰，好像給人掏空了般。「我是認真的，」他說，「那是佩格最愛的一首曲子，我這輩子都不想再聽到它，我想我會崩潰。」

♪

但在店裡，兩人的表現完全不同，幾乎不會開口交談。對法蘭克來說，只要能和伊爾莎同在一個空間就夠了：她在封膜機旁、他在唱盤後。是基特開始問起那些他選擇避而不談的問題。

「妳住哪，伊爾莎．布勞克曼？」

「不遠的地方。」

「租的嗎？」

「*Ja*。」

「房子好嗎？」

「不錯吧，我想。」

「大嗎？」

「普通。」

「和未婚夫一起住嗎，伊爾莎．布勞克曼？」

「你不用喊我全名，叫我伊爾莎就好了，要不聽起來好像陌生人一樣。」

基特輪流踮著兩腳跳來跳去，他每次覺得難為情或準備坦承什麼天大祕密時都會這樣。他解釋自己正在學德文，從圖書館借了書和教學錄音，問題在於唱片上有刮痕，所以針頭總是一路從第一課滑到第六課，從基礎的打招呼直接跳到「醫院對話」。所以他現在會說「你好」、「晚安」、「*Ich heiße Kit*[1]」等等之類的短句，還有「預產期在一月」。

幾個星期以來，他還問了其他好多問題，也是每當茉德、安東尼神父、威廉斯兄弟，甚至是盧索斯老太太齊聚在英格蘭之光時會問的問題。每次法蘭克聽到了總是聳聳肩，堅稱這些問題無關緊要，沒必要打聽，他和伊爾莎就是分享音樂的朋友，其他的無須多問。但聽到這些問題時，伊爾莎似乎很是開心。

甚至慶幸。

實際上，她已經做好準備，可以毫不猶豫回答這些問題。

她來英國多久了？一月到的。她英文為什麼這麼好？學校學的。她來之前是做什麼的？也沒什麼。她喜歡英國嗎？喜歡。為什麼會來？換換新環境，試試新生活。她有其他兄弟姊妹嗎？很想要，但是沒有。她父母是做什麼的？爸爸是雜工，媽媽是家庭主婦。她最喜歡什麼顏色？紫色。紫色？開玩笑的，是綠色。（哈哈哈，基特笑了起來，「好好笑。」）她現在做什麼工作？猜猜看。老師？不是。醫師？不是。電影明星？

她笑答：「我是清潔工。」

好像她拿吸塵器是什麼無敵滑稽的畫面一樣，光想基特就笑到狠狠打了好幾聲嗝，她還得上樓倒水幫他緩氣。

「那妳婚禮在什麼時候？」

「婚禮？」

笑聲戛然停止。她不再嬉鬧，筆直朝法蘭克望去。他拿起耳機，但無論他怎麼要自己投入音樂，她的聲音始終有辦法鑽入他耳中。她放慢說話的速度，語調一如往常地謹慎，就像跟隨路上的石子，小心翼翼地唸出展現眼前的字句。

「我也不知道，基特，事情很複雜。家父身體不好，我也很想念我母親，說不定我得回家一趟。」

「妳未婚夫現在在哪？」

「他，呃，在外地。」

「外地？」

「對啊。」

「所以他沒和妳一塊住？」

「沒有。」

「那妳為什麼會想讓法蘭克給妳上音樂課？」

「喔，不好，這膠膜裂開了。」她從封膜機中抽出唱片，又撕了段新的膠膜，重新放入機器中。這回的成品完美無瑕。她抓起她的綠色大衣，一句話也沒有，就這麼離開唱片行。

1 德文，「我叫基特」之意。

自從伊爾莎・布勞克曼在唱片行外暈倒之後已經過了三個月。法蘭克沒問過她為什麼會暈倒，也沒問過她住哪兒、做什麼工作，或是她未婚夫在哪兒、做什麼工作，甚至連他們打算什麼時候結婚都沒問過。他知道她有關節炎，對他來說這就夠了。況且，他愛她，這輩子永遠都會愛著她，這些旁枝末節早已無關緊要。

第九堂、第十堂、第十一堂、第十二堂課。他給了她范・莫里森的《維登・佛利斯》、尼克・德瑞克的《剩下五片葉子》、滾石合唱團、雷蒙合唱團、巴布・狄倫、舒伯特、合成牙合唱團、《金斯利史瓦茲新曲精選》、格雷安・帕克、史提利丹合唱團的《喜出望外》，以及更多的J. S.、更多的艾瑞莎。

但當他試著聆聽她的時候呢？

一樣。除了靜默外，什麼也沒有。

31《黑豹》[1]電影主題曲

先是腳踏鈸噔、噔、噔的節奏，然後是吉他哇哇的弦聲，再接著是整整一分鐘的鋼琴、長笛、活力四射的小號、強勁的貝斯、鈴鼓，以及英雄般瀟灑豪邁的管弦樂。樂曲如奔流入海的河水不斷積累，直到——**薛夫特**——終於，艾薩克．海斯那如貝斯般平滑如絲的聲音出現，加入旋律，彷彿豪華大遊艇上最酷帥有型的一名男子。他不僅是忠誠的朋友、致命的敵人，更是個溫柔的情人——

沒錯。

基特搖頭晃腦、神氣活現地穿梭在一排排黑膠唱片之間。忠誠的朋友，致命的敵人，溫柔的情人。

---

1 Shaft，美國一九七一年出品的電影，台灣中譯片名為《黑豹》，主角是名叫約翰．薛夫特（John Shaft）的私家偵探。哈林區一名幫派分子的女兒遭義大利黑幫綁架，於是聘請薛夫特出面救人。

薛夫特！

他拿起艾瑞莎的唱片，放在阿爾比諾尼旁邊。

厲害吧？

他走到封膜機前，按下開關。

就是我。

封膜機呼呼作響，刺鼻的塑膠燒焦味越來越濃烈。

閉上你的嘴。

基特驚呼出聲，趕緊關上電源，回頭當他那致命的敵人。

薛夫特！

有時候，基特喜歡假裝自己是個超級有名的大人物。在他要替母親取藥，或要叫醒父親時——忽然間，他會想像有臺攝影機迅速自身後拉近，他可以聽見艾薩克．海斯的歌聲，然後是一名男演員用低沉的聲音描述：「**基特正要去拿母親的藥丸。基特正要喚醒父親。**」當有攝影機和艾薩克．海斯出現腦中時，他的生活彷彿變得比較有意義。

整體來說，基特明白世上無時無刻都有事情在發生，只是似乎都與他無關。無論他多努力，始終都成為不了其中的一分子。他自己也好奇這是從什麼時候開始的。**有什麼能為您服務的嗎？**在店裡他也會這麼詢問，就像法蘭克那樣，只是客人不會跟他傾吐心聲、侃侃而談，反而往旁退開，藉機溜出大門。所以他會發出奇怪的聲音，提醒大家他的存在，讓他們知道他不具任何威脅，只是個有趣的傢伙。起初只是好玩，但後來不知怎地越來越嚴重，現在，他有大半時間連自己究竟在做什麼都不曉得。這種等著自己被接納的感覺令他緊張不已，所以兩手便抖了起來，有時候甚至會抖到他還得假裝是因為太冷了。又或者他會忽然跳起，發出奇怪的聲音，但只會讓事情變得更糟糕，因為現在所有人都轉頭向他望去，好像他怪上加怪一般。但他想做的，不過是模仿法蘭克而已。

安東尼神父告訴他，並不是每個人聆聽的方式都一樣，他必須找到自己的方式。跟祈禱有點像，他說。

但這點基特也不擅長。

他不知道法蘭克是怎麼聽到每個人心裡的音樂的。有時候，基特會努力聆聽，拚命到覺得自己耳朵都拉長了，但還是什麼也聽不見。當他聆聽父母時，聽見的只有電視聲；聆聽安東尼神父時，聽見的是老人的呼吸聲；聆聽威廉斯兄弟時，他什麼也沒聽到，只聞到髮油的氣味；而聆聽茉德時，通常只會聽到她怒問他是他媽的在看什麼？

他是如此沉浸於這些問題，並同時假裝自己是薛夫特，那名複雜的男子，以至於沒聽見店裡走進了名新客人。

「哈囉，基特。」

是她。伊爾莎・布勞克曼。

她笑了起來。「你沒事吧？我只是來找法蘭克的。」

基特慌忙跑到唱盤前，抬起唱針，但因太過著急，一時失手又滑落了，讓「所有女人的性感機器」這句歌詞發出刺耳的摩擦聲。

「他去買新標籤了。我幫忙顧店。」

「需要幫忙嗎？」

她脫下大衣和手套，雙手看起來又紅又腫。

「不用了，法蘭克不在時，我什麼也不能碰。」

她又笑了起來，好像他真的很幽默一般。這當然是件好事，只是他並沒有在開玩笑，他是認真的；再認真不過。

這也是基特想知道的另一件事：他什麼時候才能停止弄壞東西。

她看著他。基特擔心她會問起薛夫特是誰，或是那股仍從封膜機飄散而出的古怪燒焦味。狗急跳牆之下，他脫口問出第一句閃過腦中的話。

「妳未婚夫今天好嗎？」

她臉紅了起來，深深嘆了口氣，用力到如果她體內還剩任何空氣簡直就是奇蹟。

「老天。」她喃喃道，「*Ich wünschte, ich hätte es nicht gesagt*[2]。」

他完全不曉得她在說什麼——他的德文始終停留在基本的打招呼和醫院內會用上的對話——但她是如此美麗，外套袖口捲至手肘，一綹髮絲鬆散垂落。他愣愣注視著她。就連看著她時，基特也知道有某種東西，伊爾莎．布勞克曼的某種特質，是遠遠超出語言能描述的。輕柔、悅耳。他忽然感到一陣腎上腺素上湧，然後是令人暈眩的墜落。就像什麼也沒有一般。

「基特？」她問，「你還好嗎？」

他聽見了。他聽到了她體內的旋律。那是世上最寂寞、最悲傷的一曲小提琴。

她愛法蘭克。那就是她的祕密。

2 德文，「真希望我沒提過這事」之意。

32
雨滴

雨絲來得輕柔，不若冬雨那般會浸溼人衣裳，讓你覺得冰寒刺骨，而是一面綿密的水幕，悠悠灑落屋頂與石子路。暖意融融，雨一停，一切很快又會恢復乾燥。即便看不見，你也將能聞到青草與綠葉清新芬芳的氣息瀰漫在這座城市之中。

「再說一遍。」伊爾莎・布勞克曼坐在唱歌茶壺的老位子前說，「我好喜歡那故事。」

於是法蘭克又說了一次蕭邦和他《降D大調十五號前奏曲》的故事。他說的時候，她便托著腮，靜靜凝視窗前的雨幕。他告訴她，蕭邦與愛人一同去了西班牙的馬約卡島，因為他身子不適，需要陽光，但到了那兒後天氣卻差得不得了。兩人在修道院租了間能俯瞰橄欖園的小室，蕭邦等了好幾個星期，等著他的鋼琴送達，心底益發寂寞。法蘭克說，十五號前奏曲同樣也講述了一個故事——聆聽的時候，他可以看見雨水落在屋頂、看見橄欖園，還有一座種植檸檬樹的小小花園。他起初聽見輕柔的雨聲，滴滴答答，隨後滂沱了起來，四面八方無一不是雨幕、無一不是雨聲，然後再次地，又是那窸窣的水滴聲，滴答、滴答，直到最後一顆雨珠落地，如此溫柔、如此確切，你幾乎無法想像從今以後還會再落下任何一滴雨。不過它同時間也是一首情歌，他說。

「起碼我是這麼認為的。」

「為什麼，法蘭克？」

「因為它是一首關於等待的曲子，在一個幽微的小空間內默默等待。」

「你會這樣等你愛的人嗎？」

「我會。」他回答，「妳呢？」

「會，」她說，「我會。」

這段時間內，雨勢不曾停歇，猶如蕭邦的前奏曲。點點雨珠打在窗上，細流潺潺，循著玻璃蜿蜒而下，終至不見。

♪

之後，兩人信步來到公園湖邊。這兒幾乎不見其他人跡，伊爾莎給船伕付了錢，法蘭克解開天鵝船的纜繩，踏進船裡，這回站得穩穩的。他伸手要扶伊爾莎。她跟著上了船，靠著椅背坐下，法蘭克將身子往前探，兩人的重量便可在這小船內攤得恰到好處。他拿起一支槳，她拿過另一支，協力將小船划至湖水中央，沒有人開口，沒有人出聲。湖水灰藍，映著天光與樹影，雨點灑落，放眼所及盡是一窪窪的漣漪。他們在船上坐了良久，只是看著綿綿雨絲，嘴角含笑，她握著一支槳，他握著另一支。到了此刻，兩人的頭髮都已溼到如塑膠般貼在頭皮上，她肩上的大衣也不再像是綠色，而是黑色。但他們依然留在湖心，直到雲層消散，夕陽探出頭來，而身旁所有的一切，每一片樹葉、每一片青草，還有遠方的每一座屋頂，都如寶石般晶瑩璀璨。

「你還記得嗎？」她問。

「記得。」他說。

他笑了。

她也笑了。

「如果這一刻能永遠，那該有多好啊。」她說。

33 〈起來吧，捍衛你的權利〉

幹你娘，滾。***NF***。

五月初的一個星期二早晨，牆上又出現了更多塗鴉。聯合街上的居民打開窗簾，看見到處都是不堪入目的字眼。人行道、牆面、廢墟旁的廣告看板還有店櫥窗，都被噴上大大的標語，安東尼神父的門上甚至寫了**愛爾蘭廢渣**，好幾棟屋子外牆還被畫上納粹標誌。一名街坊說他聽見聲音就衝了出來，但除了一群穿著連帽外套、小混混樣的孩子朝城門區跑去外，他什麼也沒看到。他們有可能是任何人，眾店主決定在英格蘭之光召開一場緊急會議。

所有人都到齊了：威廉斯兄弟、盧索斯老太太和她的吉娃娃、法蘭克、基特、茉德，還有安東尼神父。那些老頭常客們坐在吧檯前，三齒男唱著一首有關狗的歌，髮捲女士抽著根想像中的菸。法蘭克整天都在屋外清洗塗鴉，現在已是筋疲力盡。而且，他已經三天沒見到伊爾莎了，想來應該是忙著和未婚夫在一起，但他就是坐立難安。

「那些小鬼是哪來的？」盧索斯老太太問，「為什麼要這樣破壞我們這條街？」

安東尼神父聳了聳肩。富者越富、窮者越窮的時候，就是會發生這種事，他說。不只是聯合街，城裡全是這樣。人們失去得越多，就越會彼此鬥爭，人性就是如此，他這麼表示。

「鐵娘子應該要恢復徵兵制的，」酒保彼特說，「好好教訓這些小鬼；還有體罰。」

「喔，這還真是好主意啊，」茉德說，「因為他們不學好，不如全部打包送上戰場去，一個個吊在那兒，這樣一來就天下太平了。」

「現在情況糟到我們晚上都不敢出門了。」其中一名威廉斯兄弟說。

「我們是不是都該裝個鐵窗，法蘭克？」

「誰有這個錢啊，」茉德說，「我連中央暖氣都裝不起了。」

「他們下回說不定就破門而入了，可能還帶刀或什麼之類的。」

基特提議每間店都該裝上好幾個警報系統，這樣一發生什麼緊急事件，大家就可以彼此聯絡。茉德告訴他，他們已經有這種系統了，那就叫電話。酒保彼特又說，那組個民防隊呢？自己的社區自己救，大家晚上輪流巡視聯合街，留意有沒有什麼不尋常的動靜。不會真對宵小造成什麼嚴重的人身傷害，但可以提根球棒，或許再穿上某種制服之類。有沒有人自願？

店主們都愣愣看著他，好像他剛從天花板掉下來一樣。

威廉斯兄弟手握著手，盧索斯老太太指出他們這兒是聯合街，不是哈林區；安東尼神父倒是笑了起來。只有基特忙不迭高舉手臂：「我自願、我自願，彼特！」

之後，酒保就沒再提起民防隊的事了。「但有誰會在安東尼神父的店外，噴上『**愛爾蘭廢渣**』五個字啊？他明明就是從肯特郡來的。」

「這是常有的誤解。」安東尼神父說，「很多人以為所有牧師都是從愛爾蘭來的。」

「耶穌就是愛爾蘭人。」基特說。

他忽然天外飛來一筆。除了等風頭過去、重啟話題外，眾人無話可說。「醒醒吧，」茉德說，「聯合街已經完了，早該有人當機立斷的，早死早超生。花店老闆走得對。」

「如果花店沒有收掉，我們也不至於淪落到這地步。」酒保彼特說，「一旦有人離開，大家就會開始跟進，就像骨牌一樣。麵包店關門時，我們就該料到的。」

法蘭克煩躁不已。「我不知道你們幹嘛都說得像事情已無可挽回一樣。為了整修，我把**房子**都押進去了。再等幾個星期，新顧客就會源源不絕湧進。再說，我們可是很重要的，我們這兒有主街上買不到的東西。在這裡，客人才有機會找到自己**真正所需**。我們是一個社區共同體——」

店主們大膽地、默默地、禮貌地望著他。

「總之，我要走了。」他說。

「走？」茉德惡狠狠地問，「你是要走去哪？」

有時候，法蘭克會懷疑茉德是不是把他腳下的地板給抽走了，即便他仍牢牢站在上頭。

「都快五點半了，我要去上課——」

茉德看著他，臉上表情猶如被蜂螫到。「但堡壘建設等一下要在這裡開說明會，不到一小時就要開始。」

「我還以為沒人有興趣。」

「經過昨晚的事之後，大家想法不同了。」其中一名威廉斯兄弟說，「我們都嚇壞了，法蘭克，得聽聽他們有什麼話要說。」

「你得取消課程。」茱德說。

「她在等我啊。」

「那就打給她呀。」

法蘭克努力裝出一副泰然自若的輕鬆模樣，但沒能控制住語調，粗嘎地說：「坦白說，我沒她電話。」

「還以為你和那個綠衣女是**朋友**咧。」茱德挑起眉毛，高到你幾乎想不起它們原本的位置，接著又喃喃自語了一句，「她幹嘛那麼神祕？是有什麼不可告人的祕密？」

聽到這話，基特開始發出尖細的叫聲，好像被人塞住了嘴巴一樣。他緊緊抓著自己的椅子，臉色變得危險通紅，想來是拚了命地要把話嚥回喉頭。「嗯，嗯，嗯，嗯。」他繼續發出語焉不詳的聲音。

就要五點半了。在經過這場意義不詳又毫無結論的談話後，他有四分鐘的時間跑到平時在有強勁風勢的幫助下也要九分鐘才能趕到的地方——微風的話則要十五分鐘。他表示自己只是要趕去餐館，向伊爾莎解釋情況，六點半就會回來。

跑步對法蘭克來說並不是什麼與生俱來的本能。他高大笨重，無論跑多快、雙腿多努力移動、雙臂如活塞般揮舞、帆布鞋啪啪啪蹬在人行道上，他似乎就是無法達到一般人做這些動作時該有的速度。他被一身萊卡新裝備的慢跑者超了好幾次車，踉蹌跑過一排攤販——有個攤子在賣廉價CD，民眾像孩子般群聚圍觀。巷子裡飄散著醉言醉語，警笛聲大作。他只需要去看看伊爾莎．布勞克曼好不好，並解釋說明會的情況。

在對方還沒看見你之前先看到他，是觀察一個人的大好機會，因為你可以看見在少了自己的情況下，對方原該是什麼模樣。法蘭克匆匆跑過通往唱歌茶壺的鋪石小巷，只覺上氣不接下氣，天旋地轉、兩眼昏花。最後，他終於抵達餐館的玻璃門前，打烊的招牌已掛在窗上。這時候，他覺得自己彷彿是第一次見到伊爾莎。她等在窗邊的老位子前，翹著腳，腮幫子托在手上。就算他沒跑了整整九分鐘，也同樣會覺得無法呼吸。

一見到他，她立刻跳了起來。「我還擔心你是不是不來了——」

他趁著女侍整理桌面時，向她解釋了新塗鴉和堡壘建設說明會的事。女侍自信滿滿地告訴兩人，今晚的料理她已準備整整一天。

「對不起，真的很抱歉，」法蘭克說，「但我今晚無法用餐。」

「但她有壞消息要告訴你啊，」女侍回答，「而且這道料理很快的，不花時間。」

即便他打定主意只留五分鐘，最多十分鐘，但餐館內卻彷彿發生了什麼奇妙的事。時間宛若放棄了走動，就像和伊爾莎在湖上時那樣——外在世界只是遙遠岸上的燈火，他們兩人存在於自己的天地間，無法企及，不受打擾。

她說：「我父親的健康又惡化了，母親希望我能回家。」大顆的淚珠懸垂在她大大的眼眶。

「什麼時候？」

「我希望能再多待幾個星期。」

「妳還會回來嗎？」

「我不知道。」

「但——」

「怎麼了？」

「我們的音樂課怎麼辦？還有那臺封膜機。」他笑了幾聲，表示自己是在開玩笑，但她只是幽幽嘆了口氣。

「我不知道，法蘭克，這得看——」

但話還沒說完，她就被打斷了。推門砰地打開，一大團猛然滋滋作響的煙霧緊跟而出，沒多久就瀰漫整間餐館。

「小心燙！」那團煙霧大喊，神奇的是聲音像極了那名女侍，就連伊爾莎．布勞克曼都彷彿消失在白茫之中。

「這是正常的嗎？」法蘭克大聲問。

煙霧高聲回答說食譜沒特別寫到這點，隨後補了聲：「**請慢用！**」

他們澆了杯水，滋滋作響的食物便冷靜了下來——但無論它到底是什麼，都已經焦到面目全非、無法辨識——然而此時此刻，他坐在這，面對一盤熱騰騰的料理，聽著深愛的女人說她即將遠行，身旁還有名對業餘烹飪有著危險熱情的苦惱女侍，而堡壘建設卻在城門區另一頭豎起旗幟、張貼海報，重申自己要收購聯合街的意圖。法蘭克朝時鐘瞥了一眼，脫口而出第一個閃過他腦中的念頭。

「跑。」

「跑？」伊爾莎和女侍異口同聲地反問，「你在說我們嗎？」

「對，」他大吼，「就是現在，快跑。」

♪

茱德在英格蘭之光外頭抽菸，臉上神情既緊繃又恐懼，與其說是在抽菸，不如說是啃菸。

「你死到哪去了？」她上下打量伊爾莎，「裡頭已經擠得水泄不通了。你最好想個辦法，做些**什麼**。還有，這戴帽子的女人又是誰？」

「我是餐館的服務生。」（女侍回答。）

酒吧內，人潮洶湧到所有人動彈不得，嘈雜的交談聲宛若蜂鳴。法蘭克想不透這樣一個破敗老舊的死胡同內，怎麼會忽然冒出這麼多從來沒見過的打扮。所有人都穿得像是要去參加什麼雞尾酒派對，男人穿著絲絨外套、女人穿著洋裝，學生將頭髮梳得整整齊齊，還有幾條綁著牽繩的狗兒。髮捲女士頭上包了條絲巾，遮住髮捲，就連三齒男都借了條領帶。

所有人都在談論夜裡的塗鴉，說現代人一點都不懂得尊重了。桌子被推至一旁，擺上一排排椅子，窗戶潔白如新。顯然自從皇室婚禮後，這兒的生意就沒這麼興旺過。最前頭擺了張桌子，還掛起了一大幅投影所需的銀幕。到處都可看見印有堡壘建設標誌的旗幟與大型海報，海報上的人依舊一面開心喝著咖啡、一面指著新房子。

法蘭克試圖突圍，但前進不了多少。威廉斯兄弟坐在前排，安東尼神父和基特同擠在一張椅子上。盧索斯老太太坐得遠一些，因為她的吉娃娃看另一頭的一隻貴賓狗不順眼，一靠近就要齜牙咧嘴地大呼小叫。吧檯前的幾名常客讓出兩個位子給伊爾莎和女侍。

原來堡壘建設不只是一車穿著飛行夾克、出現在空屋前面封鎖門窗的男人。這次來的四名男性都穿著類似的灰色西裝，臉上毛髮濃密程度各有不同——其中一人蓄著鬍鬚、一人童山濯濯，手裡拿塊寫字板；另一人留著撇八字鬍，手裡拎根短棒，最後一人則蓄有鬢角。他們低著頭，走至前排的桌子前。因為熱，他們把外套都給脫了，掛在椅背上。其中一人——也就是毛髮最多的那個——站定之後請大家靜一靜，稍安勿躁，他們有話要說。他聽起來很緊張，過了好幾分鐘後，大家才意識到說明會開始了。首先，他要感謝大家踴躍出席，他們原本以為只會來幾個人而已，真的，他們覺得受寵若驚。（同時還做了個謙卑合十的手勢。）他歉然表示這場說明會不會耽擱太久，堡壘建設只是想和大家打聲招呼。（鬢角男揮了揮手，**大家好**。）結束後吧檯將提供免費飲料，算是堡壘建設的一點心意。

彼特在吧檯後高喊：「我們只是來喝**啤酒**的。」眾人哄堂大笑。

堡壘建設想先自我介紹一番。他們是家建設公司——（「噓！」一名將滿頭髮辮用髮圈紮起來的學生發出響亮的噓聲。）——但與其他建設公司不同的是，他們關心的是**人**，致力於改善內城區的居住品質，並十分樂意舉例說明——說到這，那名手持短棒的男人按下開關，畫面如變魔術般出現在他們身後的銀幕，顯示有：一，一棟房子；二，一名對著房子微笑的女性；三，房子內一間相襯的酪梨色浴室；四，房子內一名上下顛倒的男人。

「抱歉，」短棒男說，「這張幻燈片放反了。」

聽眾禮貌地歪過頭觀看圖片。

現在，換寫字板男發言了。他表現得像是他們的一分子般，風趣、幽默，說自己也是在這樣的一條街上長大，也在轟炸遺址玩耍過，總是去街角的小店買雜貨。他知道這對他們來說有多不容易。

大夥兒紛紛點頭附和：「沒錯、沒錯。」基特看起來甚至要把頭給點斷了。

他接著又說，聯合街已註定要畫下句點了，議會已決定要將此處拆除。幾個人表達出震驚之意——他們第一次聽說這消息——但他立刻進入下一個話題，表示堡壘建設願意以高於市價的價格收購他們的房產與店鋪。

威廉斯兄弟舉手，同時站了起來，結結巴巴地說他們一家已在這條小小的聯合街上住了好幾個世代。大家專心聽著。對，眾人連聲附和，這兩位老先生說得沒錯，大家都愛這條街，有些人自小就住在這兒了。接著，一名代表遊民的女性也站了起來，說起城內的居住危機。沒錯，這是條小街，但是有公寓、有套房、有房間可租，你們不能就這麼把人攆出去，還慷慨激昂地表達青少年娼妓和毒品濫用的問題。又有一名男性起身分享了個有趣的故事，說他們的連排公寓雖然只有兩間臥房，但他和妻子都相當自豪能在這拉拔六個孩子長大。三齒男忽然唱起一首民歌，只是內容其實和街道無關，而是關於一輛火車。不過他歌聲優美，而且不用說，他只剩三顆牙，所以大家還是聽他唱完。

之後，寫字板男要求換下一張幻燈片。這次圖片中顯示的是一塊落石的特寫。

意外很快就會發生，他說。若石塊是從你家屋子落下，好吧，他聳了聳肩，那就只能祝你好運了，因為你將擔負起損害賠償的責任。

威廉斯兄弟交換了個忐忑的眼神，坐回原位。

現在，輪到鬢角男上場了，他請大家再多擔待幾分鐘。

這裡顯然是個非常棒的社區，沒有人能否認。但城裡還有其他一樣優秀的社區，有人認真聽過碼頭那兒的新建案嗎？那兒的地產將會是筆極好的投資，堡壘建設不僅會收購聯合街上的產權，還會提供絕佳的貸款利率，現在幾乎可說是免費奉送。

實際上，鬢角男已聽說了聯合街的近況，必須承認自己已心生警覺。若他是這裡的住戶，恐怕再也不敢在夜裡出門，畢竟還發生了搶案——

「搶案？」法蘭克問，「什麼搶案？」

他不是唯一的一個。其他人也面面相覷，交換困惑的眼色。

發言人致歉，表示自己無意提及搶案一事，顯然警方仍在調查中。

儘管他出言安慰，大家臉上還是流露明顯的不安。彼特在吧檯後搖了搖頭，彷彿這是最後一根稻草。

「坦白說吧，現在已經是**一九八八**年，不是一九四八年。現在，我們是有**選擇**的。你們無須逆來順受，你們能夠擁有更多。」

說到這，短棒男又按了下遙控器，一群白人開心喝著咖啡的畫面出現在大大的銀幕上，伴隨大衛．鮑伊高唱「改——改——改變——」的歌聲。

他自己開始鼓起掌來，基特也是。他現在已經完全分不出到底誰才是好人、誰又不是。沒多久，酒吧內幾乎所有人都跟著拍起手來。

法蘭克感覺到自己的下背部被什麼銳利的東西戳了戳。是茉德的指甲。

「你倒是說話啊！」她壓低音量厲聲道。

他看見伊爾莎．布勞克曼憂心忡忡地看著他。

他扯開嗓門高喊：「我們是一個社區共同體。」

沒有人聽見他。

「大聲點。」茉德又厲聲催促。

他揮舞雙臂，又喊了一次：「嘿！我們是社區共同體。」

後排的幾個人轉頭向法蘭克看來，好像他是什麼令人尷尬的搗亂者。

法蘭克根本不知道自己要說什麼，只是想著他和伊爾莎．布勞克曼談論音樂時心裡的感受。他緩緩開口，發自肺腑地說：「一間店就像黑膠唱片一樣，你必須細心照料它，社區亦然……」

之後的事法蘭克只覺一片模糊，想不起自己究竟說了什麼，也搞不清這些年來他的表達能力是藏到了何處。他只記得人們紛紛轉過頭來，想知道是誰在說話，而有好長一段時間他什麼也沒說，或起碼說得斷斷續續、語無倫次。他好像說了什麼生活並不總是容易，也不完美，還將社區比擬成一個巨大的破碎家庭——從他那奇異特殊的童年經驗看來，這尤其令人不知所措。他掃視擁擠的酒吧，望向一雙雙充滿死寂與靜默而且深不見底的黝黑大眼，繼續訴說。

「十四年前來到這裡時，我一無所有，真的非常、非常地迷失。然後，我找到了這條街。沒錯，它確實老舊、殘破，毫不起眼，甚至還有人養了頭羊——（「喔，是我！」前排一名女性大喊，引得眾人哄堂大笑。）——但你們是如此親切，在我裝修店面時，每天都有人說要來幫我。我沒有要求，你們就這麼主動出現。這就是聯合街最大的優點，就是這份凝聚力讓我們緊緊相繫。沒錯，我們是面臨到了問題，但這麼多年來，我們總是靠著彼此聆聽、幫助彼此一次次度過。如果我們只是因為害怕或誤以為生活很簡單、一點都不複雜，就把這一切拋諸腦後，那麼我有個不祥的預感，這將會是個天大的錯誤。」他可能還說了什麼「你必須留意自己將失去什麼」之類的話，但完全不敢肯定自己到底想說什麼，他的聲音因各種混亂的情緒和恐懼而搖晃顫抖，舌頭彷彿自己掛在嘴外，而且熱到他滿臉大概紅得像緊急按鈕。如果他所說的真和他想像中一樣——也就是上述的內容——那就算他走大運了。

說完，基特又開始熱烈鼓掌。有些人閃得離法蘭克遠遠的，但盧索斯老太太哭到不能自已，只能趴在他肩頭，小狗緊緊擠在兩人之中；安東尼神父和他握了握手，說他從沒感到如此光榮過。「我有語無倫次嗎？」法蘭克問。老牧師向他保證，雖然他無言結巴了好幾回，但大家知道他想說什麼；居民來到法蘭克的面前，拍拍他肩膀。說得好，他們贊同。他們會全力支持他，絕對不會離開聯合街。他們是一體的，大家都愛這條街，必定會團結一心。就連茉德都露出大大的笑容。

大家都盡情享受堡壘建設提供的免費啤酒。部分人留了下來，和那幾名灰衣男又多聊了會兒——基特問寫字板男要怎麼使用投影機——但大家都同意這晚是屬於聯合街的，未來也是。

散會後，法蘭克和伊爾莎．布勞克曼陪女侍走回唱歌茶壺。空氣裡有種香甜的芬芳，是城市繁忙了一整天後的味道。枝枒上樹葉輕輕搖晃，教堂溫柔挺立於朦朧昏幽的天際。他覺得筋疲力盡，但又感到說不出的歡喜。

兩名女士手挽著手，笑談今晚發生的事。到了餐館門口，女侍說她只要把餐具清一清就要回家了。

「我下週打算做些歐洲料理。」她說。

伊爾莎．布勞克曼沒再提起她父親或回德國的事，只是摟了摟女侍，信誓旦旦地保證她非常期待下週的佳餚。

然後她轉向法蘭克，湊上前在他臉上輕輕一吻。

「你今晚表現得棒極了，」她說，「完全不像座孤島。」

♪

翌日下午，葬儀社的威廉斯兄弟來到唱片行，問能不能私下和法蘭克說句話。

兩兄弟褪下帽子，緊盯內裡的標籤，彷彿不確定那究竟是不是他們的一樣。

「我們去見了堡壘建設的人了。新房子會有適當的暖氣和其他設備，而且真的是一筆很好的投資。」

另一人接著說：「你也聽到搶案的事，現在所有人都議論紛紛——」

「但那只是**空穴來風**啊，聯合街上沒發生過什麼搶案，你們也清楚的。」

兩兄弟咬唇搖了搖頭。「我們沒辦法再這樣下去了，法蘭克。是該離開的時候了。」

他們也確實離開了，但並不像麵包店的諾維克先生那般，一夕之間消失無蹤；也不像法蘭克當初預料的那樣，是躺在雙人棺中抬出去，而是坐在本地一輛後照鏡上掛著對毛茸茸骰子的迷你箱型計程車中離去。他們會先去蘇格蘭的姊妹家中住一陣子，兩人已經好幾年沒放過假了。

葬儀社門窗深鎖，但這一次沒有人守夜。沒有椅子、沒有食物，也沒有人分享兩兄弟做過的好事。有個女人說她很開心看到葬儀社關門，自家門口前有這種生意不是什麼好兆頭。另一個男人表示他不是在開玩笑或什麼之類，但他見過那兩名長者手牽著手。

人們是多麼輕易又多麼迅速地就接受了一間店鋪的結束啊，日後只會有更多人離去。

房子很快就會掛上堡壘建設的招牌，對街那棟窗前掛著義大利國旗的屋子也是。更多的塗鴉出現：**「雪倫是大賤貨！」**、**「滾回去」**；不過也有**「我愛黛安娜王妃!!!」**和**「唱片行由此去!!!」**

（「那兩個是我寫的。」基特說。）

刺青工作室、信念禮品店、法蘭克的唱片行。只剩他們三間了。

34 抗爭之歌

「南方的樹結著奇異的果實，」比莉・哈樂戴的歌聲自丹薩特唱機傳來，「葉血紅，根亦血紅……」

喀滋，喀滋，喀滋，喀滋。

唱片播完了。這是有生以來第一次，佩格一句話也沒說。

「我不知道妳到底是有什麼毛病，」法蘭克最後終於開口，「但我的人生都被妳給毀了。」

「她不能生下那孩子。她要怎麼養小孩？她只有十七歲啊。」

「我們打算要結婚啊。」

「別說傻話了，她還穿短襪呢。」

他分不清她是認真還是在開玩笑。「是妳說服她的嗎？」

「我只是跟她說了其中的難處。」

「婚姻的難處？」

「養小孩的難處。」

「老天，佩格。」

黛博拉去了間專科診所。法蘭克不曉得她要去，只在事後接到她電話，說孩子沒了。她的聲音含混不清。「我不想再見——見到你了。」

他騎腳踏車來到她家，敲門大喊：「黛博拉！小黛！」一直吼到她母親出來應門為止。「回去！你快給我回去！你和你那無恥的母親還害我們害得不夠嗎？」法蘭克還寫了信，但全被退了回來。他只覺自己好像被拋棄般，無限淒涼。

從那之後，他聽了許多有關抗爭的歌：巴布．狄倫、瓊．拜雅、伍迪．蓋瑟瑞、寇帝．梅菲。如果歌曲中沒有政治訊息要傳達，他就毫無興趣。他考試被當，還說要入伍從軍，不過只是為了激怒佩格。最後，他在酒吧找了份工作，並搬進頂層的房間自己一個人住。

那年夏天，法蘭克開始和房東的妻子發生關係。她的乳房好像枕頭，靠在上頭能讓他暫時忘了黛博拉和那無緣的孩子。因為這段不倫戀，他被打斷了三根肋骨，房東還信誓旦旦地威脅，說是只要他敢再出現眼前，下場就是扔去餵豬。

那年，他十九歲，又回到那棟海邊白屋，聽唱片、聽佩格說話。

「兩個小鬼結婚是能過怎樣的生活？」她有次這麼問。

正常，他想。他或許就能過正常的生活。

35〈別相信我的話〉

對堡壘建設說不！基特的海報這麼寫著。聯合街團結一心。每一盞街燈以及幾乎每一扇窗上都能看到這些海報，他甚至還畫了傳單。

法蘭克在說明會上已經盡力了，卻仍然不夠。他幾乎只要醒著，就是在幫忙發基特做的傳單，塞進門下，或接近任何傻到與他四目相接的路人，一遍又一遍解釋他們想要拯救聯合街上住家與店面的理念。基特還做了一份請願書，挨家挨戶地請人幫忙連署。

「那麼那些搶案怎麼辦？」大家問。

「這裡沒發生過任何搶案啊。」

然而想法一旦根植，就會自行生長、蔓延。彼特建議客人隨身攜帶防狼警報器，一名男子宣稱自己被持刀的青少年跟蹤。聯合街上的居民越常談論搶案，就越相信它們是真的發生過。到了五月底，又有好幾戶人家將自己的房子賣給了堡壘建設。

伊爾莎和法蘭克繼續在唱歌茶壺上他們的音樂課。她有次提起父親染了風寒，但聽見他問她是否還有意返鄉時，她只是別開了頭，說：「我不知道，法蘭克，我什麼也不知道了。」還有一次她說他看起來好累，但法蘭克沒有回答，只是將頭枕在桌上，打起了瞌睡，而她便靜靜坐在另一頭，凝望窗外。他大概只睡了十分鐘，感覺卻像好幾週以來最香甜的一次安睡。唱片行內，一箱又一箱的新黑膠持續抵達，守在封膜機旁等待她的出現。

議會代表再次致電，表示又有更多人申訴石塊掉落的危險。這次他堅持除非店主們把這問題解決，否則議會將強行關閉聯合街上的商家。因此，基特又小心翼翼地將膠條綁上街燈。

♪

六月的一個午後，茱德趁法蘭克出外發傳單時，自己跑來店裡喝他的牛奶。一名客人把她誤認成店員，問她知不知道法蘭克將韋瓦第的唱片放哪。茱德回答要是她知道就見鬼了，他有他自己的放法。但她還是幫忙一起找，最後想起有天下午法蘭克曾提過概念專輯和《四季》。那還真是難忘的一天。找到了，一張新的唱片夾在《愛的目光》和《弗爾森監獄現場錄音》之間。

「妳能幫我介紹一下嗎？」客人問。

「不能。」她將唱片翻了個面，掃視封套背面上的簡介。

忽然間，茱德感到體內彷彿有什麼一沉，就像有重物墜落空中，甚至得要抓住客人才能站穩。她收下現金，填寫銷售單，手卻抖到連條線都寫不直。

「謝謝妳的幫忙，再見。」客人道別。

她連回答都沒回答，只是快步上樓，找到在廚房整理唱片的基特。他說：「法蘭克這回真的太冒險了，誰會買這東西啊。」

但茉德沒時間擔心唱片的事。她牢牢站穩腳步，說：「再說一次你是在哪裡的地下室看到伊爾莎·布勞克曼的。」

♪

沒有一個人能理解。店主們在英格蘭之光裡圍坐一圈，那幾名常客老頭坐在吧檯前看著他們。髮捲女士完全忘了要抽菸。

酒保彼特端出盤醃蛋，但沒人有食慾，連基特都沒有。

「她是個音樂家。」茉德又說了一遍。

茫然的眼神。

「小提琴家。」

更多茫然的眼神。

「她錄過唱片的。柏林愛樂樂團，老天。」

眾人仍舊只是像雛鳥般張大嘴，愣愣看著她。基特的嘴尤其大到感覺會有什麼東西掉進去。

「她也有演奏《四季》。你們看。」

大家一個接一個輪流傳看唱片。基特說他只在封套上看見美麗的樹木。

「另一面啦，笨蛋。有她的照片。」

沒錯，她就在那。一名妙齡女子的黑白照片。她有著一雙驚恐的大眼，髮絲一半挽起，一半散落。但無論茉德說多少次、無論他們緊盯封套多少回、無論茉德指向「**首席小提琴手**」旁的名字「伊爾莎・布勞克曼」多少遍，法蘭克都還是無法理解。

伊爾莎・布勞克曼是音樂家？

她是首席小提琴手？

她錄過唱片？

酒吧開始猛烈搖晃。他好想吐。

「我就說！」基特嚷嚷，「我就說她是個名人。我一開始就這麼說了！」

但法蘭克恍恍惚惚，覺得自己彷彿不存在般。大家七嘴八舌，他能聽見斷斷續續的話語、聽見奇怪的字眼，但就是怎樣也無法理解。那感覺就像一而再、再而三地失足跌進洞中，爬起來，又立刻絆倒。

茉德又再解釋一遍她是如何搭公車找到基特描述的那條偏僻街道。那一區都是些老公寓，門鈴旁貼的正是伊爾莎・布勞克曼的名字沒錯。她找了個鄰居打聽消息，顯然伊爾莎與街坊少有來往，有時音樂會放得太大聲，但只要你敲敲牆，她就會把音量轉小。她住在地下室的一間單人套房，那名女性鄰居以為她是清潔工。

法蘭克的腦袋不再搖晃，現在決定要裂開。

安東尼神父起身站到他身邊，碰了碰他肩膀。「你還好嗎？」他低聲問，聲音彷彿有種飄浮的暈眩感。

「她為什麼要說謊？」酒保彼特問。

所有人都看向法蘭克，期望他會知道答案。但他無法思考，只覺自己現在就像棟被起重機和鐵球拆毀的房子一樣，被砸出了一道裂口。但一道遠遠不夠，打擊再三襲來，他四分五裂。

基特說了些什麼有關伊爾莎關節炎的事，另一人說當然了，沒錯。然後大家開始說起法蘭克和那些音樂課的事，但他聽都不想聽，只想蜷起身子，躲在一個伸手不見五指的漆黑角落，聆聽唱片。那她的未婚夫呢？有人問；他又是怎麼回事？

「天啊！」基特立刻把手舉得老高，「我想我知道這題的答案！」

但基特還來不及開口，整間酒吧就彷彿向他當頭襲來。法蘭克感到酸意湧現喉頭，隨即抓起夾克，踉蹌走至門口。

「法蘭克？你想找人談談嗎？」安東尼神父呼喊。

「不。」他說，「真的不用。拜託讓我一個人靜一靜。」

♪

那晚，他躺在床上，愣愣看著天花板，端詳那些在黑暗中僅能勉強辨識的形狀。已經過了多久？幾分鐘？幾小時？他完全說不上來，只覺得自己永遠都下不了床了。所有一切都如輪軸般轉動，而他就被綁在上頭。他細細回想他們每一次相聚的時光，努力想要理解。《四季》上的圖案？像拳王阿里的詹姆斯．布朗？他輾轉反側，但無論怎麼躺，那份震驚都同樣如影隨形，無法擺脫。

難怪他無法從她身上聽見任何旋律了。他放任自己愛上的那名女子並不存在。她是個音樂家，她錄過唱片。

佩格死後，他必須極其謹慎地應付自己的思緒。在做一些非常簡單平凡的事時——像是穿襪子——事實會冷不防地平空竄出。他想要對她生氣，為了她所做的一切，但他的創傷是如此巨大，除了痛苦外，他什麼也感受不到。那就像失去某樣不可或缺的重要物品，但同時又領悟那東西從來都不屬於自己。所以他要自己一個接一個學著接受現實：**好吧，她死了，我得重新開始**。但接下來，他進入下一步，也就是面對她最後的離棄，那感覺宛如洪水來襲，他無法逃脫，甚至無法與她當面說清楚。他們曾一起做過的事、聽過的音樂，通通都了無意義。**他**了無意義。否則你要怎麼解釋她的作為？

於是，他躺在床上，想著伊爾莎．布勞克曼，想著佩格。一切開始融合、凝聚，他再也分不出十五年前與此時此刻的心情有什麼不同。他終於睡著了，儘管短暫，但他仍緊緊抓著那虛無的意識，期望光明永遠不再到來。

再次醒轉時，法蘭克發現自己身上仍穿著同樣的衣服，陽光自窗外斜斜灑落。他不了解為什麼一切看起來是如此空洞、如此平板，然後，他想起來了。他失去了一樣他自以為擁有的東西。舊事重演，他試著去愛，但又再次遭到背叛。他愛的那個伊爾莎並不存在。他愛的那個**女人**並不存在。

聽見基特敲起唱片行的大門時，他裹了條毛巾，下樓開門。基特看著法蘭克，那表情好像怕他會爆炸般。他壓低了音量，悄聲道：「星期二了，你又該上音樂課了。」

「不行，我做不到。我不知道要怎麼面對她。」

一切本來都相安無事，直到伊爾莎．布勞克曼闖進他的人生。

36 安魂曲

喀滋、喀滋，唱片輕響。是莫札特的安魂曲。佩格一語不發，只是吐著煙，靜靜聆聽，臉上神情寫著恐懼。

在人生的最後幾年中，她變得比較倚重性靈。也不能說她是找到了上帝——就算上帝從櫃子裡跳出來，大喊聲「哇！」，她也只會視而不見——但她開始會說她父母就是在這年紀死去，也開始培養性愛之外的興趣。

她開始聽唱詩班演唱的聖歌，還開始畫起數字畫，有時還會做些慈善活動。佩格寄了幾張支票給當地的慈善機構，並在老撞球室牆上掛上自己的畫作，有波提且利的維納斯，還有根茲巴羅風格的牧羊女。由於她對一間安養院的善意捐獻，她受邀參加一場專為捐款人舉辦的聖誕晚宴，並在那兒受到了皇室般的禮遇及敬重。她沒和任何人上床——那裡大部分的人走路都還得用助行器——但回家時依舊喜不自勝。隔天她又寄了張支票給非洲一家孤兒院。

她時常提起韓德爾和貝多芬的喪禮，所有出席弔唁的賓客；也會提及韋瓦第，以及他是如何到頭來一點音樂也不剩。那會使她非常、非常地焦慮。她會放莫札特的安魂曲、拉赫曼尼諾夫的《晚禱》，以及佛瑞、舒伯特、布拉姆斯、威爾第、凱魯畢尼。當然了，還有〈哈利路亞大合唱〉，她好愛那首。

生活就這麼繼續。法蘭克與佩格相敬如賓，海邊的白屋越來越殘破、老舊，唱片與雜貨依舊週週抵達。

直到有一天，他看見藍色燈光在車道上閃現，一輛警車駛抵家門。

「很遺憾通知您，令堂出了件嚴重的意外。」

37 伊爾莎・布勞克曼的真實來歷

「我不知道出了什麼事，」一面前一張紅撲撲的臉說，「但如果你不來把事情解釋清楚，我就把你卵蛋拿去炸。」

法蘭克實在無法理解，為什麼這城市的女人需要出言恐嚇時，都非得惡意針對男人的私處不可。她穿著件小號的黑色洋裝，但頭上似乎少了些什麼；一頂硬邦邦的白帽——是唱歌茶壺的女侍。

她怎麼會出現在他的唱盤前？而且為什麼要用一根木杓指著他？

「我剛碰見隔壁那位好心的小姐了。」她說。

「妳說茱德？」

「她要我好好教訓你。」

忽然間，法蘭克只覺虛脫乏力、滿心恐懼，伸手想要拿菸。

「那位可憐的女士現正在我的餐館裡等著，不吃不喝，只是坐在那兒等你。她看起來糟透了。」

「這事妳還是別插手比較好。」

女侍兩手重重拍向唱盤邊緣，差點就直接扎在那盆仙人掌上。仙人掌又開了朵大大的粉紅色的花。她傾身向前。

「今天是星期二，而且已經過六點了，但你還在**這**，她卻在**那**。每週特餐的食材可是我自個兒掏腰包買的，所以現在就給我滾去餐館。」

法蘭克無言地跟隨女侍走至門邊，可以感覺到基特的雙眼牢牢緊盯著他們。

「你不在時我該做些什麼，法蘭克？」

「不知道。你就不能有這麼一次自己想辦法把事情做對嗎？」

但他其實是在跟自己說話。

♪

「妳是音樂家。」

法蘭克與伊爾莎面對面坐在唱歌茶壺窗邊那張老位子上。她面色憔悴——女侍沒有騙他——身體彷彿糾成了一團，但他的頭也陣陣抽痛，皮膚好像結了冰一樣。毫無疑問，他看起來絕對比她還要悽慘。《四季》的唱片封套躺在兩人之間。「妳拉小提琴。」他說。

她發出無聲的嘆息。「法蘭克——」

「為什麼瞞著我？」

餐館外，陽光灑落在對街老舊建築的上半部，天空依舊湛藍，感覺就像從洞底深處仰望幅美麗的景象。談論《月光奏鳴曲》或甚至是她向他坦承雙手隱疾的那場雪夜，都彷彿是好久、好久以前的事了。

女侍滿頭大汗地自廚房現身，替兩人擺好餐具，還刻意將刀叉放得整整齊齊，好像他們是一對無法照顧自己的孩童一樣。

「我吃不下。」法蘭克說。

「我也是。」伊爾莎說。

女侍沒有理會，只是像獻上禮物般從廚房端出兩枚盤子。

「焗烤馬鈴薯。是法國阿爾卑斯山區的一道料理。番茄醬？」她拿出一瓶巨大無比的塑膠罐。「**請慢用**。」

不說話，起碼可以吃。女侍坐在她的高腳凳上，遠遠看著兩人，直到他們吃完盤中料理。除了刀叉順從的刮擦聲外，周遭沒有一縷聲音。店外，一名男子哈哈大笑，但聽起來是如此遙遠，彷彿法蘭克和伊爾莎又再次悄悄離開了他們的停泊處，漂浮於自己的天地之間。

吃完後，女侍上前收走餐盤，回到自己座位。

法蘭克看著伊爾莎。

伊爾莎看著法蘭克。

那雙有如黑膠唱片的大眼。

「我們可以重新開始嗎？」

她娓娓說出自己的故事。

♪

茱德說得沒錯——伊爾莎．布勞克曼確實是個小提琴家。不過，伊爾莎說自己不聽音樂時並沒有說謊。基特也說對了，關節炎病發後，她不得不放棄音樂。她不再演奏，也不再聽音樂，就這麼背棄了自己在這世上最深愛的一樣事物。

第一次接觸小提琴是在她六歲的時候。是她的老師注意到，如果這小女孩想要什麼，通常會用唱歌的方式表達，於是她便向伊爾莎介紹了她唯一了解的一樣樂器。

說到這段過往時，伊爾莎．布勞克曼如天鵝般引頸昂首，張開雙臂，兩隻眼瞳閃閃發亮，就像這副身軀有史以來第一次準備要迎接小提琴一樣。那動作看起來再自然不過，她當然是個小提琴家了。

她描述老師是如何將琴弓放進她手裡，教她如何拉琴。弓一滑過那四根琴弦，她就知道了，彷彿未來就這麼盛裝出現，蓄勢待發：她將成為一名小提琴手。說到此時，她笑了起來，「我那時真的很快樂，法蘭克。」

老師也欣喜不已，這女孩是音樂神童！她還真用了這四個字。她教的一切，伊爾莎通通做得到。無論是音階、琶音、過度樂句、跳弓，伊爾莎都立刻學會。「大家都好興奮。看吶，他們一直說，看看這女孩多厲害！音樂就存在我體內，得來不費吹灰之力。」

沒多久，伊爾莎便青出於藍勝於藍。她父母並不富裕，但還是為她請了個家教。聖誕節時有場演奏會，當其他小孩都亂七八糟吹著直笛、咚咚咚猛敲著鼓時，只有小伊爾莎．布勞克曼睜著她那漆黑認真的雙眼，正色拉奏小提琴。

就學期間，她依舊每天照三餐練習，直到年紀夠大了，能去上音樂學院。她和所有同學都以演奏為職志，沒有人對他們的未來有絲毫懷疑。畢業後，她加入管弦樂隊——伊爾莎是少數畢業後直接獲得工作的學生之一，二十一歲時就錄製了《四季》。那是她人生的頂巔，甚至談及了要替她籌劃一場巡迴演出。

但就在這時候，問題開始出現了。她的手。

起初只是輕微的顫抖，宛如隱約的電流。有時候，她的手指會毫無來由地緊繃。情況越來越嚴重。

她開始失去控制，於是找藉口，竭力隱瞞，但接著開始在演奏時出錯。起初只是些小小的閃失，但卻是連小孩都不會犯的愚蠢錯誤。有時，她按弦的手指會變得僵硬，或感到一陣突如其來的疼痛，以致琴弓猛然一抖。她從首席小提琴手退居第二，然後是第三、第四。

伊爾莎垂眼向自己雙手望去，法蘭克只是坐在原位，等著她繼續接著說。這名魁梧高大的男子，卻像水一般什麼也做不了。

「我的指節開始腫脹，太**可怕**了，指頭僵硬得不得了，有時候甚至動彈不得。我會在夜裡痛醒，下過雨後情況還更糟。指揮將我拉到一旁，說他們不能再繼續用我了，因為我表現失常，達不到應有的水準。我哭、我哀求、我大吼大叫。我能做什麼？我問，這是我的人生啊。他回答：『妳可以去芭蕾教室幫忙伴奏。』」

她用指尖壓著嘴脣，不讓自己哭出聲。法蘭克伸出手，但她動也不動，所以他的掌心也只是如擱淺般，靜靜停留桌上。

「我想成就不凡，我不想——」她努力搜索字句，甚至翻起了菸灰缸，好像能在底下找到一樣，「只是當個**平凡人**。」

之後，說她變得行屍走肉也不為過。她找了個侍者的工作，也就是在這時候認識了理查。他對音樂毫無興趣。只要她無須再面對自己所失去的、只要她能繼續逃避躲藏，日子就勉強能夠忍受。然而——事情變得複雜，她於是來到英國。

「妳就是在這時候來到唱片行的？」

她用極為緩慢的口吻講述接下來的經過，輕柔的語調中透著股驚奇，彷彿在說話的同時才一一發掘出這些事物，並領悟到它們有多珍貴。

「我現在仍能在腦中想像。一月裡寒冷又陰暗的一天。我初來乍到，沒有半個認識的人。然後，我看見了，那間小小的店鋪，在那條破舊的街道。我走上前，望向窗上的海報，看見裡頭的唱片、五彩繽紛的熔岩燈，還有尋找音樂的人們。那景象好美，我告訴自己——在這站會兒吧，看看妳有沒有辦法做到。」

「那妳為什麼會昏倒？」他開始撕起餐巾紙來。實際上，現在低頭望去，他才發現自己原來已經撕了好幾張。他手邊堆著小一疊碎紙巾，好像在築巢。

「結果我還是無法承受。等我回過神時，你就在那兒，要我保持清醒，而你的語調中有些什麼，聽起來如此溫柔。」

女侍又塞了疊餐巾紙給法蘭克。「**請慢用**。」他覺得自己非繼續撕些什麼不可。

伊爾莎說：「之後，我試著保持距離，但你安慰我的語調卻始終揮之不去。所以我帶了盆栽，想要當作謝禮，沒打算久留，但盧索斯老太太打斷我們，你問我是不是想找什麼唱片——」

「妳問我有沒有《四季》。」光是想起這段回憶，法蘭克就覺得羞愧不已，巴不得能有個地洞鑽進去。

「那是我能想到的第一張唱片。我沒打算要**買**——」紅暈在她雙頰浮現。他發現自己對那兩塊紅通通的圓圈著迷不已。

在那瞬間，他想起他們那些店主圍坐在英格蘭之光的小桌前，七嘴八舌地爭論該拿她的手提包怎麼辦才好。那感覺就像在腦中見到小小的人們一樣；就像孩童。

「所以妳有聽嗎？」

「我還是做不到。我要自己別再去唱片行，之後卻又看到基特畫的海報，說我忘了手提包。我替他準備了件襯衫，想要表達我的謝意，但你把我趕了出去。那麼做很過分，法蘭克，我那晚幾乎就要離開了。」

「是什麼阻止了妳？」

「《四季》。」她接過他的菸，斜斜刁在指間。沒有人抽起菸來有伊爾莎・布勞克曼這般的姿態。

「我買了臺很便宜的唱機，把唱片放出來聽。它給我一種神奇的感受——好多年了，這還是第一次。我想，或許我可以重拾音樂；或許，在這個男人的幫助下，我能重拾過往的人生。因為你談論的並非音樂技巧，而是你聆聽時的**感受**。我找到了份清潔的工作，替幾間辦公室打掃，沒什麼了不起。我請你替我上課，而且不是無償幫忙，我付你一筆不少的學費。」

「妳告訴我錢不是問題。」

「那是**騙你**的。我試過向你坦承——但你不肯聽。你說這不過是商業上的交易。」

法蘭克垂下頭。她說得對，他想起來了。第二堂課結束後，她站在他面前，絞擰雙手，說：**法蘭克，我有事要告訴你。但你會恨我的**。「法蘭克，我在這真的很開心，那感覺就像我又能夠呼吸了。你給我的每一張唱片，都讓我像多吸進一口氧氣。」

「理查對這一切有什麼意見？」

他又點了根新菸，遞給伊爾莎，但她沒有接過。他也沒抽，菸於是靜靜躺在兩人之間的菸灰缸上，兀自氤氳吞吐。

她說：「你是認真的嗎？」

就連女侍都倏地站起。「你是認真的嗎，法蘭克？」

感覺就像你正在聽單聲道聽到忘我時，耳畔忽然響起立體音效。

「怎麼了？」他問，「怎麼回事？」

伊爾莎．布勞克曼淚眼盈眶。「喔，」她喃喃道，「***Was werde ich tun***[1]？」

還是女侍打破這僵局與沉默。「你這世界無敵大白痴，她才沒有什麼未婚夫。你以為她自己一個人跑來這裡做什麼？他們分開了，他在德國，在她離開的那個國家，要不就是不知跑去哪。不管他到底在做什麼，她怎麼可能跟一個不喜歡音樂的人在一起？她只是不想你覺得她狗急跳牆。她打從一開始就愛上你了。」

凝滯。時間彷彿暫停了。地面咻地消失，法蘭克覺得自己筆直墜跌。整個人空蕩蕩的。噁心想吐。他感覺不到自己的雙腳了。再認真想想，他覺得自己連腦袋都消失了。他不確定自己還有沒有辦法繼續聽下去。

♪

法蘭克看著伊爾莎。

伊爾莎看著法蘭克。

淚水奪眶而出。「是真的，法蘭克，我愛你。」

他愣愣注視伊爾莎・布勞克曼，她也在那張小小桌子的對面回望著他，臉上有淚，但嘴角含笑。他希望自己也能回答：「**我也愛妳**。」他希望自己是那種男人。

但他不是；從來都不是。他甚至不知道那些字該是什麼樣貌。

這就和跳崖一樣危險。假若他說：「**對，我也愛妳**。」而她哈哈大笑呢？又或者兩人回到唱

---

1 德文，「我該怎麼辦才好」之意。

片行，共度一夜，但待早晨醒轉後她卻說：「老實告訴你，法蘭克，我們有緣再見吧。」到了那時，他該怎麼辦？畢竟過往的經驗告訴他，這就是必然的發展，一如日落月升那樣肯定，一如A面放完後就接B面那樣確鑿。但這一次，痛苦將遠遠超出他所能承受。他望著伊爾莎．布勞克曼，卻只能見到海邊的那棟白屋。

所以，他說：「不，」他這麼開口，「我做不到。」

「什麼？」女侍反問，笑了起來。

就連伊爾莎．布勞克曼臉上都開始綻放笑顏。她們以為他在開玩笑。她們以為自己勝券在握。「你**做不到**？你做不到**什麼**，法蘭克？」

「這個。」他站了起來；或該說他雙腿自己站了起來，就像它們自行決定該回家了一般，踉蹌經過下一張桌子。

「你要做什麼？」

「我一塌糊塗，妳不能愛**我**。」

她愣愣瞪著他，彷彿過去從沒見過這號人物。

「真的，」他說，「我是認真的。別、愛、我。」

她開始發出一種奇怪的微弱聲響。「啊，唉，嗚。」一種斷斷續續、幾乎細不可聞的吐息聲，就像她用一根極其銳利的長針狠狠戳刺著自己。「你這**該死的**男人。」

她說這句話的語調一如平常的伊爾莎．布勞克曼。斷續的口音更加突顯出話語真正的意義，以致聽在他耳中，就彷彿這些話是史上第一次在這世上出現。她說得對，他就是個血淋淋、無法癒合的巨大傷口。他跌跌撞撞來到門邊，猛然拉開，感受溫暖的空氣。

「等等！」女侍衝上前，高聲攔阻，「你別走！」

「算了，沒用的。」伊爾莎・布勞克曼說，「讓他走吧，我受夠英國了。」

但即便法蘭克踩著沉重的腳步離開餐館時，他都仍等待著些什麼——某種神蹟的出現，像是巷子忽然封閉，太陽載著他返回餐館。他大口大口喘息，卻還是吸不進足夠的空氣。前方，有兩名愛侶在門邊交頸纏綿。

他跑了起來，起初還緩慢，但越來越拚命、越來越快。

感覺就像他失了形體，再也沒有任何東西能讓你抓在手中，並且說：「這就是法蘭克。」他如斷開的弦線，疲軟乏力。他要自己跑，繼續跑，什麼都別想。只要他繼續前進，或許就能保持完整如一。他失去平衡，蹣跚跑過鋪著布巾販賣自己私有物的小販，差點撞飛一名轉過街角的女人。在他身後，大教堂依舊巍峨矗立於天際，一群鴿子拔地飛竄。

跑啊，法蘭克，繼續跑。

城門區上的店鋪開始打烊。攤販和商家扯開嗓子對著顧客高喊要搶便宜趁現在。天空是片無盡延伸的虛無。

情侶、夫婦坐在室外的桌位上，一面享受酒飲，一面欣賞美麗的日落。法蘭克奔繞而過，然後又跑過毒蟲聚集的鐘塔和幾名在長椅上分享特釀啤酒的老人，最後轉向朝公園奔去。

暖意召喚出大批人群。他們躺在草坪上休憩、野餐、騎單車、玩球、遛狗、打籃球。舞臺前擺了好幾張帆布摺椅，為了夜晚的演奏會做準備。奶油先生冰淇淋車的巧克力棒霜淇淋熱銷不已。湖畔邊，天鵝船全離岸了，孩子們在淺灘戲水，一名男子扔麵包屑餵鴨，陽光灑落湖面，猶如墜落的星辰。所有做著這些普通平凡事的普通平凡人啊。

她愛我。

她說她愛我。

他呢，卻在最短的時間內，用盡了世上所有錯誤的答覆回應自己此生的真愛。原因無他，正因為她是他的真愛。他是如此害怕擁有心底最深的渴求，以致索性一勞永逸地摧毀它。

她自始至終都愛著你。

他感到自己的心臟與胸腔不斷膨脹，但又被肌肉與骨骼緊緊壓抑，肋骨彷彿炸裂斷開。少了伊爾莎．布勞克曼，他不曉得自己還能怎麼度過這漫漫餘生。

但這一切尚未結束。他們還有機會重新開始。一幅唱片行的景象躍入腦海，邊緣似乎泛著金黃，但是不要緊，此刻浪漫些又何妨。他看見自己在唱盤前，基特畫著海報，伊爾莎則在封膜機旁。他會將自己所有一切全都獻給她，他的店、他的唱片。他會將一切鋪展在她那雙精緻小巧的腳旁。

跑啊，法蘭克，趕快跑。

公園大門。呼，呼。（小心看路。）城門區。市集攤販。呼，呼。快啊，法蘭克，轉過街角。巷弄胡同。石子路。

等他跑回唱歌茶壺時，大門卻已然深鎖。他用力拍門，但無人回應。燈都熄了，餐椅也整整齊齊疊在桌上。

教堂呢？去教堂看看。

兩名牧師正在研究新地毯，卻沒有他心愛之人的蹤影。

他開始向街上的陌生人打探。攔住行經的路人，問：你見過她嗎？大眼睛？頭髮散散地挽著？大約這麼高？眼睛很大。脣形特別。她很漂亮，氣質出眾——

他跌跌撞撞追在一名綠絲巾女子身後，卻發現她原來一頭金髮。

茱德。茱德知道她住哪。現在還不遲。他得趕回聯合街，問出她的住址，一小時內就能回到伊爾莎身旁。他會道歉，坦承他也愛她。若她想的話，他願意和她一起回德國。沒錯，他需要看看更多世界，他做得到——

如果他還能再跑得更快就好了，但身子卻彷彿變得千斤重，雙腿有如爛泥，膝蓋不停打結，不僅整張臉熱到頭陣陣抽痛，還得不時抹去眼中的汗水。他現在唯一能做到的就是保持呼吸。小巷。主街。再這樣下去，他可能還沒找到伊爾莎．布勞克曼就先中風了。

「不好意思，先生，能耽擱您一下嗎？」四名戴著小小圓帽的女人出現在他面前，問他想不想試試新香水。

跑到底，右轉。過馬路——他就快到了。

就當法蘭克轉過聯合街街角時，他忽然看見大團大團的黑雲，還聞到刺鼻的氣味。茱德朝他跑來，張大了嘴，灰頭土臉。在她身後是熊熊的火焰、濃濃的焦煙，灰燼如黑雪般在空中翻飛。人聲鼎沸。人們提著水桶東奔西走，高聲呼喊。焦黑的箱子凌亂散落街邊，又有一人跌在人行道上。

「法蘭克！法蘭克！你跑去哪兒了？」

唱片行失火了。

38 哈利路亞

是手煞車，女警這麼告訴他，是手煞車出了問題。

她不停重複這句話，因為他實在抖得太厲害了，什麼也聽不進去，字句進入腦中後彷彿立刻瓦解崩散，組合不成意義。

佩格將車停在懸崖邊緣，想要欣賞落日。

卻如一顆墜落的星球般跌至谷底。

女警將他載至醫院。佩格動也不動躺在病床上，猶如一具屍體，各種管線從她身上連接至維生機器，頭頂上方掛著成排的瓶罐。藍色的呼吸管從她的雙脣間探出，他等著其中噴出煙霧。

他日日夜夜守在床邊，不曉得自己還能何去何從。他從販賣機買了飲料，卻甚至不曾將它舉至脣邊，就像他的身體忘了要怎麼運作。佩格的身體似乎也忘了，因為三週之後，她便撒手人寰。護士將佩格的衣物裝在袋裡交給他，還有一張面紙。

然後，另一個消息接踵而至。

♪

「捐出去？」

「對。」律師重複，「捐出去。」他又將名單複誦一遍：一間女性庇護所、一間兒童之家、一所音樂家信託基金會，以及本地的教堂、醫院、一所瀕臨絕種蝴蝶保護協會，等等之類。

「在那棟白屋？」

「不好意思，您說什麼？」

「這些人都會和我一起住在海邊那棟白屋？」

律師不厭其煩地再次從頭解釋一遍。佩格在遺囑之中列了一項條款，指明要將她大量的唱片收藏留給法蘭克，但其他所有財產——實際上，包括他的住家——都將捐贈給慈善機構，她的遺愛將會使成千上百的民眾受惠。

「那我呢？」

「不好意思，什麼意思？」

「我是她兒子啊。」

律師致歉，表示自己無法回答這問題。這樣的安排確實罕見，但這是一份合法的遺囑。不過所有文件還要一段時間才會全部安排妥當，在此之前法蘭克可繼續住在白屋，沒有問題。「坦白說，」律師告訴他，「那塊地會賣掉，重新建設。」顯然佩格還要求在她的葬禮上播放〈哈利路亞大合唱〉。

葬禮當日，法蘭克穿上他唯一一件黑外套，整個早上都泡在酒吧。等他抵達教堂時，裡頭已人滿為患，只剩站立的空間。禮儀師唸誦了些有關上帝、花園還有佩格猶如花朵的奠文，聽起來像是在描述一個他完全不認識的陌生人。接著，他宣布播放〈哈利路亞大合唱〉，樂聲有如一記重擊，狠狠打在法蘭克的五臟六腑。待得樂章來到完結前的最後一段停頓時，他再也無法承受，只覺反胃感排山倒海地襲來，不得不跌跌撞撞地奪門而出，呼吸新鮮空氣。

幾天後，報上刊登了照片。**民眾悼念本地慈善家**。

不像韓德爾，佩格並沒有三千賓客出席她的喪禮；也不像貝多芬，擁有一場舉世同悲的國葬。但至少最終她仍擁有音樂，至少她沒有被人們遺忘，這已比韋瓦第還強。

♪

所有執行遺囑所需的文件工作花了一年的時間才全數完成。法蘭克繼續住在那棟海邊白屋，開車進城打零工——掃落葉、擦窗——攢了筆小錢，買下一間公寓。他不再好好照顧自己，吸了不少大麻，所有親密關係最後都以失敗收場，很多時候他甚至硬都硬不起來。

然後，一天早上，他注意到海灘上有個女人，身材豐腴，外表沒什麼特別的，但卻有種說不上來的魅力。她坐在沙灘上，身旁有毛巾、有野餐，還有個小男孩對著大海扔石塊。

「你不認得我了，是不是？」

「小黛？」

他已經七年沒見過她。

她在身旁讓出個空位，見他坐下後，又遞給他一個切成三角形的果醬三明治。她朝兒子揮了揮手，要他別太靠近水邊。

「他多大了？」

「今年三歲。」

「妳——？」

「幸福嗎？幸福，法蘭克，我真的覺得很幸福。」

他咬了口三明治，香甜的氣息與柔軟的口感在脣中綻放。儘管海風凜冽、寒意料峭，但他忽然覺得好暖和、好安全，彷彿有人替他披了件外套，並把鈕釦細細扣上。這對他來說完全是個前所未有的嶄新感受，一旦體會就再難放手。

「媽咪！」男孩大聲呼喚。

「看看你！」她也高聲回應，「真是我的聰明小寶貝！」她送了個飛吻給他，「你最棒了！」那是多麼地溫柔，多麼地自在。

她又回頭望向法蘭克。「佩格的事我聽說了。我很遺憾，真的。我明白你有多愛她。」

他忽然覺得喉裡塞滿了石塊。寂寞在他體內劈開好大一道裂口，那感覺無從言喻。他說：「是啊，不過，事實證明有我並不足夠。」

這本該是句自嘲的玩笑，但沒有人露出笑容。他是如此地高大魁梧，內心卻只有荒蕪。

「對不起，小黛，」他說，「是我辜負妳了。」他再也吃不下任何一口三明治，只能怔怔地望著。

她伸出手。「算了吧，法蘭克，有像佩格這樣的母親，你永遠無法當個正常人的，你永遠無法像我們這樣去愛。這大概已經寫在你的基因裡了。」

這也本該是句揶揄的玩笑，但跟方才一樣，失敗了。

他想起她織的那件毛衣，還有她曾輕撫他髮絲的姿態。那些所有正常平凡的瑣事。他與這世界之間隔著無法估量的巨大鴻溝。頭頂上方，一隻海鷗乘風掠過。

那晚，他將家當收拾上車。

天一亮便啟程離去。

39 兩隻天鵝

那感覺就像人生又再次被狠狠剝奪。多年之前，他失去了海邊那棟白屋，但與如今相比，那根本無足輕重。

熱浪如掌摑般撲面而來。火舌自櫃檯奔竄，一路延燒至中央與左方的陳設，老舊的波斯地毯宛若火河。一衝進去，他幾乎立刻就乾嘔了起來，雙眼刺痛難耐。

四面八方，只見櫃架熊熊燃燒，一箱又一箱的黑膠唱片好似焚化鍋爐。火焰幾乎已燒到再無東西可燒。水流和碎玻璃在他腳邊沙沙作響。遠處盡頭，一簇指節高的火焰燒穿其中一間試聽間的木門。火舌蔓延，乾如火柴的清漆表面頓時起泡，用珍珠母貝鑲嵌而成的鳥兒斑駁龜裂，沒多久整座試聽間就被吞噬得乾乾淨淨，上方的天花板呻吟皸裂，火花如橘色的雨點落下。第二間試聽間也被烈焰包圍，唱盤同樣難以倖免。法蘭克想要搶救最近的一箱唱片，但就在他彎腰抱起時，手才一搆著，箱上立刻竄出火焰。不知為何，是這一點，而非痛楚，讓他差點鬆手放棄，這麼多年來，他所熟悉並小心翼翼排放且珍愛的唱片，竟在此刻變得如此凶惡。安東尼神父用力拽住他的手臂，將他拖了出去。待回過神時，他已在人行道上猛然劇咳。

法蘭克傷勢輕微，只有幾處小小的灼傷和手上的割裂傷。但封膜機起火爆裂時人正在旁邊的基特被送去了醫院。

抬上擔架時他不停哭喊：「法蘭克，對不起，真的很對不起。我不是故意的，我只是想有一次能好好做對事……」淚水奪眶而出，循著他髒兮兮的臉頰淌落，「你可以打給我媽嗎？她該吃藥了，爸一定會睡著，得要有人提醒她。」

♪

徘徊在人們記憶中揮之不去的是氣味。在接下來的幾個月中，他們會不停抱怨。不僅是經過那屋頂塌陷、窗毀門垮的店面廢墟時會聞到的那股氣味，還有另外一種幽靈似的嗆鼻苦澀，彷彿滲入了聯合街上每一面牆、每一扇窗，並悄悄潛進每一只抽屜和櫥櫃。風吹過後，總會有層薄薄的灰燼覆蓋一切。你不能再把洗好的衣物吊起來晾了，一個女人說，那比起司和洋蔥的臭味還要糟糕。

到了九月，更多戶人家搬離聯合街。盧索斯老太太家兩側的房子都封上了木板，不過有小孩拆了轟炸廢墟周圍的籬笆，那兒又再次成了遊樂場。英格蘭之光在十月端出他最後一品脫的啤酒和醃蛋，安東尼神父的禮品店一週後跟著熄燈停業。他在窗前掛上了塊牌子：**感謝大家多年來給予的支持與歡樂**，並在旁邊留下了隻紙鶴。

但茱德有件事說錯了，她並沒有在夏天時結束營業。不，她在伊爾莎．布勞克曼出現的那個有些憂鬱的一月天裡所做的預測沒有應驗。十一月起霧，十二月颳風降雨，還下了一、兩天的雪。到了年底，聯合街上只剩下一排門戶深鎖的住家和商店。堡壘建設鍥而不捨地想要收買那名刺青藝術家，但她怎樣也不讓他們得逞，盧索斯老太太也一樣。到了八九年，她們兩人是碩果僅存的住戶，基特的海報有些仍貼在空蕩蕩的櫥窗上。**對堡壘建設說不！**

茱德有時還是會看見法蘭克。儘管店面的損害已不可能重新修復，但他照常營業。起初在人行道上擺攤，嘗試販賣他從火場中救出的唱片。那時他仍試圖償還對銀行的欠款。收藏家有時會特意開車前來看看有沒有值得收購的唱片，但多數人只是過來和他聊聊音樂。等他終於將店賣給堡壘建設時，所得到的只剩微薄的津貼。不用說，他沒有保險——他沒有在期限內續約。他的朋友亨利試著說服他再申請一筆貸款，但法蘭克怎樣也勸不聽。茱德建議他不如搬去和她同住，但他只是聳聳肩，露出淡淡的微笑，說他需要暫時離開聯合街。她後來有次見到他在鐘塔外喝罐裝啤酒，又重複了一次先前的提議。他看起來更疲憊了。而且脆弱。

「我晚點過去。」他說。

她回家將空房打掃得乾乾淨淨，還打開了小花園裡的串燈。她燉了份砂鍋料理，擺好玻璃杯以及小巧的紙巾。

她等了一整晚，但那混蛋沒有出現。

她將食物扔進垃圾桶裡，連同碗盤和所有餐具，然後是那些愚蠢的紙巾。

再見到他，已是大火一年之後。他在教堂旁的小巷內兜售唱片。人們都在那裡攤開布巾，將自己的私有物擺在上頭叫賣。他面前擺著一排七吋的單曲唱片，身旁圍繞著幾名男男女女，只是沒有人腳步是穩定的。其中一人額上垂著一大綹捲髮，茉德覺得自己多年前好像見過他。無論那人是誰，他不是動不動就抱住法蘭克，就是失足摔倒，她看了就感到不順眼。茉德不會說法蘭克看上去特別悶悶不樂；坦白說，她只覺得一肚子火。他沒有看見她。

茉德最後一次看見法蘭克是在十一月。她正要去和一名朋友會面的路上撞見了他，這名魁梧高大的男子獨自坐在公園湖畔的長椅上，穿著那件她所熟悉的老舊麂皮夾克，只是肩膀處又磨損得更嚴重了些。她在他身旁坐了一會兒，再次詢問有沒有她能幫忙的地方。

他微微一笑。「不用了，我很好，謝謝。」

於是，她說起他第一次推薦她唱片的情景。那時，她想找的是重金屬音樂，但他卻放了《弦樂慢板》給她聽。她說待在那漆黑的小試聽間裡就像小時候躲在櫥櫃裡一樣，樂曲猶如流水竄過血管，那感覺猶如重生。「太神奇了，」她說，「那是真正的魔法，法蘭克。」

他笑了，好像他們在說的是某個他從未見過，但若認識了自己可能會很喜歡他的陌生人。

下午時分，天色開始暗了。飄渺的霧靄徘徊湖面。兩艘遊船肩並著肩漂浮水上，宛如天鵝。

她說：「法蘭克，這好冷，我要走了。你要一起來嗎？」

他沒有回答，只是凝視那兩艘空蕩蕩的遊船。

她留下他，獨自離去。

D面

二〇〇九年

40《四季》

二〇〇九年。聯合國訂定之國際天文年、國際天然纖維年、國際和解年以及大猩猩年。此外，這年也恰巧是韓德爾辭世的兩百五十年。人們有手機、iPod、臉書、Youtube、Napster、iTunes，還有名為「重逢網」的社交網站。數位音樂的銷售量已遠遠超過CD。沃爾沃斯、淘兒唱片、普羅唱片行以及上百家獨立小型唱片行都已盡數歇業倒閉。如同先前的黑膠與卡帶，CD也已式微。

然而處處都是音樂。超市、商場、地鐵；酒吧、餐廳、電梯、醫院。打給銀行，等待通話的期間她能聽見管弦樂版的〈昨日〉；就連在牙醫診所都能聽見音樂。有一回是巴哈，男醫師替她補牙時正播放《郭德堡變奏曲》；每次搭巴士，她都能聽見咚咚的樂聲從隔壁乘客的耳機傳來。

伊爾莎·布勞克曼在慕尼黑一座小小郊區的利多超市採買。她要買的東西不多，只有一條麵包、幾片火腿，還有明日的伙食。每次看見她所需的東西如此之少、自己的購物籃與其他人巨大的推車相比有多麼冷清，她心裡總會一陣訝然。她穿著件綠色外套，繫著條白綠雙色的圍巾，下半身則是件輕飄飄的寬褲配上一雙精緻好鞋。她長及下巴的髮絲銀黑交雜，但近來常用母親的骨梳挽起頭髮，只是仍和過去一樣，常毫無預警地鬆散垂落。

那是個料峭的秋日。雲層濃密，沒有任何想要移動的跡象。她和附近幾名居民寒暄招呼，他們都知道她的工作（小提琴老師），也知道她膝下無子，但有許多常會令她放下手邊一切趕去照料的乾兒子、乾女兒。人們知道她生活愜意，經濟還算寬裕。（無須問，從她精心的裝扮就看得出來，連去利多超市她同樣穿著體面。）事實證明，當她將自家公寓放上市場求售時房價相當可觀，原本貧窮寒傖的地區已變得炙手可熱。

大家喜歡聽她說自己的故事，一次吐露一點。他們以為自己了解她，但其實不然。他們永遠不可能體會她曾做過的那些決定、所有造就今日的她的選擇，以及她所離開的事物、她愛過至今也仍愛著的那些人，而且他們是如此之多。她維持過幾段長期的關係，但更多只是過眼雲煙。假期的浪漫邂逅，一夜春宵，風流調情，還有段持續太久的婚外情。喔，那些穿著大夾克的高大黑髮男子，她就是抵擋不了他們的魅力。

超市大到她暈頭轉向。她一直忘記自己為什麼來這，本該找的熟食區沒找著，反而發現自己站在一排長長的走道前，瞪著各式各樣、五花八門的潔牙產品：牙刷、漱口水、專業配方牙膏、牙線、牙籤。這時候，她聽見了。是《四季》，那首名為〈春〉的協奏曲。

從揚聲系統傳出的樂曲飄渺微弱，但伊爾莎瞬間凍結原地。她是多麼渴望聽見其中的鳥鳴，渴望到幾乎忘了呼吸。同時間，一名滿頭狂野棕髮、身材出奇高大的年輕男子大步經過，隨手抓了條牙膏，轉眼卻和她撞個滿懷。

伊爾莎從來就不曾過胖過，就連她在八八年六月忽然返回德國、放縱自己沉溺於被母親稱為發洩暴食的那段期間也沒有；或是父親八九年病逝醫院、到了夏天她偕同母親前往義大利度假，每晚吃義大利麵、去教堂欣賞演奏會時也沒有。沒錯，四十歲後她的腰腹是豐腴了些，手臂上也多了點惱人的軟趴趴贅肉，但她仍然穿得下十號的衣物，更別說曾把任何人撞翻過。不過，那名大塊頭的年輕人撞上她後卻放聲大叫，嚇得往後一跳，雙腿打結摔倒在地。

「怎麼了？你還好嗎？」

她不知自己是何時屈膝跪在年輕人身邊。他躺在地上動也不動，宛如一名倒地的巨人，兩手貼在身側，一雙大腳的腳尖筆直朝天。

伊爾莎有什麼反應呢？在利多超市裡聽見韋瓦第、身旁排列著琳瑯滿目的專業美白牙膏和含氟雙色牙膏、愣愣看著一名頭髮亂到可以藏東西的年輕男子面孔，這時的她有什麼反應？

淚水奪眶而出。

「老天，」他說，「對不起，我有撞傷妳嗎？」

年輕人坐了起來。

「沒有，我沒事。只是你——我沒事，真的。」

她伸出手想要扶他起來。但他誤以為是她需要幫助，於是匆匆跪地站起，俯身攙扶她起立。

她想起二十一年前的那座湖。月光灑落水面，宛如無數針尖，隨波輕輕蕩漾。同時間，韋瓦第的鳥兒自利多超市的貨架間俯衝而下——

「妳還好嗎？」他問。

「很好。」她努力保持臉上的冷靜，「你呢？」

「我也沒事。」他笑了起來，「那就這樣吧，再見。」

她看著他搖搖晃晃朝走道盡頭走去。

即便過了這麼多年，這情況依舊不時出現。她會看見法蘭克站在一扇門內，等待正確的時機走出，說：「**啊，找到妳了，妳好嗎？**」她有時會看見他踩著沉重的腳步穿過巷弄、轉過街角，又或者只是個高大寬肩的身影在餐館裡啜飲著茶。當她注視玻璃窗時，他的倒影會就這麼出現，在她身旁閃耀生輝。又或者她過馬路時，會忽然相信——不，是明確**知道**——他也和她一樣，正在穿越某條馬路。有時候他已娶妻；有時候他已生子；有一次他開車跟在她身後；有一次他出現在擁擠派對的另一頭，只是滿懷希望地注視她，她不得不為那目光屏息。但若她上前，他就會退開——因為，想當然耳，那不是他，而是其他的男人——而這讓她像被掏空般，茫茫然什麼也不剩。法蘭克彷彿陰魂不散的幽影，即便不在視線中央，也在眼角餘光徘徊不去。但她從未告訴任何人。有什麼好說的呢？他是她的骨、她的血，她貼膚收藏的祕密。一直都是，不曾改變。

畢竟，不管怎麼說，她都不是唯一將自己內心封閉深鎖的異數。她有幾個女性朋友——婚姻岌岌可危、小孩上了大學——都發現自己所需的並不存在於現在或是未來，而是遺留在某一段曾經。有些朋友透過「重逢網」聯絡上大學時期的老同學，有些人是用臉書。其中一人近來開始和她的初戀男友約會，打從青少年後她就再也沒有見過他了。還有一人考慮要搬回她的故鄉。

「*Guten Tag*[1]。」

收銀檯後的女孩很親切。伊爾莎搬至母親的公寓尚不滿一年，但每次都是排她的櫃檯結帳，就算隊伍比其他的長也一樣。女孩一定還不滿十八歲，鼻上穿著鼻環，伊爾莎見了總莫名一陣感傷。但她每次幫客人裝袋時都一定會說些令人開心的話，一點小小的鼓勵，像是「喔，這看起來好好吃」，或是「這我也想試試」，讓大家對自己的生活方式以及超市架上的選擇充滿信心。

伊爾莎想將買好的物品裝進袋裡，但十指僵硬——天氣讓情況更加雪上加霜——而且滿腦子都是法蘭克，以至於收得一團糟。

「都是天氣的關係，」收銀少女說，「每到這時節，大家就好像做什麼都不順利。」她朝伊爾莎的購物籃瞥了一眼，「您自己住，對嗎？」

「我一年前搬回來照顧我母親；她四個月前過世了。」

「太不幸了。」

「是啊。我很想她。」不過最難熬的部分，是握著她的手，而她兩眼凝望妳，卻認不出妳是誰。那就像一場活生生的死亡，比母親只是看著她然後停止呼吸的那一刻，還要令人茫然與漫長，永無止盡地漫長。然而，要是真有這麼容易就好了，只要說是因為想念母親，就這樣。但實話是，她從未感到如此孤單與寂寞。有時候，她幾乎半個字也沒說，一天就這麼過去了。在最後那段日子裡，儘管除了偶爾的呻吟和偶爾幾聲無由來的歡欣笑聲外，母親也和她無啥交談——但起碼有護士可以說說話，或碰上其他也是前來探病的親屬。而如今，她失了依怙，只感到一種異樣的暴露和英勇，好像被人徵召至火線最前頭。

---

1 德文招呼語，「你好」、「早安」等問安之意。

那名好女孩又接著問：「您有養狗嗎？」

「養什麼？」

「養狗很有幫助的。」

伊爾莎說不，她沒有養狗。她將一顆洋蔥與半品脫牛奶裝進袋裡，隨後又放上一顆萵苣。

「有些像妳這樣的人會養狗；讓自己有事做。」

「我五十一歲了。」伊爾莎說。

是啊，女孩答腔，彷彿沒聽見伊爾莎的話，自顧自說起了什麼獅子狗還是貴賓犬；更好的是，妳現在還可以找隻混種犬，一隻有獅子狗也有貴賓血統的狗。牠們可愛死了，那些小狗，會坐在妳腿上，妳也可以在網路上替牠們買衣服，像是小外套、小帽子之類。還可以拎在包包裡帶去公園，認識認識其他也養小狗的主人。能出去走走是好事。這一切都是從一名穿著鼻環的甜美少女口中說出。但她看起來可不像是在這幾個月內曾經走出戶外，更不用說將一隻混種小狗拎在包裡帶去公園了。

「但我不想去公園，」伊爾莎說，「也不想養狗。」她又看見他了，方才被她撞倒的那名大塊頭青年。他站在隔壁的收銀檯，挖著口袋東翻西找，看有沒有銅板能付牙膏的錢。看見伊爾莎，他咧嘴一笑，揮了揮手，然後便搖搖晃晃地走至入口，一名穿著迷你裙的年輕女子正在那兒等著他。伊爾莎猜想他應該是和女朋友說了先前的意外，因為她舉起手撫了撫他髮絲，並親吻他額頭。那是個微不足道的小動作，但卻是如此溫柔、如此親暱。即便人潮洶湧、即便眼前蒙上了布，她也同樣能找到他的行蹤。

「冷藏肉品要另外裝一袋嗎？」

少女等待伊爾莎回應；其他人也在等——後方一對穿著同款羽絨外套的夫婦，以及隔壁櫃檯一名自己緩緩裝袋的老翁。這就是她的未來嗎？孤伶伶的購物籃、些許的萵苣、單人份的食材？

「我得回去一趟。」

「回去？」少女說，「您落了什麼嗎？」她按下通話器按鈕請求協助。

「英國。」伊爾莎．布勞克曼對著隊伍宣布，「我**現在**就得回英國。」

♪

一旦做了決定，事情似乎就很簡單，直接了當、稀鬆平常，容易到她不敢相信自己竟拖了二十一年才這麼做。但她還是忘了，現在幾乎沒有什麼做不到的事，只要起了個念頭——無論是氣憤的、貪戀的、開心的、褻瀆的，什麼都好——立刻就能實現，甚至連細想都不用，輕輕鬆鬆便可達成。下一個念頭，謝謝。

她上網買好機票，辦好報到手續、選好位，將登機證印出，把要帶的東西扔進滾輪行李箱——下定決心後，她就迫不及待想要盡早出發。要應付四天晚上和英國的雨天，這些應該足夠。她寄了電子郵件給幾個朋友，要他們別擔心，她只是要外出幾天。隨後翻開日誌，聯絡這週要上課的學生，把同樣的話又解釋一遍，並補上自己最誠摯的道歉。兩戶鄰居的門她都敲了，但無人回應，於是她分別留了張字條——**因公事需要，需外出幾日**，並簽上自己的名：**伊爾莎．布勞克**

曼。之後又補了句她是原屋主的女兒，以免他們忘了。

到了六點，她已經在前往英國的飛機上。九點半，她開著租來的車，駛過一條條環城道路與一座座停機坪般的倉庫，還有一座大如丘陵的垃圾掩埋場。海鷗成群，碼頭區矗立著雄偉的玻璃高塔。

這一切她都不認得。

♪

「請問是什麼特殊日子嗎？」接待處的女性工作人員問。

「*Bitte*[2]？」

接待人員又解釋一遍，但並非用德文或其他任何一種歐洲語言，只是說得更大聲也更慢些，彷彿伊爾莎並非站在櫃檯前，而是飯店大廳另一頭水瀑潺潺流動的裝飾牆旁。

伊爾莎已抵達英國，但還需要點時間才能喚醒她的英文。此外，她一直在想法蘭克會不會像變魔術一樣忽然出現。她的心像被牽繩操縱般猛烈跳動，光是這樣就足以讓任何人腦筋一片空白，說不出半句話來。

接待人員第三次詢問她入住飯店是不是為了什麼特殊節日。

「什麼樣的特殊節日？」

接待人員查看電腦螢幕。她頸間繫著條藍色領巾，顯示自己並非只是從街上閒晃進來的尋常民眾，而是一名領有全薪，並能幫忙解決各種疑難雜症的工作人員。

她將選項唸了一遍。

請問伊爾莎是來慶祝：一，生日；二，結婚周年；三，蜜月；還是四，因公出差？伊爾莎致歉，表示自己只是來找人的。如果是因為其他原因，價格會有所不同嗎？她問。接待員再次查看螢幕。

飯店提供有：生日專案——免費贈送氫氣球；結婚周年與蜜月則有婚禮專案可選擇——提供花瓣以及小瓶普羅賽克氣泡酒；以及特別為熟齡女性規畫的商務與spa療程專案，沒有氣球也沒有花瓣，但有小瓶氣泡酒，也可換成瓶裝氣泡水，並可免費使用飯店的健身房。

伊爾莎向她要了間有景觀的雙人房；四個晚上，謝謝。

請問需要升級嗎？

此時正值淡季，接待員表示飯店可提供一間擁有兩張雙人床以及小客廳的豪華全景行政套房。伊爾莎說好，她已經好幾年沒給自己好好放個假了。

從房內的窗戶望出去，幾乎可將整座城市盡收眼底。不可勝數的微小燈火在她腳下顫抖、閃爍、移動。今晚的夜空毫無特別，空蕩冷清，隱隱透著股橘色光暈，與人世相比是如此蒼白乏味。

這間行政套房和她母親的公寓一樣大。兩張雙人床大到她就算橫躺也不會超出邊緣，獨立的小客廳足可容納一整個家庭。浴室裡淋浴、泡澡的設備一應俱全——如果她需要的話——還可以

2 德文，「不好意思，你說什麼」之意。

熨燙長褲。她將衣物掛進衣櫥，拿出盥洗用品，幾乎沒占去任何空間。她檢查手機，發現已有兩封來自女性友人的興奮簡訊：「**妳跑哪兒去了？**」、「**怎麼回事啊，小莎？**」之後，她在餐廳點了份遲來的晚餐——周遭都是獨自用餐的客人，大多是男性。看著眼前的食物，即便只是一碗湯，她還是發現自己毫無食慾。

空氣中有種她說不上來的熟悉氣味，一直要等到走進玻璃景觀電梯後她才恍然察覺。是洋蔥與起司的氣味。

41 聯合街

早晨九點，伊爾莎．布勞克曼將車停在聯合街上，緊張到撞上人行道兩次。

終於，她又站在這條商店街前。多年之前，她就是在這裡找回了自己，弓起雙手抵在窗前，第一次好好注視那名叫法蘭克的男人。那不過是她抵達英國的第三天，幾乎連一頓熱騰騰的食物都負擔不起，住在一間夜裡房客會鬼吼鬼叫的青年旅社。一見到他，她就知道自己的人生將面臨翻天覆地的改變，也難怪她會暈厥。

所有店家都封上了木板——老麵包店、葬儀社、信念禮品店（招牌掉了幾個筆畫，變成「言心禮口店」）、刺青工作室。就連街角那間大型酒吧都門戶緊閉。到處都是塗鴉、剝落的油漆和破窗。不過茉德二樓的舊家似乎有人非法居住，因為可以看見窗前擋著紙板，窗檯上還有罐牛奶。但真正令她天旋地轉的，還是那空蕩蕩的唱片行。外牆上的石磚相對完整，但已是焦黑一片，窗子四周也染滿煤灰。她無法看見店裡的情況，原本該是玻璃的地方現在都封上了木板。一株醉魚草認為僅存的屋頂會是個好的生長地，於是把這當成了自己的家。是**火災**嗎？兩隻鴿子拍動大大的翅膀，自二樓的窗戶飛出。是什麼時候發生的事？

還有堡壘建設呢？商店街上到處釘著「待售」的牌子。盡頭處的老轟炸遺址鋪了柏油，但看起來仍像是受過轟炸的廢墟。醉魚草竄地而出，柏油被頂了起來，宛如片片死皮。還有一堆又一堆廢物、陳年的家庭垃圾，以及「禁止亂丟垃圾」的警示。

***NF*力量。滾回去。吃掉有錢人**[1]。

她打了個哆嗦。

儘管街道一側荒涼蕭索，另一側的排屋公寓跟過去相比倒是熱鬧了些。幾戶加蓋了頂樓，而且全都像戴了硬帽似地裝了小耳朵。屋前的花園——儘管小，但種上了一、兩株美觀的灌木，並多鋪了條石子路，增添車位。有人搭起了座塑膠涼亭，還有人停了輛露營車。這是伊爾莎多年來首次想起盧索斯老太太，並好奇她後來怎麼了。她的屋子現在裝上了相襯的藍色百葉窗，拉下一半，宛如一雙描了眼影的睡眼。二樓的一扇窗前擺了成排絨毛娃娃，彷彿在欣賞城市的風光。

伊爾莎詢問街角的書報攤老闆認不認識一名叫法蘭克的男人，他開有一家唱片行。老闆說他不認識。那請問他知不知道聯合街失火的事？他還是不知道。一名拎著購物籃，但籃子裡除了好幾包餅乾外什麼也沒有的大塊頭女士，說她聽說過大量黑膠唱片起火的事，但唱片行就不知道了。兩人建議她可以去通宵營業的批發大賣場那打聽。於是伊爾莎去了大賣場，收銀檯後的年輕人——十五歲，大概——說他完全不曉得這附近原來有過唱片行——「妳的意思是那間店在賣實體唱片？超屌的。」好吧，不用再繼續問下去了。

如今，離開碼頭建設區後，她才看見這座城市依舊是如此灰敗破落。世上其他地方都已經向前邁進，變得美麗時髦，這裡卻被遺忘所籠罩。除了有些小小的地區翻新後變得較為高雅外，所有一切幾乎都和一九八八年沒兩樣。光天化日下，一名男人就這麼睡在門口、毒蟲聚集、三名年輕男子牽著戴口套的狗、一個女孩昏睡長椅上。你不會想在夜晚獨自外出。

她回到聯合街，敲了幾戶門詢問，覺得自己的頭開始痛了起來，就在眉心的位置，彷彿有根釘子在狠狠扭轉。她問了好幾名路人——一名遛狗的男人，還有兩個身上穿環多到看起來像是椅套的男孩。沒有人知道這兒曾經有間唱片行，更從沒聽說過有個叫法蘭克的男人。男子說他聽過這兒有過火災，還有人被送去醫院。那有人知道那些店現在是誰的嗎？「以前聽說議會打算把那條街給拆了。」另一名女人說，「改建成一座大停車場。但之後建設公司倒閉，許多人的畢生積蓄就這麼沒了。那些房子已經不值多少錢。」

伊爾莎問有沒有人跟一名叫茉德的刺青師有聯絡？她現在應該五十歲左右，但也沒有人聽說過她。等伊爾莎問起宗教禮品店時，男人直接哈哈大笑，回答，不如試試網路吧，如果妳對這種奇怪的東西有興趣。她回到主街，一面走一面找人詢問。每次都一樣，沒人聽說過法蘭克或唱片行。擠了一路的笑容，她臉上肌肉都痠了。

她察覺午餐時間到了，於是買了個三明治，但依舊沒有胃口。她坐在城門區的長椅上，旁邊是一座小小的臨時旋轉木馬。

就連她的閨密也不曉得她在英格蘭的那六個月裡究竟發生了什麼事。當然了，她們知道理

1 出自盧梭的名言：「當人民再無食物可吃之時，他們便將以富人為食。」

查，也知道那破裂的婚約——好幾個人說她真是太傻了。她們不曉得她愛上了個一週和她談論一次音樂的英國男人。被他拒絕後，她心都碎了。傷痛太深，深到她再也不願開口提起。況且，只要保持沉默，它總有一天會開始埋藏，部分的你將只存在記憶之中。或許可以一輩子就這麼把它擱置一旁，束之高閣，就像她過去對待音樂那樣。

那日下午，伊爾莎徒步找遍了整座城市。城門區、巷子內、行人徒步區、住宅區、大教堂。二〇〇八年的金融海嘯在此造成了嚴重的打擊，許多商店的櫥窗都空蕩蕩。**最後折扣。即將停業！清倉大拍賣！感謝顧客長久以來的支持**。過去的沃爾沃斯如今成了家冷冷清清的倉庫，販賣減價的松木家具。大型書店、女性精品店都已經倒閉。街角的肉鋪、蔬果店、魚攤全沒了。雖然她過去的二十一年來從未想起這些地方，但見它們消失眼前，她仍感到一股深深的失落，彷彿被人悄悄奪走了什麼。原本的店鋪如今大多都已變成了義賣商店、當鋪、手機行。**美廉酒行**。**美國炸雞**。

但讓她衝擊最大的還是公園。演奏臺四周圍起了鐵絲網，上頭掛著猙獰的惡犬圖片（禁止進入）；草地上，菸蒂、針頭、瓶罐散落四方；湖上不見遊船的蹤影，水裡塞滿老舊的垃圾——一張床墊、浮屍般的黑色手提袋、瓶子、汽車零件。她獨自坐在破損的長椅上，愣愣凝望。有句話叫做如鯁在喉，但這感覺像是接二連三吞下一根又一根魚刺。等她終於尋著原路離開公園時，夕陽已在光禿禿的樹梢投下單調不祥的光影。

這兒，曾有過彩燈輝煌。

回到飯店，隔鄰的房客開著電視，音量大到伊爾莎可以聽見每一句話。她帶著一種異樣的漠然感更衣梳洗，好像這一切事不關己。如今終於又重回舊地，她卻察覺有種呆滯感悄悄在體內蔓延，而啟程之初那滿心期待、興奮不已的她已消失得徹徹底底，幾乎連脫鞋所需的一點動力或力氣都沒有。

她期待什麼呢？匆匆忙忙趕回來，發現一切都沒有改變？她怎會如此天真？如此樂觀？一天過去了，她找到了些什麼？除了知道沒有任何人認識法蘭克或聯合街上任何一家店鋪，並體會到時移事往、人世無常，而且通常只會越變越糟外，她毫無斬獲。二十一年來，她已如此習慣思念法蘭克。這念頭如影隨形、如此熟悉、如此陳舊，已與她如此貼合，就像手腕上的一條細帶，她可以好幾個月不曾察覺它的存在。但如今，他的缺曠卻帶給她一種空虛的倉皇，令她軟弱無力。她該明天一早就收拾行李打包回家，好好做些有意義的事，別再蹉跎——

家？如今哪裡是家？母親的公寓？她在腦中勾勒一只古老的桃花心木玻璃櫃，裡頭擺滿了母親收集了一輩子的小小陶瓷娃娃，有男有女——裙裝的牧羊女以及她們身上穿著排釦長禮服的戀人。這就是所謂的人生嗎？持續收集各種小東西、小玩意兒，各種精緻小巧的美麗，細細保存收藏，讓流逝的光陰更顯意義，但是到頭來——終究是要包在報紙裡，捐出去給人義賣？

她將頭枕在收音機旁，聆聽其中傳來的女聲。音訊斷斷續續，說的是俄文，大概，並伴有雙手彈奏的鋼琴聲。是蕭邦？還是比爾．艾文斯？她聽不清楚，說不上來。早晨醒轉時，喇叭中只剩微弱的雜音。她在腦中默默想像她聽到的聲音自有其生命，能夠捕捉卻永遠無法留下。她想找回那電臺，於是緩緩、緩緩地轉動旋鈕，慢到彷彿沒在動，但那名俄羅斯女子和她那位彈奏鋼琴的朋友已杳然無蹤，就像聯合街上的店鋪，就像那些店鋪的主人、顧客，以及那些曾經喜愛黑膠唱片、喜愛天南地北隨意閒聊的人們。他們現在全成了飄渺的幽魂——

好吧，那不是藉口。

她必須知道，如果妳想在這裡刺青，得上哪去找紋身師傅。

♪

接待人員的電腦螢幕上列有十五家刺青店名稱，她拉動捲軸一一瀏覽。在一九八八年那年代，伊爾莎以為只有摩托車騎士、監獄裡的囚犯還有喜歡重金屬的男人會刺青——喔，還有茉德。但顯然紋身現在已成了全民運動。

「您確定她還在嗎？」接待人員問，「許多店都已經收了，您知道的。」

不，伊爾莎並不確定。但直覺告訴她，在那一小群店主之間，若真有誰能存活下來，絕對是茉德。

她開車找遍整座城市，副駕駛座上就擱著那張列印出來的刺青店名單。她遇見形形色色的年輕男女，五彩繽紛的手臂宛如袖套。好幾個人剃光了頭髮，在一般人只會蓄毛髮、平凡對待的部位，刺上愛與和平的美麗符號。有個老翁向她展示當他鼓動胸肌時，他胸前的兩隻藍鳥便會拍動雙翅。她最後向一名身上刺滿愛心與「和平」、「快樂」等字樣的女性買了咖啡，但她毫無疑問是伊爾莎見過最憂傷的一個人。然而，沒有任何人聽說過一名年約五十，名叫茉德的刺青師。

「我知道九〇年代曾有間女師傅經營的刺青店，」一名通體藍色的年輕男子尖聲回答，「就在一條死胡同裡。我不知道自己哪裡得罪過她，但她有次直接叫我滾。她現在改開了間花店，在城門區附近，很時髦——」

伊爾莎已拔腿朝車子奔去。

♪

「**是妳？**」

茱德似乎啞口無言。她杵在原地，一手抓著束秋菊，一手握著把危險的小刀。

她的店氣氛冰冷，裝潢陳設看起來不像花店，反而更像間倉庫，風格當代，混合有玻璃、裸磚與灰色的鋼鐵金屬。伊爾莎萬萬想不到城裡會有這樣一家店，石板上寫著各種告示——**今日精選花種**——以及各種造型清冷奇特、出人意表，但又能更凸顯花朵之美的花束，看了會讓人覺得自己似乎從來不知玫瑰或百合為何物。橄欖枝配上鏽褐色的大理花，還有猶若色紙摺出的粉紅牡丹在柳枝編成的錐籃中盛放。牆上掛著以紅辣椒、紙捲和環形蘋果皮裝飾而成的花環，還有一束抽著如風火輪般的纖細藍色鬚芽。「**是妳？**」她又重複一遍，「**妳**想幹嘛？」

伊爾莎無法解釋，但她此刻最想做的一件事，就是擁抱茱德。

但她沒有。她只是從頭開始娓娓道來。她告訴茱德她成了小提琴教師、後來搬進母親的住處照顧她、待母親辭世後便賣掉自己的公寓，也說了在利多超市聽到韋瓦第的樂曲，便下定決心要回來。最後說起自己是如何尋找法蘭克——

整段時間內，三名穿著俐落圍裙的女店員只是用極為困惑的眼神看著茉德和伊爾莎。

「不要只是傻在那兒啊，」茉德氣沖沖地喝斥，「是沒事好做了嗎？」

三人匆匆朝店內深處奔逃。

茉德變了。她的莫西干頭現在成了褐色的幾何前衛短鮑伯，耳上與鬢邊雜了些灰白。她不再打扮得像個壞妖精，而是在牛仔褲上套件灰黑色無袖亞麻罩衫，腳踩棕色綁帶靴。身上還可見幾處藍色的刺青，但雙手和頸間只剩粉紅的輪廓。

「我把一些雷射掉了。」察覺伊爾莎疑惑的眼神，茉德如此解釋，「現在人人都有刺青，太氾濫了。」

她似乎把心思轉移到了指甲上，不僅修得又長又尖，還塗有條紋與渦紋圖案的指甲油。茉德動不動就揮舞她的指頭，好像手上戴了什麼新鑽戒一樣。顯然她對自己的指甲非常滿意。

只是她手上並無婚戒。

茉德說出她對法蘭克所知的一切，但內容寥寥可數。「總之，他失去了一切，又拒絕旁人幫助。」一九〇〇年代中期後，她就再也沒有他任何消息。她最後終於在二〇〇〇年賣了刺青店，找間外地的專科學校學花藝，然後出資開了這間店。除了實體店面外，她還有經營網路商店，提供送花、大型婚禮布置、團體行號訂購等服務。

「我去法蘭克的唱片行看過了。出了什麼事？」

茉德的態度軟化了些；起碼她把刀子放下了。她告訴伊爾莎，那天先是封膜機起火，後來就演變成了熊熊大火。伊爾莎已經好幾年不曾想起那臺機器，此刻一想起，那回憶就鮮明到她彷彿伸手可及，甚至可以聞到那味道。

茉德嘆了口氣。「基特嚴重灼傷，法蘭克非常內疚。我不曉得基特後來怎麼了，有一次，我以為自己在報上看到他的照片，但我想是我看錯了。」

終於，伊爾莎明白那晚法蘭克離開後發生了什麼事。他失去了一切，曾有一段時間試圖振作，但最後還是認輸投降。「CD的事他料錯了。他恨死大家前仆後繼地買CD；現在再回頭看當然覺得瘋狂，如今哪還有人想要CD，但那時卻讓他吃了極大的苦頭。我後來聽說他開始跟一些不三不四的人往來，最後一次是在公園看到他。」

「他有說什麼嗎？」

「沒有。」

伊爾莎恍恍惚惚地聽著。這一切都好不真實，隨後察覺自己已好幾分鐘沒好好吸進一口氣。

「都是好久以前的事了。他說不定已經死了。」

撇開其他消息不說，這句話讓伊爾莎覺得肚子像狠狠挨了一拳，猛然倒抽口氣。

「不，」她喃喃道，「不，我不相信。不可能。」

茉德的聲音將她拉回現實。她問伊爾莎想不想進唱片行看看，她有備份鑰匙。

待兩人回到聯合街上時，夜幕悄悄垂落。

♪

唱片行內瀰漫著霉味、寒意，還有尿騷味。茉德移動手機手電筒射出的白色光柱，讓伊爾莎看見損害有多嚴重。原本擱在後牆前的唱盤，如今只剩地板上一截焦黑的板塊，試聽間不復存在，櫃檯亦然。地板在她腳下浮動，到處堆積著厚厚一層碎黑膠、玻璃、灰塵、灰泥與灰燼，牆面都燻黑了。有人把這當成了自己的棲身處，角落邊上可見各種瓶瓶罐罐、外賣餐盒，以及一只老舊的睡袋。甚至還有輛傾倒的購物車，裡頭塞著條毯子和一頂棒球帽。

「看到了吧，」茉德說，「真的什麼也沒了。」

伊爾莎覺得好冷，身子不由開始顫抖。她將十指緊捏成拳，以免眼淚奪眶而出。她告訴自己這感覺會過去的，只是一時情緒，沒有必要執著。而有那短短瞬間，她成功了，只是想著：我沒有受傷，我有錢，我有食物。但悲傷再次襲來，由裡到外完完全全占據了她。她不曉得自己有沒有脫離的一天。

♪

又是一間小餐館，茉德端來了兩杯茶。她似乎心神不寧，臉上神情混合著拘謹與同情。她從口袋掏出菸，但咒罵一聲後又收了起來。「我實在恨死他媽的禁菸新法規了，」她尋找身上的尼古清，「妳還有——」

「沒有。我其實沒有抽菸的習慣，只有和法蘭克在一起時才會抽。」

茉德給伊爾莎看了張手機上的照片：是她現在住的茅草頂小屋，開車通勤得花上四十分鐘。

她手指輕撫螢幕上的照片，彷彿那是她心愛之物。

「還有誰嗎？」

「什麼意思？」

「威廉斯兄弟？安東尼神父？盧索斯老太太？」

威廉斯兄弟搬離聯合街幾個月後便過世了，兩星期內相繼往生。這樣或許也不錯。堡壘建設破產倒閉，投資者的畢生積蓄就這麼沒了。法蘭克說得沒錯，這整件事從頭到尾就是場騙局。至於盧索斯老太太？說到她，茉德難得展現了罕見的反應：她笑了。這位老太太堅持了好幾年，最後在九九年去世。「妳不會相信有多少人出席她的喪禮。據我最後一次聽到的消息，安東尼神父是進了安養院，若他尚在人世，現在也已經八十多歲。這兒就只剩我了。」她看向手機上的時間，說她得回去店裡了。

到了餐館門口，茉德飛快地擁抱了下伊爾莎。那是種奇特的感覺，不是太撫慰，比較像是撞上一面盔甲。「一路順風。有時候，放下過去、繼續前進是最好的選擇。這座城市從來都只是條死胡同。」

♪

伊爾莎邁步離去。她必須不停深呼吸，否則淚水就要潰堤。某扇門前有名男人向她討錢——想起法蘭克——她把包包裡所有現金全給了他。

「上帝保佑妳，」他高喊，「上帝保佑妳。」

整條街上，他的聲音如影隨形，彷彿一條繩索，要將她拉扯回去。

她忽然醒悟，她想尋找法蘭克，卻一直找錯了地方。

♪

她走訪碼頭的酒吧、找《大誌》的街頭販售者攀談、在公車站牌處攔人詢問，還走進收容所與愛心廚房打聽消息。到了晚上八點，她從提款機領出的現金又都沒了。她聽著一名女人告訴她，她丈夫有天就這麼消失了。有人嘲笑她、跟蹤她、無視她、撞她、對她大呼小叫，或把她當空氣般擦身而過。不只兩次，她只感到純然的白色恐怖。食品工廠的煙囪上煙霧吞吐，她兩腳痛得有如針扎。

沒有人聽說過法蘭克，更不知道曾有那麼一個總是希望能幫助他人尋找合適音樂的男人。

「聽起來像電影裡的角色。」有人這麼大笑回答。

就像他從來不曾存在過。

42 〈昨晚一名ＤＪ救了我〉

伊爾莎一件衣服也沒換，就這麼躺在飯店床上。她完全不曉得此刻的時間，只是看著黑漆漆的窗上映著無數微小燈火。思緒紛擾而至，不像是文字，比較像是物體、形狀。空氣凝滯，感覺就像所有一切都被奪走，只剩下一種不安感受，彷彿遺忘了某種不該遺忘的事物。那樣的缺憾。

這已是她來到英國的第三晚。整天下來，她先是以為自己永遠失去了法蘭克，然後又以為自己找到了有關他下落的線索，然而希望終究還是落空。做好要尋回失物的心理準備，並不代表你一定會找到。她打開廣播，想再聽聽前晚聽到的那名女子與她友人彈奏的鋼琴，但就連他們也棄她而去。她最後轉到當地的廣播電臺，聆聽從收音機傳出的現場叩應節目（「**深夜手——術室！**」每十五分鐘就會聽到一次開場廣告詞）。一般民眾可打電話進電臺分享自己面臨到的問題，ＤＪ主持人會想辦法幫忙解決你的疑難雜症。這節目莫名帶給她一種親切感。她把音量轉到極低，讓自己必須動也不動才有辦法聽到。感覺就像她早已知道這些故事——夜不成眠的男子、無法決定該不該離開自己丈夫的妻子。ＤＪ一面聽，一面發出「嗯、嗯」的輕快回應，然後給予來電聽眾一些像是「試試看睡床的另一邊」，或是「這位女士，您先生聽起來很不妙啊」等稱不上建議的建議。他的美國腔像是裝出來的，而且語氣異乎尋常地熱情，還會播放音樂佐證自己的論點。伊爾莎本以為她會受不了那名DJ，結果發現自己越聽越入迷。他聽起來就是個可愛的好人，不停重複電臺的電話號碼，告訴聽眾無論什麼事情都歡迎打進深夜手術室分享。忽然間，節目裡平空傳出一陣可怕巨響——狠狠刺破她的耳膜——然後是主持人的「喔，可惡」。只是這次沒了美國腔，她立刻認出那聲音。

她連忙抓起電話。

♪

「妳怎麼知道是**我**？」

伊爾莎和基特分坐在飯店吧檯兩頭，是此刻碩果僅存的兩名顧客。凌晨一點鐘，他下了節目直接趕來，腳上還別著騎單車用的褲管夾，濃密的黑髮間夾了幾莖灰白，但臉孔平滑圓潤，而且十分粉嫩。不像茱德，基特年紀大了之後反而瘦了下來，從頭到腳一身拉鍊和萊卡裝備，安全帽擱在腿上，好像隻塑膠寵物。

「我本來沒聽出來，直到你弄掉了東西。」

基特對著自己的水果酒笑了起來。水果酒裝在長長的玻璃杯裡，裝飾籤上插著顆櫻桃。這不過是個小小的親切舉動，但伊爾莎很是感動。唯一的缺點是每次基特拿起杯子要喝，她都會擔心他左眼會不會被戳瞎。

她說：「我找到茉德了。」

「我想盡辦法躲著茉德。」

酒吧內，服務生翻著報紙，視線不停朝基特瞥來，像是認出了基特的聲音，但卻又不好意思相認。

基特說起自己的生活。他已經主持深夜手術室好些年了。每週都會收到聽眾來信，社群媒體上也有大批的追蹤者。打呵欠時，伊爾莎仍可在他臉上看見當初那名青少年的影子。她歉然道：「我不該要你過來的，但一認出你的聲音——我今天實在太不順利，所以就忍不住了。你餓嗎？」

他當然餓了。他可是基特呢。他看了看宵夜菜單，點了份培根生菜番茄三明治。服務生端上桌時，盤內還多了洋芋片和兩顆醃洋蔥。他問基特是不是就是那個**基特**；電臺那個主持人？基特說他是。「哇，真不敢相信。」服務生說，「我到哪裡都認得出你的聲音。」他請基特在餐巾紙、啤酒杯墊和他的袖子上簽名。「我媽超愛你的。」他說。從他滿臉通紅的模樣看來，他自己也喜歡基特的可能性十分之高。

在享用第二杯水果酒（以及另外兩顆櫻桃）的同時，伊爾莎又知道了更多事。基特在大火中嚴重燒傷，兩條腿和前臂上都仍可見到疤痕。法蘭克每天都去醫院陪他，之後將基特介紹給一位ＤＪ朋友，從此拉開基特廣播生涯的序幕。但不到一年，法蘭克就開始走下坡，越來越常獨自一人。基特猜想法蘭克是不是刻意把旁人推開——也或許他只是不再關心。

他和那名銀行經理保持了一段時間的友好關係，不過不願接受經濟上的援助。之後，銀行經理提早退休，和妻子兩人帶著小孩到處旅遊。過去的老主顧在街上碰到他，都會嘗試要給他些錢或伸出援手，但他很難捉摸。他或許會同意見面，但到了約定時間又不見人影；也可能會說他找到了你要的唱片，結果又給了別人。

「之後他似乎就完全放棄了音樂。」

過去幾天來聽到的消息中，就屬這個給她的打擊最深，彷彿體內又被挖開了個新洞，除了滿滿的悲傷外，沒有任何東西填注。

「法蘭克放棄音樂？但音樂**就是**法蘭克啊。」

「我大約在九八年的時候見過他一面。我那時正要離開一間夜店，他看起來很糟，我吃驚極了。我那時跟幾個朋友在一起，他站都站不直，不停摔倒。我記得他說他頭很痛，顯然喝了很多酒。我想幫他，但他就這麼離開了。我想是他想要放棄，明白嗎，他再也無法繼續下去了。」

伊爾莎聽著，用手帕掩住了臉。但當她低聲問「他還活著，對不對？」時，眼裡盈滿淚水的是基特。

「老天，希望如此。我無法想像世上再也沒有法蘭克。那一定會變得很恐怖。」

♪

基特沒有回家。父母過世後，他便賣掉家裡的房子，自己買了間倉庫改建的公寓。他跟著伊爾莎回到行政套房（又外帶了個三明治），和她一起平躺在床上。兩人聊了一整晚，回憶法蘭克、唱片行，以及他曾幫助過的所有人。他又多說了些他廣播節目的事，伊爾莎也分享了自己小提琴教師的生活。二十一年的歲月可以濃縮成多麼簡短的字句啊。這究竟是好事還是壞事呢？也或許人生本就是這樣。

「法蘭克好愛妳，」他說，「我們都是；就連安東尼神父也一樣。」

突如其來的希望令她心跳急遽加速。終於親耳聽見法蘭克對她的情感，也讓她如釋重負。她努力深呼吸，說：「茉德就不愛我。」

「茉德愛法蘭克。」

「現在還是嗎？」

「我不認為。」

「但我今天還是有那種感覺，就像她試圖想要擺脫我。」

她忽然想到，即便這麼多年過去，他們三人之間還是縈繞著一種氛圍：分離、未竟，就像未完的樂曲，她想。即便是基特——如此活力充沛、生氣勃勃——在他的笑容之中也都藏著一種寂寞。但究竟要怎樣才能寫完這結局呢？奇蹟？最少最少也需要小小的人為魔術。伊爾莎可以聽見遠方的警笛和醉酒喊叫。你在哪，法蘭克？她輕撫喉嚨，想讓自己的左手指尖變成他的，想把他召喚至自己身旁，召喚至安全之處。她想起自己，在這間行政套房內、在母親的公寓裡；也想起年輕的自己，走在法蘭克身旁。就像所有的她共存在同一個時空裡，卻分不出哪個最為真實。

基特的鼾聲響起，她拿過他手上的餐盤，輕輕替他蓋上被子。

♪

事實證明，城裡的安養院甚至比刺青店還要多。隔日早晨，伊爾莎和基特分別站在櫃檯接待員兩旁，看著她檢閱電腦螢幕上的名單。那些安養院都有個歡樂的名字，像是晴朗安養院、綠堤之家，但伊爾莎不認為在他們那兒看得到任何晴空美景或綠茵堤岸。

接待人員沒有追究早上八點時基特和伊爾莎一同從電梯走出，不過**確實**問了他是不是深夜手術室的主持人。她很愛他的節目，她說。

「我打進去過一次。」她藍色制服領巾周圍的皮膚都紅了。

「是嗎？」

「我怎麼回答？」

「我不知道自己該不該辭職去印度。」

「你說人生操之在己。」她移動滑鼠，按下列印鍵，列表機吐出六頁的安養院名單。她將名單用釘書機釘好，交給兩人，對基特露出羞赧的笑容。「我有天會去的。」她說。

飯店餐廳裡，伊爾莎一頁接著一頁篩選，標出她認為最有可能的名字。不過坦白說，其實完全就是靠直覺猜測，她半點頭緒也無。她再次指著自己標出的名單，她明天就該回德國了，而要把這些地方全部開車造訪一遍，可能需要好幾個星期。

基特飛快喝乾一杯綠色的排毒果汁，笑了起來。「妳沒聽過臉書嗎？還有手機？」

一小時後，他不僅嚐遍了自助餐檯上的所有早餐，還查到安東尼神父住在一間叫做希望之家的安養院。

♪

「法蘭克？」女孩說，「喔，我聽過這名字。安東尼先生老是將他掛在嘴上。」

希望之家是間寬闊的單層樓建築，內部處處可見手扶欄杆和保全按鈕，但「希望」卻似乎無影無蹤。女孩帶領兩人穿過走廊，腳上穿著慢跑褲，T恤外套著件藍色的塑膠圍裙，薄到像是用垃圾袋做的。

女孩的膠底鞋在靜默中啪噠作響。走廊上滿滿鋪著彷彿會黏腳的老舊棕色地毯。一側的牆上開著窗，一側是房門。陽光拉成一塊塊的長方形，空氣中瀰漫濃濃的化學藥劑味，顯然是要遮掩來自人體的強烈氣味。

伊爾莎飛快朝窗外瞥了一眼，停車場上只停著她一輛出租車。

「他老是法蘭克長、法蘭克短，」女孩說，「有時候我們索性把門給關了，讓他自己叨唸去。」

「那他摔倒了怎麼辦？或是覺得孤單呢？」

女孩聳了聳肩。「他可以按鈴。」她推開其中一扇房門。

「不用敲門嗎？」

但女孩早已走了進去，高聲喊道：「來嘍，安東尼先生，你有訪客喔。」

那是個小房間，除了日常必需品外什麼也沒有，甚至連張照片也無，連服務鈴也是用膠帶貼在牆上的。

安東尼神父坐在窗前的一張扶手椅內等待。欄杆之外可見一面磚牆，就在不到十呎遠的地方。他僅存的髮絲直豎著，雙眼因老邁而顯得溼黏，眼鏡用急救膠布黏著，以免解體。

「別起來、別起來！」基特嚷嚷。

但老牧師還是站起來了。他趕上前，將兩人攬進懷中，彷彿已為這天祈禱了好多好多年。

♪

「基特，我不確定我們是不是能綁架這裡的院友。」伊爾莎說，將車左轉開上雙線道。

「我們沒有綁架他啊，只是帶他出去一天。我跟那女生說我們是他的家屬。」

「她有為難你嗎？」

「沒有，只要了我的簽名。」

安東尼神父坐在後座，搖下車窗，任寒風吹拂髮梢。他仰起了臉，嘴角勾著笑。

♪

伊爾莎．布勞克曼已數不清自己過去幾天來造訪了多少家餐館。她又點了杯黑咖啡，安東尼神父點了牛奶，基特問他能不能點英式下午茶套餐，雖然嚴格來說現在連中午都還不到。

女侍羞紅了臉，說當然可以，還問他是不是——

「我是。」他愉快地說，「妳要簽名照嗎？」

安東尼神父握著伊爾莎的手，把自己知道有關法蘭克的一切都告訴了她。沒錯，他是失去了一切；沒錯，他也確實背棄了音樂；而且，沒錯，他可能尚在人間。

「他在哪？」老牧師話還沒說完，她便倏然起身，一把抓起了車鑰匙。

「我不曉得。」安東尼神父揉了揉臉，「我不知道他現在在哪。他以前偶爾會來看我。一路走來，之後又再走回去。大家都喜歡他。他總是耐心聽所有人說話。然後，有一天，他說他有件事必須去做，有段時間無法再來看我。」

「那是什麼時候的事？」

「我記不得了。我腦子不靈光了。」淚水湧上他的眼眶。伊爾莎握住他的手。他或許孱弱，但還沒對人生認輸。

「他要去做什麼？」

「我不曉得，只說他需要找份固定的工作。」

「那為什麼會是個問題？」

「我不知道。」安東尼神父激動不已，五官全都糾結在一起，「老天，我好高興能再見到你們。」

♪

三人駕車返回城內，去了公園、警察局，還走了城門區一圈，但連自己究竟要找什麼都不知道。每當她以為自己看見了法蘭克，他就又消失在另一條巷子裡。最後，他們將車停在聯合街上，站在封起板條的商店外。下午三、四點，暈柔的粉紅色光芒填滿空氣，讓那排荒涼的店家也散發著一股暖意，就連唱片行焦黑的磚牆都顯得美麗。

「那是段好時光，」基特喃喃道，「我們甚至不知道那有多美好。」

「我們知道的。」安東尼神父說，「我們知道那有多特別。我們都熱愛助人，尤其是法蘭克。但我想，他是迷失了自己，這種事時有所聞。」

伊爾莎問他是否願意和她一起在飯店共進晚餐，他頷首說他非常樂意。

開車返回老碼頭區時，基特喋喋不休，整路上都沒停過。後照鏡中，可以看見安東尼神父容光煥發。伊爾莎任由自己的思緒馳騁，想像過去的那間唱片行、一箱又一箱的黑膠、有著小小珍珠母貝鳥兒的試聽間，還有那條老舊的波斯地毯。茱德的聲音再次響起：**有時候，放下過去、繼續前進是最好的選擇——**

她差點一頭撞上人行道。

「哇！」基特驚呼。

如果茱德已經十五年沒見過法蘭克，為什麼還會有唱片行的鑰匙？

答案就在飯店的門廳等著她。

♪

「糟糕，是**她**。」

不誇張，基特真的一把躲到了伊爾莎身後，抓著她肩頭。安東尼神父又驚又喜地摀住嘴巴，飯店櫃檯的接待人員只是在電腦旁愣愣看著。

茱德站在那面流水裝飾牆前，雙手按在臀上，兩腳叉開，活像警方架設的屏障。

「我沒說實話，」她說，「我知道法蘭克的下落。」

♪

在飯店餐廳共進晚餐時，伊爾莎終於得知了謎團的最後一塊拼圖。茱德必須一而再、再而三地重複，因為在這裡根本別想壓低音量說話，安東尼神父聽力也大不如前，基特還用連珠炮似的問題不停打斷她。

「法蘭克在**哪**？」「什麼？」「怎麼會？」

兩天前，她沒有對伊爾莎完全坦承，是因為她認為最好不要有人去打擾他。「況且，」她掏出香菸，隨即又摔回手提包裡，改拿尼古清。「我最不想看到的人就是妳。我看妳不爽很久了。」

她要他們了解，法蘭克已經不再是過去的**法蘭克**，只是具空殼。「實際上，」她又說了一遍，「他是個廢物。」

伊爾莎感到一種輕飄飄、空蕩蕩的感覺在胃裡湧現，一切似乎都搖搖欲墜，隨時會瓦解崩潰。「他到底在哪？在做什麼？為什麼要這麼保密？」

法蘭克在食品工廠工作，替洋蔥起司口味的洋芋片做洋蔥起司調味料。

「就這樣？」基特又反問了一遍，「這就是他現在的工作？」

安東尼神父黯然搖了搖頭。「老天。」他喃喃低語。

他想辦法留了把唱片行的鑰匙，讓茉德幫他照顧。有時候——狀況不好的時候——他會睡在那，或把地方出借給朋友。其餘時候她也不曉得他到底在哪、做些什麼。

「但他為什麼要去食品工廠工作？」基特又問，「他討厭死那地方了。他就是不想我去那工作才會雇用我。他說他小趾頭裡的音樂都比那間食品工廠還多。」

茉德倒乾酒瓶內的紅酒。「我想他是不想被找到；感覺就像他想傷害自己。」她又補了句，說他情況已經糟到哪天在街上發現他蜷曲的屍體她也不會意外。每週六中午，他會去購物商場吃漢堡。除了食品工廠外，這是他唯一會出現在眾人面前的時候。

「他為什麼要去那？」伊爾莎問。

「那商場**爛透了**。」基特說。

「反正他就是會去。不要問我為什麼，大概是工廠每週都有發兌換券之類。」

「我們可以見他嗎？」伊爾莎的問題和甜點菜單同時出現，「我們能做什麼？」

總算有一次，基特對食物不為所動。他等著。所有人都等著。等著茉德的答案。

「你們得叫醒那混蛋。天知道要怎麼做，反正得狠狠下番大工夫。」

♪

伊爾莎坐在飯店房內，把所有事情寫下來，好釐清思緒和來龍去脈。需要兩個小時才能交代清楚的談話，最後濃縮在一頁半F4大小的紙上。

她徹夜不停自問同樣三個字。**怎麼辦？**妳要怎麼找到一個刻意把自己藏起來的男人？是什麼讓他陷入蟄眠？妳要怎麼喚醒他？她為什麼不能直接去見他？她知道答案。因為法蘭克會逃開，而她無法忍受再次失去他。況且有時候，在人生之中，光是簡單與平凡並不足夠。

想啊，她告訴自己，**快想想法子啊**。

若是換作另一名客人，法蘭克會怎麼做？某個真的需要幫助但又不知該如何求援的人。

她一遍又一遍不停反覆寫著同樣的問題，並在下方畫線強調。

安東尼神父睡在新加的床鋪上，茉德占據了沙發，基特則在電臺主持他的**深夜手術——室**。伊爾莎保證她會聽，她也確實聽了，把音量調低，耳朵貼在喇叭旁，聽著基特告訴聽眾該如何修補人生，並播放歌曲撫慰他們的心情。節目終了時，他說他有個特別的訊息想傳達給親愛的朋友。他放了寇帝·梅菲的〈一試再試〉。

「怎麼做？」她自問出聲，「我們到底該怎麼做？我們能怎麼幫你，法蘭克？」

等基特穿著他那身萊卡裝備和褲管夾回來時，她已有了答案。

以毒攻毒。這點她應該最清楚不過。

法蘭克必須聽見他無法面對的那首歌。

♪

翌晨，伊爾莎．布勞克曼回到飯店櫃檯前，詢問那名繫著藍色絲巾的女士，她是否能在行政套房多住一週，並努力不要去想自己的銀行戶頭。

「您的朋友也會留宿嗎？」

「會，」她說，「我想他們會的。」

好幾天來頭一次，她終於有了笑容。

43 哈利路亞!

聽《彌賽亞》的方式有很多，你可以看現場演出，也可以找當地的唱片行買張唱片，或是從圖書館外借——只要你家附近的圖書館依然存在，而且還有音樂館藏。又或者你可以在線上購買，連家門都不用出就直接發送到你的電子裝置。最簡便的方法是下載：搜尋，叮，找到了，**哈利路亞**。

但你要怎麼將〈哈利路亞大合唱〉送到一名拒絕聽音樂的男子面前？伊爾莎、安東尼神父、基特、茉德坐在唱歌茶壺的窗邊桌位。是基特帶大家去那兒的。

剛看到伊爾莎時，女侍還大吼著餐館還沒開張，但隨即扔下她的吸塵器，驚呼：「老天，是**妳！**」伊爾莎來不及回答，女侍——已經不再年輕，但身材顯然更豐腴了——就給了她一個大大的熊抱。一笑起來，整張臉就歡天喜地皺成了一團。「讓我替妳準備些吃的。」

說完，立刻消失在雙開推門之後。

一行四人再次討論他們的選項。整個早上除了這事外，他們什麼也沒做。要怎麼讓法蘭克聽

〈哈利路亞大合唱〉？茉德說不如採用肢體上的暴力，突襲之類的。安東尼神父摺了隻紙鶴，問如果是用唱的呢？「我？」伊爾莎反問：「但我要在哪兒唱？再說，《彌賽亞》的重點不就在合唱嗎？得要有眾人齊唱才能製造出那衝擊啊。」

基特開始數起人頭。「一個、兩個、三個、四——」

「別妄想我會他媽的開口唱歌。」茉德說。

這話讓人異樣地鬆了口氣。

不，他們必須出奇制勝。若要讓法蘭克聽〈哈利路亞大合唱〉，他們必須攻其不備，而且音量得要夠大，讓他無法置之不理。伊爾莎提議可以在食品工廠外演唱，但基特說如果他們在工廠外演唱韓德爾的作品大概會被搶。聯合街呢？在街上唱不會有人聽到，再說了，沒人能保證法蘭克會睡在唱片行。唯一的方法是把他困在某個無法逃脫、聲音又不會分散的公眾場合。

「啊、啊、啊！」基特嚷嚷，好像踩到什麼尖銳的物品，「購物商場！星期六！」好方法。他們可以趁他吃漢堡時放音樂。

但要怎麼放？

找臺大型手提收音機，擺在鄰桌放ＣＤ怎樣？基特提議。

「ＣＤ？」茉德怒罵，「你乾脆直接往他頭上尻一拳算了。」

她說得對。必須是黑膠才行。那找臺留聲機呢？

沒錯，就是這方向。

「但我們得想個法子**放大音量**。」伊爾莎說，「這樣才能真正打入他心坎。我也不知道，用好幾臺留聲機呢？」

大家都擺出禮貌的表情，但沒有人認可這個方法。

「喔、喔、喔。」

「基特怎麼了？」

「我猜是又想到什麼了。」茱德說。

基特解釋了好幾次，但他實在興奮到像機關槍一樣，說得又快又含糊，有時甚至顛三倒四。

「行動表演！很多……！人……！快閃！**驚喜合唱！**」

「快什麼？什麼合唱？」伊爾莎問。

女侍端著托盤打斷他們，將茶、牛奶、檸檬片、糖還有一系列小小的自製糕點放在桌上，有粉紅色的冰椰糕、咖啡馬卡龍和紅絲絨蛋糕。

她拉過一張椅子，就是克制不了自己，一定要把伊爾莎的手握在掌中撫摸。

「我們在計畫什麼？」

基特深呼吸了口氣，坐得筆直動也不動，好像頭上頂著什麼寶物，嘗試再解釋一遍。行動表演是一種活動，一種演出。快閃族指的是一群人聚集在公共場合，通常是像購物商場這類地點，表演音樂或跳舞之類，而且看起來像是意外的巧合。「太完美了！」他不停嚷嚷，「太棒了！」參與者會表現得像是心血來潮、臨時起意的模樣，彷彿他們只是碰巧想在同一個時間、同一個地點做同樣的事。

「那麼做有什麼意義？」茱德問。

基特解釋，快閃活動的意義就在於**沒有**意義。重點是那份純然的美，一群人共同完成一件歡樂但又無必要的驚喜，而且完全不收取任何費用。

伊爾莎說：「但要籌劃〈哈利路亞大合唱〉，得花上好幾個月的時間啊。我們得刊登廣告招募歌手、尋找排演的場地。還有樂手呢？這絕不可能在週六前完成啊。」

基特吹去手上的殘渣；他剛一口吃完一整塊冰椰糕。

（「它確實容易黏牙，」女侍承認，「我想我的食譜還需要調整。」）

基特解釋快閃活動主要是利用社群媒體來組織。事關緊要，他想他們能在週六前完成，只是沒時間排演確實會是個問題，不過誰不知道〈哈利路亞大合唱〉呢？找一大群人來演唱的主要目的就是要讓法蘭克非聽不可，他們會把他包圍在內，無處可藏。

「你是要告訴我，光是在網路上發送訊息，就能安排好一次〈哈利路亞大合唱〉的演出？」

「對。」基特回答，他差不多就是這意思。

「大家會到場唱歌？」

「對。」

「因為他們愛法蘭克？」

「也可能是因為愛黑膠。」

「在購物商場？」

基特說：「二十一年前，法蘭克想要拯救黑膠，結果賠上了他所有的一切。這一次，換我們拯救他。我們要組織一次**快閃合唱**。」

他們有四天的時間。

♪

計畫如下：基特會致電議會，申請使用商場的許可，然後眾人會在表演前勘查一次場地。伊爾莎會想辦法找臺二手唱機和《彌賽亞》唱片；這類物品現在只有在義賣商店才找得到，幸運的是這樣的店城裡到處都是。接下來，他們會招募演唱者，基特會設計傳單，送印後發放出去。安東尼神父會電話聯絡城裡所有的獨立商店店主以及業餘演唱團體。基特和茉德則透過社群媒體發布消息。可惜的是，基特不能在他的廣播節目上宣傳這活動，因為這事絕對不能讓法蘭克知道。

「真的太可惜了。」基特說。

唱歌茶壺的女侍堅持不收取任何餐費。她其實已經不是服務生了，十五年前她就把餐館買了下來。

♪

商場的玻璃門往兩旁滑開，裡頭所有店名都包含了「特賣」二字，或起碼保證物美價廉。一鎊商店、平價雜行。美食街在地下一樓，周遭不見任何窗戶，唯一的自然光源來自上方的玻璃穹頂，但如今已是一片尼古丁般的黃。四人搭乘手扶梯，愣愣看著映入眼簾的寬敞空間。這兒起碼有二十家以上的餐飲攤位：歡樂快炒、美國炸雞、米莉手工餅乾、德墨餐廳、阿姨蝴蝶餅、大英馬鈴薯——這些還只是離他們最近的。中央區域擺放白色塑膠桌椅。巨大的垃圾桶等距排放，造型各異，有些是藍色的魚類、有些是松鼠，張著大大的嘴等你扔垃圾進去，還有巨大的盆栽內裝飾著巨大塑膠葉。這些擺設想來都是要讓來此用餐的消費者保持愉快的心情，但實情是若你撞見了張著血盆大口的巨型松鼠或藍魚，或甚至是巨無霸般的樹葉，你只想扔下汽水轉身就逃。

這地方看起來實在太寒傖了。幾乎沒什麼人，只有一名正在擦地的女清潔工、一名睡著的男子，還有一個餵寶寶吃漢堡的年輕媽媽。

「好吧，人這麼少，起碼我們星期六一定不會錯過法蘭克。」基特說。

他指出快閃歌手可以在哪表演。如果有二十人左右，盆栽前的空間應該夠大。迅速演唱一輪〈哈利路亞大合唱〉——然後立刻解散走人。

伊爾莎打了個顫。這地方讓她毫無來由地想吃青蘋果。她等不及想回到室外了。

♪

基特多年的手作經驗派上了用場。她開車載他到城市周邊的一間零售賣場，買了大把大把的A4紙、彩色筆、麥克筆、繩子、絲帶、膠水、膠帶、安全別針、胸針、亮粉、各種形狀的布料、布質緞帶、圖案膠帶、貼紙、錫箔紙、玻璃紙、雪花片。

「太期待了。」基特說，像少年時那樣蹦蹦跳跳。一名男子聽見他的聲音，將他攔了下來，說想謝謝他。他打進去過他節目一次，在心情非常低落的時候。

「是嗎？我說了什麼？」見基特似乎真沒察覺自己有多大的影響力，伊爾莎不由一陣感動。

「你建議我去好好散個步。」

「有用嗎？」

「我就是這樣認識了我老婆。」

基特整個下午都在飯店房裡畫傳單，鼓勵所有知道法蘭克唱片行的舊友，在週六下午一點共同來到購物商場演唱〈哈利路亞大合唱〉。伊爾莎開車載安東尼神父前往影印店，趁著基特必須趕回電臺主持節目前在飯店餐廳共進晚餐。當晚廣播結束後，基特又帶著自己和要給安東尼神父的換洗衣物歸返。茉德深夜打烊後也拎著小小的行李箱出現。

翌晨，伊爾莎帶著基特製作的圓形胸章出門發放。胸章上有三種不同的標語，全都帶有驚嘆號。**我愛黑膠！哈利路亞！為法蘭克而唱！**還有一種是三者的混合體：**我愛法蘭克，哈利路亞！**

彷彿玻璃般，時間就這麼自她身上穿透而過。只要是清醒的時候，伊爾莎莫不在安排這場活動，幾乎沒時間寄電子郵件跟學生解釋。她傳了幾封簡訊，但內容都很簡單，向朋友保證她很好，沒事。她花了一整天時間在義賣商店間尋找唱機，最後找到臺二手的丹薩特高階機種，上頭有著紅皮鑲邊和黃銅的金屬網格。收銀檯後的男店員興致勃勃地教她怎麼使用，還檢查了一遍確保唱針仍管用。她在一箱又一箱數不盡的二手黑膠間翻找，最後買了張由沙堅特指揮，於一九五九年透過古典大廠Decca錄製的《彌賽亞》，另外還買了《月光奏鳴曲》、艾靈頓公爵的《絲綢娃娃》，以及詹姆斯．布朗和尼克．德瑞克，總共花了她五十鎊。一名顧客發現她對黑膠情有獨鍾，便問她有沒有聽過世界唱片行日[1]？「黑膠又重返流行了。」他說。

基特和伊爾莎在主街上發放傳單，安東尼神父也坐在長椅上幫忙。他們向所有願意駐足聆聽的人解釋，告訴他們法蘭克和唱片行的故事，還有他是多麼熱心助人。一遍又一遍，他們邀請素昧平生的陌生人前往購物商場共襄盛舉，一收到信號就開始高唱〈哈利路亞〉。幾個人答應如果記得的話會盡量抽空到場。

同時間，茉德也在社群媒體宣傳這場活動。她在臉書上建立了個社團專頁，名叫「法蘭克之友」。

那當天要怎麼排演？伊爾莎問。基特又解釋一遍說他們沒機會排演，只能透過社群網站發布有關音樂和穿著的簡單指示。基特堅持所有人的裝扮一定要越普通越好。安東尼神父建議大家可帶個標牌，像是小海報之類，讓法蘭克知道有多少人是為他而來。

每天結束之際，他們會筋疲力盡地躺在行政套房裡，望著城市燈火，一遍又一遍在丹薩特唱機上播放〈哈利路亞大合唱〉。樂聲深沉渾厚，彷彿來自遠方。食品工廠之上，煙霧裊裊直升，有如根根蒼白的樁柱。

♪

午夜，距離活動展開還有十二個小時。沒有人睡得著。有太多事情可能出錯。他們不知道究竟會有多少人出現。到目前為止，茉德的臉書專頁已有不少人按讚，基特的傳單也都發完了，但沒人保證一定會到。安東尼神父聯絡了教堂的樂團指揮，問他能不能出借幾名唱詩班成員，安養院也有幾名朋友答應會到場支持。但是不用說，沒人確定法蘭克一定會出現。想到即將見到他，伊爾莎只覺一顆心噗通狂跳。部分的她想拔腿就逃，這麼做容易許多。

深夜時分，四人坐在飯店房內，基特、茉德、安東尼神父、伊爾莎，周圍環繞著基特的美術傑作——下節目後他就馬不停蹄做起標牌，安東尼神父也摺了滿坑滿谷的紙鶴。茉德則咬掉了她手上每一片剛做好的精緻美甲。

「你要大家聚集在盆栽前，對嗎，基特？」伊爾莎問。

「對。」他們已經討論過好幾次了。

「就在一點之前？」

「對，伊爾莎。」

「平常裝扮？」

「對。」

「手舉標牌？」

「對。」

但大家究竟為什麼要為了個不認識的男人出現在商場唱歌呢？就算是為了黑膠也一樣？

四人躺在黑暗之中，三不五時會有個人說：「你還——？」另一人會回答：「對。」又有一

1 二〇〇七年為提倡實體唱片文化發起的活動，訂於每年四月的第三個星期六。

人附和：「我也是。」

當晨曦在天空拉開序幕，他們肅然起身，梳洗更衣。沒有人吃得下東西，就連基特也毫無胃口。他們聽著〈哈利路亞大合唱〉，但卻唱不出口。櫃檯人員祝他們好運，四人又檢查一遍，確認自己有帶上唱片、唱機和標牌。

「要有信心。」伊爾莎幫忙安東尼神父穿上外套時，他這麼低聲說。他手上拎著個塑膠袋，伊爾莎忽然察覺他看上去其實還挺硬朗的。

她嘆了口氣。「一切都太**不確定**了。」

「因為這是一次快閃活動，」基特提醒她，「是驚喜。」

另一個驚喜緊接而至。當他們在十月二十日星期六這天抵達購物商場時——所有人都緊張到腦筋一片空白——玻璃門滑開，基特手中的丹薩特唱機砰地摔落。

44 快閃！

「為什麼是我？」伊爾莎在商場門口低聲質問。玻璃門關上。

「因為妳是音樂家啊。」茉德也厲聲嗆回去。玻璃門再度滑開。

「但我不**拉**琴了啊，我只負責教。」

「這算哪門子老師？」

玻璃門關上。打開。

「我們可以先離開門口嗎？」安東尼神父問。

再過四十分鐘活動就要開始，他們卻沒有音樂可放。實際上，他們確實**有**音樂：小甜甜布蘭妮的〈中你的毒〉。商場內所有音響都在放這條歌。但若是指韓德爾的〈哈利路亞大合唱〉，那就一點音樂伴奏都沒有，除非伊爾莎同意演奏。她說她可以試試再去買臺唱機，但說歸說，她自己心裡也很清楚不可能，沒時間了。

基特拿著手機來回踱步，一手傳簡訊，一手忙著抓腦袋。

「我要怎麼演奏？」伊爾莎堅持抗拒，「我沒有小提琴，也沒有音樂。」

安東尼神父舉起手中的塑膠袋。基特擅作主張，借來了小提琴和樂譜——只是沒那膽子告訴大家——以免丹薩特唱機不能用。小提琴裝在破舊的帆布盒內，琴弓上也少了幾根馬毛。

「但我沒法再拉琴了啊。」伊爾莎回答，聲音嘶啞哽咽。

「那現在正是妳的大好機會。」茱德說。

安東尼神父仍拿著小提琴，緊緊摟在胸前，彷彿那是他救回來的一隻小寵物。「我們需要跟誰報備說我們到了嗎？」

基特忽然變得非常安靜。

「怎麼了嗎？」伊爾莎問，臉色鐵青，「除了唱機壞掉外，還有什麼問題嗎？」

基特撥弄著身上的拉鍊。他，呃，之前不想提，但其實他沒有打給議會。

茱德猛然轉身向他看去。「你是說這活動是**違法**的？」

呃，對，可以這麼說。他們真以為這類許可是可以透過電話申請的嗎？光是填好文件就需要耗上好幾個星期。

「我們得取消。」伊爾莎說。

「我們不能取消。」茱德反對。

基特附和，反正這種地方又不會有保全。依目前情況看來，他建議大家最好是分散開去，假裝彼此不認識。

「正合我意。」說完，茱德立刻踩著手扶梯大步離去。

基特說他要去變裝，因為不想被法蘭克或粉絲提早認出來。

♪

手扶梯帶著伊爾莎朝地下樓層前去，她發現自己雙手抖了起來。起初還算輕微，但等她踩上實地時，已全身上下都在打顫。

週六的午餐時間。美食街到處都是大啖垃圾食物的人們。他們怎麼會漏掉這點？情侶、獨自逛街的消費者、出門透氣的中年婦女、一群圍著足球圍巾的男人、成群結黨的青少年——看起來幾乎整班學生都出現了——甚至還有兩、三代同堂的家庭。人聲鼎沸，氣味也濃郁嗆鼻。人人手上都拿著外帶食物還有大如燈罩的汽水杯，其餘的則在不同的攤位前排隊。伊爾莎希望安東尼神父能陪在她身旁，但他忙著掃視群眾，尋找唱詩班成員或來自安養院的熟悉面孔。她抬頭仰望泛黃的穹頂天窗，希望能在其中找到些慰藉。

就在穹頂正下方，她看見了。

是法蘭克。

她只覺體內一點空氣也無，幾乎要失足跌落。

他獨自一人直挺挺坐在一張塑膠白椅上，面前是同款的塑膠白桌，吃著裝在紙包內的漢堡。即便是週六，他也仍穿著工廠的工作服。他的皮膚給人一種起司和洋蔥的感覺，猶如一層薄薄的黃砂。那頭用橡皮筋繫在腦後的銀白色長髮也一樣。但真正令她悸動難平的，還是他拿起薯片、沾搵番茄醬的那溫柔動作。他極其小心地咀嚼，確保滋味無誤，然後又撒上一小把鹽。

她不想哭，但就是壓抑不住。隔著淚光，他的身影已然模糊。

他還是他，老了，但依舊是全世界最最溫暖的那名男子。他將漢堡舉至脣邊，小小咬了一口，放下，謹慎咀嚼，然後又再次舉起。一個小孩子停下腳步，盯著他的長髮。他點了點頭。

但為什麼有個蓄著鬍子的男人在對她揮手，好像在指揮飛機降落？是基特。老天啊，他還真的變裝了。

他是要告訴她，他也看見法蘭克了。他指向手錶。再二十分鐘。

人群中沒有一張熟悉的面孔，就連唱歌茶壺的女侍都沒能趕到。一個小女娃在精饌甜點旁轉圈轉到頭昏眼花，腳步搖搖晃晃，直到有個女人把她抱起來，硬把又哭又叫、死命掙扎的她塞進推車上。一名穿著慢跑服的年輕男子和一名女子碰面，女子搖了搖頭，彷彿在說：**不，你已經遲到太多次了**。

另一張桌邊，三名帶著公事包、體重超標的生意人吃著披薩。他們的襯衫領口前塞著紙巾，以免西裝被弄髒。兩名老婦人共享一塊蛋糕，一名婦女在她年輕兒子對面喝著塑膠杯中的咖啡，臉上神情空洞到你會以為他們已經在這地久天長。當兒子開始拿她手機狠狠往桌面砸去時，她只是愣愣看著。兩名清潔工拎著拖把穿梭於桌位之間。

另一張桌前，一名年輕男子將頭枕在手上，安安穩穩地進入夢鄉。遠處的角落邊上，一名頭戴棒球帽的女子撕去三明治的麵包邊，小口小口嚙著，好像怕它會隨時轉身反咬她一樣。另一名女人將自己從頭到腳包在黃色的長雨衣之下。到處都是人，但沒有一個是歌手。伊爾莎絕望地抬起頭來。

就在這時候，她看到了。兩名保全，就在一樓之上。她搭乘手扶梯上前查看。他們站在安桑默斯女裝店前，看上去死氣沉沉。兩人身後的櫥窗內，一名模特兒假人身上套著透視內衣、吊襪帶，和一件比較像是緞帶的內褲，手上還拎著副手銬，不過想來應該沒有幫忙那兩名保全的意思。

伊爾莎回到美食街，佇立原地，十指緊捏成拳。她就是無法停止顫抖。不用說拉小提琴了，照她目前的情況看來，就連拉開琴盒的拉鍊都有困難。

再看到基特時，他又比了比手指。再十分鐘。

那份喜悅跑哪兒去了，法蘭克？她自問。我們有過巴哈、有過莫札特，你和我，還有舒伯特、蕭邦、柴可夫斯基。就連教學時，她偶爾也會碰到個真能體會、了解的學生。但**現在**？世界已經變成這樣了嗎？罐頭音樂、漢堡、不見天光的購物商場和塑膠桶？自私自利，人不為己天誅地滅？到頭來就是這樣嗎？

安東尼神父出現身旁。「準備好了嗎？」

「不，我怕死了。根本沒有人來。」

「這裡人很多啊。」基特說，來到她身旁另一側，臉上的鬍子已不見影蹤。

「但沒有人是來唱〈哈利路亞〉的。」

「是我們要大家看起來低調正常。」

「正常過頭了。他們全都在吃漢堡。那些標牌呢？」

「嗯。」基特說，「沒錯，都沒看到標牌。」

「你有看到保全嗎？」她朝一樓的方向抬了抬眼，兩名保全依舊盤著雙臂，站在那名衣不蔽體的女模特兒假人前。

「可惡。」基特說。

茉德也出現了，手裡端著個放著瓶裝水的托盤。「我想妳開始前應該會想喝點水。」

伊爾莎只覺雙脣如砂紙一般，全身上下虛脫乏力，輕飄飄有如空氣，說不上來自己到底是覺得非常冷還是非常熱。「這怎麼可能成功？沒有人會和我們一起唱。保全還在樓上。法蘭克根本不會聽到。」

基特說：「那生日快樂歌呢？我們也可以改唱那首，或乾脆一起唱〈中你的毒〉？」

伊爾莎瞪著基特。「你認真的嗎？」

「我們的計畫是要**拯救**法蘭克。」茉德說。頓了片刻，想起自己的形象，又補上一句，「白痴。」

安東尼神父抬眼向兩名保全望去。「我不確定這是不是個好主意。」他低聲說。

美食街的另一頭，法蘭克依舊吃著他的漢堡。

「再三分鐘。」基特悄聲道。

「不，我沒辦法。我就是做不到。而且琴根本沒調過音啊。」伊爾莎放下小提琴，但還來不及退開，就有一隻異常堅定的小手按住她肩頭，力量大到她都痛了。

茉德緊緊揪住伊爾莎的領口，將她的臉拉近面前，鼻碰著鼻，咬牙切齒地怒吼：「妳給我聽清楚，我們已經等了整整二十一年。妳需要他，他也需要妳。**我們**需要妳解決這問題，所以給我拿起那把小琴——」

「它叫小提琴。」基特說。

「我才不管那是他媽的什麼東西，給我拉就是了。」

茉德大步走至其中一張僅剩的空桌前。桌上堆著高高的食物包裝紙、餐巾和紙杯。她清出塊空間，基特拿來一捲藍色紙巾和某種噴劑，好把黏膩的部分擦乾淨，並替伊爾莎拉來一把椅子，脫下他的萊卡罩衫，拉過頭頂時頭髮還因靜電瘋狂豎起。脫下後，他將衣服摺成整整齊齊的四方形，充作枕墊。安東尼神父提著琴盒上前，放在剛清理乾淨的桌上，莊嚴肅穆地打開拉鍊。伊爾莎只覺一顆心如活塞般狂跳。

「沒有用的。」她說，「看看我的手。」她的手確實抖到就像有自己的生命一樣。

「妳是我們唯一的機會。」安東尼神父說，握住她的手，放進他掌中，替她溫暖十指。她又向保全瞥了最後一眼。基特遞出老舊的小提琴。

這時候——大大出乎她意料地——身體自動接管了一切。無須她的幫助，身體自己就知道該怎麼做：打直背脊，昂起脖頸，踩穩兩腳，雙臂擁抱小提琴，左手搭住琴頭，將琴身枕靠左鎖骨。她垂下頭，直到下巴碰到腮托，然後將頭微微往左一偏，好讓腮托穩穩抵著頷骨和下巴底部，鼻子與琴頸上的琴弦呈一直線。

小甜甜繼續唱著〈中你的毒〉。伊爾莎的右手抖到幾乎舉不起破舊的琴弓。她想起那句話。**以毒攻毒**。

她將左手放在琴頸上，用拇指與食指扣著，弓起其餘三指搭住琴弦。她拇指忽然一陣緊繃，差點摔落小提琴。基特倒抽了口氣。

她右手舉起琴弓，食指停在指墊上，小指按著弓尾螺絲，只覺兩手僵硬不已，手腕感到一陣椎心蝕骨的疼痛。安東尼神父伸出手，穩住她的胳膊。

她努力拉出〈哈利路亞〉的基本前奏。一個小孩子都可以演奏得比她好。音調其實並不準確，她拉出的琴音也尖銳刺耳。基特在身旁跟著哼起旋律，好讓她保持穩定，安東尼神父也是。但真正開口唱出宏亮歌聲的，是茉德。

沒有人抬頭。大家還是繼續吃吃喝喝。綁在推車上的小女孩沒有停止哭泣，三名生意人照樣啃著披薩，兩名老婆婆也依舊享用那塊巧克力蛋糕。法蘭克壓根沒有發現。

然後——「**哈利路亞！**」頭戴棒球帽的女孩一躍而起。

她手裡拿著三明治，但歌聲明亮清澈。她抬著頭，所以看起來不像是對著任何特定的人演唱，而是對著天空或那面泛黃的玻璃穹頂。

一、兩名民眾轉頭看去，但多數人仍繼續享用手中的食物。她身旁的情侶愣愣看著，好像搞不清楚她是突然發起什麼神經。兩人拉開椅子，想和她保持距離。伊爾莎連琴弓都快要抓不住。

「**哈利路亞！**」那名睡著的年輕男子忽然醒來，跳上椅子。「**哈利路亞！**」他高聲歌唱。生意人放下披薩，打開公事包的鎖釦。幾名女服務生笑了出來。

「**哈利路亞！**」排在美國炸雞前的一對情侶猛然張開雙臂。

三名穿著連身服的工作人員從洗手間衝了出來。「**哈利路亞！**」他們高唱，好像要宣布什麼驚天動地的好消息。

伊爾莎的左手指在琴弦上移動，但是動得太慢了。她偷偷朝保全的方向瞥了一眼，他們似乎動也沒動。

幾乎所有人都注意到了。他們不知道下一個開口的會是誰，只能東張西望，不安地等待，好像這會傳染一樣。分食蛋糕的兩名老婦人、等待慢跑服男子的女孩、歡樂快炒的女侍，一個一個起身歌唱。一分鐘內，起碼有二十人加入表演。

「**因為我們的神，全能的主作王了。哈利路亞！哈利路亞！**」

「**哈利路亞！**」

「**哈利路亞！**」

保全會發現嗎？

法蘭克會發現嗎？

「**因為我們的神，全能的主作王了。**」

三名生意人啪地打開公事包，拿出直笛、三角鐵和沙鈴，一躍而起，開始演奏。這場表演——無論怎麼看——都絕不是傳統版本的《彌賽亞》，而是有幾處改造、錯誤和許多額外的——

「**哈利路亞。哈利路亞！**」

但大家還是都綻放笑顏，聽得心醉神迷。有些人從包包中拿出手機或相機，開始錄影。原本在砸媽媽手機的男孩挺起上身，想看清楚一些。大家和身旁素昧平生的陌生人飛快交換眼神，想確認這是不是真的。就連不知道歌詞的人都跟著唱起「**哈利路亞！**」。三十個人了。

不，四十人。

不，四十五人。

黃衣女子褪下雨衣，原來是唱歌茶壺的女老闆。她爬上桌子，甩開雙臂，像是要擁抱山頭一樣，大聲吼唱：「**哈利路亞！**」

五十人。

電梯門打開，兩名唱詩班成員快步奔出。「**哈利路亞！**」

六十人，全都高聲唱著：「**哈利路亞！**」

有些人像是終於察覺自己該怎麼做般——張開嘴，讓大家看見他們美麗整齊的牙齒——大聲唱和；其他人則小小聲地試探開口，比較像是在喃喃自語而非唱歌。宏亮的樂聲之中各種情緒滿溢。緊急逃生門砰地打開，一名安養院看護推著輪椅上的老人現身。

「**祂要作王，直到永永遠遠！**」壓抑的共鳴來自歡樂快炒、精饌甜點，藍色的松鼠垃圾桶和巨大的塑膠葉。

「**萬王之王，永永遠遠！永永遠遠！哈利路亞。哈利路亞。**」

一百人在商場內齊聲歌唱。商場外，空氣中仍瀰漫著洋蔥與起司的臭味，人們同樣挨餓、同樣會遇到強盜，天空也將依舊灰霾，但在這短短的、不可思議的時間裂隙裡，卻充滿了人類瘋狂的美麗。這世界原來不是那麼糟的。

這時候——就在樂曲要進入高潮時——保全往下看來，他們發現了。

「可惡。被發現了。」基特大喊。

但太晚了。太多人加入，已經不可能阻止了。

保全上一秒還動也不動，下一秒立刻全力衝刺，直接跳過中間一般會有的快走程序。兩人大步跑下手扶梯，跳過最後一階，沒錯——

「**哈利路亞！**」

基特樂不可支，跟著衝上前，撒出大把大把的圓形胸章。人們爭先恐後地撿拾。**我愛黑膠！哈利路亞！**原本在睡覺的那名男人跑到基特身邊，兩人抱成一團，又笑又跳。

歌聲越來越高亢。所有人都站了起來，所有人都在歌唱。坦白說，這版本的〈哈利路亞〉已經變得比較像爵士樂的即興演奏，跟韓德爾幾乎扯不上半點關係，而且也超出了一般四分鐘的表演長度。但就在這時候——就當要唱到高潮時——有件事發生了。

所有人都舉起了手。

「**哈利路亞。哈利路亞。**」

這完全不在基特的安排之中。這念頭彷彿就這麼出現在購物商場，問題僅在於要不要跟著做，也不要因為想太多而搞砸。所有人——不分男女老幼、不管懂不懂音樂——全都高舉雙臂，站了起來，宛如三百棵樹木。而他們手上都拿著什麼？

唱片封套。

各式各樣的專輯；十二吋、七吋的單曲；印著圖案的、彩色的、靴子腿的、收藏版的、原版的。有些人甚至舉著自己的黑膠，高高舉在空中，好讓法蘭克看到。

「**哈利路亞。哈利路亞。**」

標牌也出現了。

你給了我巴哈。

來自斯托克波特的問候。

卡地夫愛你，法蘭克！

記得我們嗎，法蘭克？來自杜塞道夫的瘋狂情侶！

終於。最後的合唱。令佩格失聲痛哭的一擊。

「**哈利路亞。哈利路亞。**」

三百人頓時停口，安靜到你可以聽見一根針掉落。

然後，「**哈利——路——亞——。**」

♪

在緊接而至的沉默中，只有一人坐著。他垂著眼，沒有吃，沒有喝，甚至動也沒動。

「怎麼了？」一個小朋友問，「他沒有聽到嗎？」

他當然聽到了，只是仍像過去的那個他，這老王八蛋，拒絕清醒過來。

這實在太難承受了。基特躲進和他一起手舞足蹈的年輕男子臂彎裡，茉德想握住安東尼神父的手，老神父褪下外套，披在她肩上。

伊爾莎穿過人群。大家都站著，依舊高舉手中的唱片，如潮水般往兩旁分開，讓她通過。她前進，最後停在法蘭克那張塑膠白桌正前頭，只要伸出手就能碰到他的髮絲。他依舊垂著眼，不曾抬頭。

「法蘭克。」她的聲音在顫抖，「我回來找你了。大家出現在這裡，我拉琴，他們合唱，還帶了自己的黑膠唱片。看看我們，你給我抬起頭好好**看看**啊！但這一切光靠我們是不夠的，最後仍取決於你。」她能感到頰上的熾熱，兩圈滾燙的紅暈。「你覺得自己可以就**坐在那**嗎？你這天殺的、該死的混帳，醒醒啊！」

脈搏猛烈到她可以在頸間與胸肋間感受到它噗通狂跳。除了他低垂的頭頂外，她什麼也看不到。僅有的動靜是他指尖上的微微顫抖。

太煎熬了。她轉身，再次穿過人群，要回到茉德、基特和安東尼神父身邊。她感到大家的視線如千斤重的雙手般落在她身上，將她的力氣榨得一乾二淨。淚水模糊她的視線。她會買機票回家，賣了母親的公寓，不再留戀，不再回望。她本來就不該回來的——

她走進人群，但走沒多遠，就感覺到有什麼在拉扯她的裙襬。是隻手。她撥開——**不，別攔我**——但手又拉住了她。

「這位小姐！」一個聲音高喊，「這位女士！」是方才猛砸他母親手機的那名男孩，「回來啊，妳看！」

她轉身。人們扭動脖子，想找個清楚的視野。他仍在那。法蘭克，漢堡，汽水。有變化了。他的手動了。

他雙手抵著桌子，緩緩站了起來。在重重人群，在無數塑膠杯、糖霜甜甜圈、大英馬鈴薯與歡樂快炒以及汪洋般「**我愛黑膠！謝謝你，法蘭克！**」的旗海間，他找到了伊爾莎．布勞克曼。四目交會。

整座商場都靜了下來，鴉雀無聲。

他望著她。

她也望著他。

他雙唇有了奇怪的動作，問：**真的是妳嗎？**

她也扭動雙唇，回答：**我想是吧**。

只一個動作，他抬起塑膠桌，挪至一旁。現在，兩人之間再無任何隔閡，只有咫尺之距的無盡愛戀。

他輕輕搖了搖頭，但並非說不，而是表達驚喜讚嘆的一個動作。緊接浮現的表情像是在問：**妳會留下嗎？**

她笑了。

他張開雙臂，踏前一步，小小一步，縫補了兩人之間所有的距離。

他將她擁入懷中。

隱藏曲目

那兒有間唱片行。

從外頭看上去，它依舊和任何一座城市、任何一條小街上的店家沒兩樣。門上漆著大大的店名，窗前展示得五彩繽紛，還掛著面霓虹招牌，寫著：**熱愛黑膠！歡迎入內!!**

店裡滿滿都是唱片。左側、右側、中間，光滑的木架上塞滿各式各樣的專輯，另有其他獨立的架上擺著閃閃發亮的CD。每一張唱片都貼有自己的專屬標籤，描述專輯的內容與聆聽的重點，像是該留意的細節、相似的樂曲，以及你可能想聽聽看的原因。櫃檯上香氛蠟燭成排林立，還有一瓶美麗的鮮花。

櫃檯後方坐著一名高大的男子，身上穿著件印有店名標誌的酒瓶綠運動衫，頭上的白髮有種懶洋洋的凌亂感。他的妻子坐在身旁，是個嬌小的女性，身上同樣穿著那件印有「法蘭克唱片行」店名的綠色運動衫。她有著一頭銀白色髮絲——有些挽起，有些散落——以及一雙驚人的大眼。巨人與他的女伴。

後方的牆上掛著幅裱框照片，照片內是名年事極高、歪著嘴斜笑的老翁。那一定是幾年前拍的了，因為櫃檯前的兩人也在相片內，但看上去比現在年輕，女子戴著連紗小帽，男人的翻領上別著一大枚樹葉造型的胸針。他們的婚禮？無論是什麼場合，照片內所有人都看起來歡樂洋溢，除了一名留著前衛髮型、臉上寫滿不爽的矮小女子。**親愛的安東尼神父，願您安息!!!**有人在照片下方用金屬彩繪筆龍飛鳳舞地寫著：**和邁爾士一塊兒盡情在天上享受爵士吧!!**

你從封套中抽出唱片。你已經好幾年沒碰黑膠了，卻還是能不假思索地動作，將手指伸進封套內，小心翼翼不要碰到黑膠表面，取出來，聽著紙張摩擦的沙沙聲，謹慎地放在掌心間，大拇指扶著邊緣，中指指尖按著標籤。唱片擦過手腕，你感到一陣輕柔的靜電。它如甘草般光滑，但加倍地閃亮。光線如流水，粼粼傾瀉在唱片表面。你將那嶄新的氣息吸進胸腔。

「有什麼可以為您服務的嗎？」櫃檯後的女子詢問，口音聽起來有些緊繃。

你說你想找唱片，但又不確定自己想找什麼。坦白說，你幾年前就把自己所有黑膠都給丟了，現在連臺CD播放器都沒有。你大多在線上購物，想聽音樂就直接用手機串流。如今說出口，你才驚覺這世界用多快的速度摒棄了唱片與商店這樣的事物。就連家附近的銀行都撤除了。

「嗯，大家都一樣。」女人附和，彷彿人們總是這麼想——也這樣說。「許多人都把自己的唱片給丟了。一九八八年那時候，大家都只想要CD。」她臉頰上泛著兩圈紅暈。身旁的男子握住她的手，舉至脣邊輕輕一吻，神態之中透著無盡溫柔。「有什麼我們可以幫忙的嗎？」她問。

「我也不知道。」你說。

男人將目光轉到你身上，眼角泛起紋路。

「你覺得呢？」她問男人，「你認為這位新人客該聽些什麼？」

他繼續凝視你，繼續揚著笑容，彷彿他早已見過你，在你另一段人生某處。但讓你吃驚的並非他目光中蘊含的力量，或甚至是那份沉著與從容，而是體貼與溫柔。他明白你經歷過什麼，明白那些失去與哀愁，他能夠感同身受。那感覺就像得到光明的灌注。

你的臉紅了起來，拉了拉身上的外套，喃喃說出首在Spotify上聽到的音樂。

「艾瑞莎！」他忽然沉聲說。

「艾瑞莎？」他的妻子重複。

「對，沒錯。」他們似乎認為這是個絕妙的主意。沒錯，就是如此，他們同意，你一定會喜歡艾瑞莎的。

她問：「要不要試聽看看呢？我們新來的工讀生會招呼您。」

她指向店內後方。你終於注意到了，那兒聚集著一群顧客，頭戴耳機，坐在安樂椅中。有些獨自一人，有些兩兩成雙，也有些是青少年，甚至是一整家子。怎麼大家都知道這裡，就你不知道？他們喝著咖啡，有些人抬眼看來，幾個人點了點頭，彷彿在打招呼。還有一、兩個人已陷入了夢鄉。一名衣服上別滿胸章的青少年衝上前來，問：要來杯卡布奇諾嗎？餅乾呢？他熱切地接過你的外套，險些撞倒一枚香氛蠟燭。

你回望店外的世界。如今有許多地方都充滿了危險，有許多已殘破敗落。人們在灰霾的城市燈火中與櫥窗擦身而過，行色匆匆。

「想待多久都沒問題喔。」櫃檯後的女人對你說。「是不是啊，法蘭克？」

他頷首，威嚴肅穆的臉上揚起笑容。

「想什麼時候來都可以，」她說，「我們都會在這等著您。」

作者後記

為了撰寫這本有關音樂與療癒的小說，我做了許多功課，儘管實際出現在書內的細節並不多，但少了它們我將難以下筆。除了參考許多書籍、文章、網誌、線上書目和唱片封套外，我還仰賴了許多善心之人慷慨提供的熱情與智慧——像是音樂行老闆、唱片收藏家、治療師、樂迷。最重要的是我丈夫保羅．凡納保斯（Paul Venables），他是我無時無刻的支柱。

我還特別想要感謝葛雷安．瓊斯（Graham Jones）；斯特勞德商棧唱片行（Trading Post Records）的賽門．文生（Simon Vincent）；勞勃．尼可斯（Robert Nichols）；嘉柏麗．德瑞克（Gabrielle Drake）；麥可．歐戴爾（Michael Odell）；多倫多樂景唱片行（Soundscapes）爵士樂區的馬球衫店員；冰島雷克雅維克 12 Tonar 唱片行以及哈洛摩爾斯唱片行（Harold Moores Records）全體人員；強尼．沃克（Johnnie Walker）；凱西．湯普森（Cathy Thompson）；里茲的大象唱片行（Jumbo Records）；蘇菲．威爾森（Sophie Wilson）；彼得．麥唐諾（Peter Macdonald）；露西．布萊特（Lucy Brett）；黑膠庫唱片行（Vinyl Vault）；音聲唱片行（Phonica Records）那位極為年輕並為我解釋唱片紙板套是什麼的困惑店員；蘇珊娜．魏德森（Susanna Wadeson）及莉茲．高德史密特（Lizzy Goudsmit）；艾莉森．貝洛（Alison Barrow）；

克萊兒・康維爾（Clare Conville）；蘇珊・凱米爾（Susan Kamil）；綺拉・肯特（Kiara Kent）；蘇珊・哈布萊（Susanne Halbleib）；史帝夫・吉博斯（Steve Gibbs）；克里斯・洛威（Chris Rowe）；瑪拉・喬伊斯（Myra Joyce）；艾美・普洛特（Amy Proto），以及艾蜜莉・喬伊斯（Emily Joyce）。

書中若有任何錯誤，都是法蘭克和佩格的錯。

【Echo】MO0058Z

曾經，那兒有家唱片行（初版名：《街角那家唱片行》）

The Music Shop

作　　者❖蕾秋・喬伊斯（Rachel Joyce）
譯　　者❖劉曉樺
封面插畫❖Dinner Illustration
封面設計❖蕭旭芳
內頁排版❖HAMI
總　編　輯❖郭寶秀
責任編輯❖江品萱
行銷業務❖許弼善

發　行　人❖凃玉雲
出　　版❖馬可孛羅文化
10483臺北市中山區民生東路二段141號5樓
電話：(886)2-25007696
發　　行❖英屬蓋曼群島商家庭傳媒股份有限公司城邦分公司
10483臺北市中山區民生東路二段141號11樓
客服服務專線：(886)2-25007718；25007719
24小時傳真專線：(886)2-25001990；25001991
服務時間：週一至週五9:00～12:00；13:00～17:00
劃撥帳號：19863813　戶名：書虫股份有限公司
讀者服務信箱：service@readingclub.com.tw
香港發行所城邦（香港）出版集團有限公司
香港灣仔駱克道193號東超商業中心1樓
電話：(852)25086231　傳真：(852)25789337
E-mail：hkcite@biznetvigator.com
馬新發行所城邦（馬新）出版集團【Cite (M) Sdn. Bhd.(458372U)】
41, Jalan Radin Anum, Bandar Baru Seri Petaling,
57000 Kuala Lumpur, Malaysia
電話：(603)90563833　傳真：(603)90576622
E-mail：services@cite.my
輸出印刷❖前進彩藝有限公司
二版一刷❖2023年09月
定　　價❖400元
定　　價❖280元（電子書）

國家圖書館出版品預行編目資料

曾經,那兒有家唱片行 / 蕾秋.喬伊斯(Rachel Joyce)著 ; 劉曉樺譯. -- 二版. -- 臺北市 : 馬可孛羅文化出版 : 英屬蓋曼群島商家庭傳媒股份有限公司城邦分公司發行, 2023.09
　面 ;　公分. -- (Echo ; MO0058X)
譯自 : The music shop
ISBN 978-626-7356-03-6(平裝)
873.57　　112011556

ISBN：978-626-7356-03-6（平裝）
EISBN：978-626-7356-05-0 (EPUB)

城邦讀書花園
www.cite.com.tw